T A S C A B I L I   G I U N T I

Anne Mette Hancock

Fiore di cadavere

Traduzione di
Lucia Barni

GIUNTI

Titolo originale:
Ligblomsten

First published by Lindhart & Ringhof, Denmark
Published by arrangement with Nordin Agency ApS, Denmark

www.giunti.it

Via Bolognese 165 – 50139 Firenze – Italia
Via G. B. Pirelli 30 – 20124 Milano – Italia

Prima edizione: luglio 2022
Prima edizione tascabile: giugno 2024

Per mia madre e mio padre

1

Anna fantasticava spesso di ucciderlo. Di avvicinarglisi in silenzio, furtiva, e con un movimento risoluto passargli la lama sulla gola. Per questo non si svegliò di soprassalto, ma sbatté con calma le palpebre assonnate mentre abbandonava l'ennesimo sogno che l'aveva lasciata con una sensazione di estasi e un caleidoscopio di scene violente dentro di sé.

È finita, adesso?

Rimase sdraiata per un po' nel buio, mentre cercava di abituarsi alla realtà. Guardò l'orologio posato sulle piastrelle del pavimento accanto al letto. Segnava le 5:37. Non aveva mai dormito così tanto da quando si era sistemata in quella casa.

L'abbaiare di un cane rimbombò attraverso i portici del vecchio convento nella strada adiacente. Due latrati seguiti da un breve ululato soffocato, e poi silenzio totale. Anna si sollevò sui gomiti e tese per un istante le orecchie. Fece per sdraiarsi di nuovo, quando un'auto si avvicinò lentamente, scoppiettante.

Si alzò e raggiunse veloce una delle due finestre della camera da letto. Un'ondata di inquietudine le attraversò il corpo. Socchiuse una delle persiane verde chiaro, quanto bastava per permettere a una sottile striscia di sole mattutino di attraversare la stanza, e guardò la strada due piani sotto. A eccezione di un gatto che dondolava pigro la coda seduto sul muro del giardino incolto del palazzo di fronte, Rue des trois Chapons era deserta.

Lo sguardo di Anna passò in rassegna gli edifici e si fermò sulla finestra al pianterreno del palazzo dirimpetto. Era spalancata. Normalmente lì le persiane erano sempre chiuse, era la prima volta che vedeva segni di vita in quello stabile polveroso. Fu come se il buco nero nel muro zoomasse su di lei; come un occhio che la fissava.

Le dita cominciarono a fremerle per l'ansia e lei sentì il battito del proprio cuore pulsarle nelle orecchie.

È lui? Mi hanno trovata?

Rimase nascosta dietro le persiane tenendo d'occhio la strada fino a quando il respiro fu di nuovo sotto controllo. Poi annuì per tranquillizzarsi. Là sotto non c'era nessuno. Nessuno si nascondeva nell'ombra.

In generale non c'era molto andirivieni in quella stradina. Rue des trois Chapons si snodava stretta e tortuosa dalla chiesa fino all'arteria principale della città. Se si allargavano le braccia, si riuscivano a toccare contemporaneamente gli edifici di pietra su entrambi i lati senza alcuna difficoltà. A livello del suolo un puzzo dolciastro rivelava che i gatti randagi cercavano riparo lì la notte. Si aggiravano furtivi miagolando lamentosi in cerca di compagnia. Ma di persone Anna non ne aveva viste molte. Non nel vicolo.

Chiuse la finestra e salì nuda la scala irregolare di pietra. Sul terrazzo sul tetto aprì il rubinetto, e la canna dell'acqua iniziò a dimenarsi sulle piastrelle. La prese e si sciacquò. L'acqua fredda era un fastidio contro il corpo caldo di sonno, ma lei non se ne curò.

Si asciugò l'acqua di dosso e si ravviò i capelli bagnati con le mani. Poi affondò le punte delle dita nelle guance incavate e contemplò la propria immagine riflessa nel vetro della porta del terrazzo. Era dimagrita. Non di molto, tre o quattro chili, forse, non di più, ma i seni erano diventati più piccoli, le braccia asciutte e il viso stretto. Non riusciva a decidere se somigliasse a una bambina troppo cresciuta o a una vecchia. Entrambe le alternative le fecero torcere le interiora.

Si infilò un abito di jersey e un paio di espadrillas e scese in cucina, dove prese una fetta spessa di baguette e un barattolo di marmellata di fichi. Mangiò in piedi accanto alla finestra, mentre ascoltava lo sferragliare delle bancarelle che venivano montate sulla piazza del mercato.

Il giorno prima aveva spedito la lettera.

Aveva guidato per tre ore fino a Cannes, dove per cominciare aveva ritirato il pacco FedEx alla posta in Rue de Mimont. Appena risalita in auto, l'aveva aperto per assicurarsi che contenesse il denaro. Poi aveva infilato la lettera nella cassetta davanti alla posta e aveva fatto ritorno in Rue des trois Chapons. In capo a pochi giorni ne avrebbe spedita un'altra. E poi un'altra ancora. Nel frattempo l'unica cosa che potesse fare era aspettare. E sperare.

Finito l'ultimo boccone di baguette, si mise un cappello con la visiera, afferrò lo zaino e uscì di casa. Percorse la strada principale fino alla piazza del mercato, dove si fermò tra le bancarelle e le persone intente negli acquisti ad assorbire l'atmosfera piena di vita.

Intorno a un tavolino pieghevole traballante si era radunato un gruppo di bambini. Sul tavolo c'era una scatola di cartone, e dentro c'era una capretta che si lasciava accarezzare da un nugolo di mani entusiaste. Un uomo robusto in salopette si infilò tra due gemelli e ficcò un biberon nella bocca della capretta, che ne succhiò grata e avida il contenuto. Con la mano libera l'uomo allungò un cestino di plastica verso i genitori che sorridevano per l'eccitazione dei loro bambini. Pescarono riluttanti delle monete dalle tasche e ce le buttarono dentro. L'uomo ringraziò meccanicamente e strappò subito il biberon dalla bocca della bestiola affamata, facendo schizzare il latte da tutte le parti.

Anna rimase a lungo a contemplarlo disgustata mentre ripeteva la procedura. Stava per andare a strappargli il biberon di mano, quando il suo sguardo cadde su una coppia di una certa età seduta sotto una volta di glicine al caffè dalla parte opposta della strada. L'uomo era calvo e indossava una polo giallo limone. Era tutto preso da qualcosa che sembrava un croissant al burro. Era stata la sua maglia ad attirare l'attenzione di Anna, poi però era stata la donnina dalle guance tonde seduta accanto a lui sulla sedia del caffè a farla immobilizzare.

Non ebbe il tempo di prendere nota di cosa indossasse. Le uniche cose che vide furono la macchina fotografica che reggeva davanti a sé e lo sguardo sorpreso che fissava Anna.

Si girò, raggiunse con passi controllati l'angolo di strada più vicino e svoltò.

Poi si mise a correre.

2

«Non è la stessa cosa! Neanche lontanamente!» L'assistente di polizia Erik Schäfer – un tempo ispettore, prima che la recente riforma della polizia cambiasse le qualifiche ma non i compiti e le mansioni – guardò incredulo la collega dalla parte opposta della scrivania.

Lui e Lisa Augustin condividevano l'ufficio da quasi un anno e non era passato giorno in cui non avessero avuto una discussione tanto amichevole quanto animata riguardo agli sviluppi di un caso o a qualcosa di meno importante. Quel giorno non faceva eccezione.

«Sì che lo è» rispose lei. «Solo che tu appartieni a un'altra generazione e sei stato educato a pensarla diversamente. Abbiamo subìto tutti il lavaggio del cervello da parte della società, che vuole farci pensare che una cosa sia normale e socialmente accettabile, mentre l'altra, da un punto di vista morale, rientra nella stessa categoria dell'appropriazione indebita e dell'omicidio colposo. Ma nella sostanza non c'è questa grossa differenza. Solo che, per chissà quale arcano motivo, abbiamo deciso di *credere* di sì.»

Augustin sottolineò il suo parere sventolando il sandwich al tacchino mezzo mangiucchiato che aveva in mano.

«Okay, fammi capire» disse Erik Schäfer. «Stai dicendo che il sesso e i massaggi sono la stessa cosa?»

«Sto dicendo che entrambi sono fisicamente appaganti a un livello molto intimo. Immaginiamo che tu e Connie abbiate prenotato un massaggio...»

A Schäfer l'idea parve più che improbabile.

«... e a te capita una massaggiatrice donna, a lei un uomo. Venite fatti accomodare ciascuno in una stanzetta buia, dove c'è quello che sembra un lettino. Vi svestite e lasciate che un completo estraneo strofini le sue mani unte d'olio sui vostri corpi nudi. C'è profumo di olio di rose e una musica meditativa e coinvolgente di sottofondo, di quelle che ti fanno stare bene, mentre voi, distesi ognuno per conto proprio, pensate: "Ah, è meraviglioso, continua, sì, proprio lì, uh, che bello".»

«Hai della senape sul mento.» Schäfer la guardò tiepidamente e indicò la macchia gialla.

Lei prese un tovagliolino sgualcito dal sacchetto di Sunset Boulevard e si pulì, mentre proseguiva con il suo ragionamento: «Dopo vi ritrovate, pagate il conto e vi raccontate quanto è stato bello. Non siete mai stati meglio, e nessuno rimprovera l'altro perché si è sentito appagato fisicamente con uno sconosciuto. Anzi, siete d'accordo, eccome, che dovreste farlo più spesso.»

Rivolse i palmi delle mani verso l'alto e alzò le spalle come a sottolineare che bisognava essere analfabeti per non rendersi conto di quanto fosse lampante la logica del suo ragionamento.

Schäfer sbatté le palpebre un paio di volte. «Quindi intendi dire che dovrebbe essere proibito farsi fare un massaggio, proprio come lo è fare sesso con qualcuno che non è il tuo partner?»

«Ma no, cazzo, Schäfer, seguimi. Voglio dire che entrambe le cose dovrebbero essere legittime.»

Lui sbarrò gli occhi.

«È scientificamente provato» proseguì lei. «Se nei rapporti di coppia ci fossero meno restrizioni, la soddisfazione coniugale aumenterebbe e la gente sarebbe molto meno incline a lasciarsi, in particolare se alla moglie fosse permesso scopare con uno che non è suo marito.»

«Quante stronzate!»

Lisa rise fragorosamente.

«Solo perché il tuo cervello è assemblato come quello di un uomo» proseguì Schäfer riferendosi al fatto che, nei suoi ventotto anni di vita, Lisa Augustin era andata a letto con più donne di quante ne avesse avute lui in quasi il doppio del tempo.

«Non mi credi?» Lei fece mezzo giro sulla sedia da ufficio e iniziò a battere sui tasti del computer alla ricerca di prove che avvalorassero la sua posizione, quando il telefono di Schäfer suonò.

«Salvato dal gong» rise lui, e rispose.

«Sì pronto?»

«Sì, buongiorno, c'è qui una signora che vorrebbe parlarle.» La voce all'altro capo apparteneva a una delle receptionist al pianterreno della Centrale di polizia.

«Come si chiama?»

«Non vuole dirlo.»

«Non vuole dirlo?» ripeté Schäfer. «Cosa diamine significa?»

Lisa smise di scrivere e lo guardò curiosa.

«Dice solo che ha qualcosa di importante da mostrarle. Riguarda uno dei suoi casi di omicidio del 2013.»

Schäfer riceveva regolarmente sia e-mail, sia telefonate di persone che credevano di poter contribuire con qualche informazione. Ma era davvero insolito che qualcuno si presentasse di persona alla Centrale. E ancora di più, che lo facesse per casi così vecchi.

«Okay, la faccia accompagnare al secondo piano da una delle guardie, sala interrogatori uno.»

Riattaccò e si alzò.

«Chi era?» domandò Lisa Augustin facendogli notare con un cenno del capo il bottone dei pantaloni che lui discretamente si era slacciato sotto la scrivania mentre consumava la colazione per lasciare spazio alla pancia.

«Mia moglie» rispose lui. Risucchiò in dentro la pancia e si abbottonò i calzoni. «Si è appena trombata il giardiniere e quindi pensa che mi meriti un bel massaggio del cuoio capelluto. La massaggiatrice sta salendo le scale in questo preciso istante.»

3

Le fini e pressoché silenziose gocce di pioggia settembrina si stavano riversando su Copenaghen per il quinto giorno di fila. Quest'anno l'estate, ormai finita da un pezzo, era stata più grigia del solito e sembrava ormai che le stagioni fossero state rimpiazzate da un lungo autunno fangoso.

Heloise Kaldan stava per chiudere la finestra della cucina per impedire alla pioggia di gocciolare sul davanzale interno, quando il cellulare cominciò a vibrare sul tavolo da pranzo, come del resto aveva fatto quasi ininterrottamente per tutto il weekend. Poiché questa volta non riconobbe il numero sul display, rifiutò la chiamata e lasciò cadere una capsula verde scuro nella macchina Nespresso, che iniziò subito a sputacchiare un caffè lungo nero come il catrame.

Dal soggiorno vedeva la cupolona verde rame della Marmorkirke. Quando, tempo addietro, aveva investito i suoi soldi in quel vecchio appartamento mansardato nello stabile all'angolo di Olfert Fischers Gade, non l'aveva trovato né spazioso né bello. Non aveva neppure una cabina doccia e la vecchia cucina, che adesso era il suo locale preferito, era decisamente brutta. Ma dal balconcino del soggiorno si godeva della vista sulla Marmorkirke, e quella era stata una delle poche condizioni che aveva posto all'agente immobiliare: da almeno una finestra dell'appartamento si doveva vedere la cupola della chiesa.

Quando, da bambina, trascorreva il fine settimana con suo padre, quello era il loro posto speciale. A sabati alterni la portava a mangiare pasticcini alla panna con cioccolata calda alla Conditori La Glace, dove si rimpinzava a sua volta di torta a strati e faceva colpo sulle cameriere con il suo fascino, dopodiché passeggiavano insieme lungo Bredgade fino alla Marmorkirke. Lì, come se fossero a casa loro, imboccavano la tortuosa scala a chiocciola e percorrevano la scricchiolante passerella di legno del sottotetto per andare a sedersi su una delle panche in cima alla cupola.

Tenendosi sottobraccio, si godevano la vista di Copenaghen, a volte coperta di neve, altre volte baciata dal sole, ma per la maggior parte del tempo grigia e ventosa. Suo padre le indicava gli edifici storici e le raccontava lunghe storie avvincenti sui re e le regine che avevano governato il Paese. Lei lo ascoltava rapita e i suoi occhi, mentre lo guardava, rivelavano che lo considerasse la persona più gentile e intelligente del mondo; tutte le volte lui le insegnava tre parole nuove, che lei si sarebbe dovuta esercitare a usare prima di rivedersi la volta seguente.

«Allora, vediamo» diceva, umettando la punta dell'indice contro il labbro inferiore mentre fingeva di sfogliare con aria riflessiva un'enciclopedia invisibile.

«Aha! Le parole del giorno sono: "cialtrone", "barocco" e... "opulento".»

Poi le spiegava il significato e le faceva degli esempi di frasi divertenti in cui si potevano usare, e Heloise assorbiva tutto con ingordigia. Adorava i momenti trascorsi sulla cupola sola con suo padre, ed era stato allora, quando si appoggiava al sicuro contro la sua panciona che si muoveva su e giù nel flusso di parole, che si era risvegliato in lei l'interesse per le storie ben narrate. Nel primo appartamento dove si era trasferita da giovanissima, aveva avuto la visuale sulla chiesa dalla finestra della camera da letto. Con il tempo per lei era diventata l'equivalente di un portafortuna, il ricordo di un'infanzia sicura e ricca di significato; e quando era in viaggio, quella era una delle cose che più le mancava di casa.

Però era raro che le capitasse di fermarsi a guardarla nella tarda mattinata di un lunedì. In circostanze normali, a quell'ora sarebbe stata impegnata in una riunione di redazione al giornale per discutere dei punti principali della settimana e pianificare le sue ricerche.

Ma non quel giorno.

Davanti a lei, sul tavolo della cucina, c'erano i quotidiani del mattino. In prima pagina riportavano tutti la vicenda Skriver.

Aprì a pagina due del *Demokratisk Dagblad*, dove aveva lavorato negli ultimi cinque anni, e lesse l'articolo di fondo. Il caporedattore Mikkelsen esprimeva il suo rammarico per l'articolo uscito qualche giorno prima sugli investimenti del mastodonte della moda Jan Skriver in una fabbrica tessile di Bangalore, una vera e propria catastrofe ambientale che impiegava manodopera minorile. C'era stata "troppa ingenuità nella ricerca della verità", scriveva. Era una lavata di mani carica di pathos e ben coreografata, il cui unico scopo era far apparire il giornale come onesto e neutrale e, soprattutto, allontanare qualsivoglia responsabilità dalla direzione.

Ed era anche giusto. La responsabile era stata lei, non la redazione centrale. Lei aveva scritto l'articolo, lei si era fidata delle sue fonti permettendo a un sentimento che ricordava la fiducia di trionfare sulla scrupolosità.

Come diamine aveva potuto essere tanto stupida? Perché non aveva controllato e ricontrollato? Perché si era fidata di lui?

Il telefonino prese nuovamente a vibrare. Questa volta non poteva rifiutare la chiamata. Lasciò suonare tre volte, prima di rispondere con voce stanca.

«Sono Kaldan.»

«Ciao, sono io. Stavi dormendo?» Karen Aagard, la sua caposervizio, sembrava tesa.

«No, perché?»

«Mi sembrava solo che avessi la voce un po' roca.»

«No, sono sveglia da un pezzo.»

Heloise era stata sveglia quasi tutta la notte, finendo ciò che rimaneva di una bottiglia di vino bianco che lei e Gerda avevano stappato il giorno prima. Aveva rimuginato sul caso valutandolo da tutte le angolazioni possibili, aveva rivisto ogni singolo dettaglio e aveva cercato di mettere a fuoco l'immagine d'insieme. Ma per quanto ci provasse, rimaneva torbida, offuscata. O forse semplicemente non le piaceva quello che vedeva? Era una giornalista, dannatamente brava anche, e non era proprio da lei commettere uno sbaglio così clamoroso. Era furiosa con se stessa – e con *lui*.

«So che ti ho detto di prenderti un giorno libero oggi» disse Karen Aagaard, «ma Scavo vorrebbe vederti».

Carl-Johan Scowl, meglio noto tra i colleghi come "Scavo", ricordava per il suo aspetto un viscido nano da giardino e al *Demokratisk Dagblad* svolgeva la mansione di public editor, vale a dire che, partendo dalle regole guida della carta dei doveri del giornalista, si occupava dei reclami riguardanti gli errori presenti negli articoli che venivano pubblicati. Se bussava alla tua porta, sapevi che sarebbe stata una lunga giornata, forse una lunga settimana e, nel peggiore dei casi, il punto conclusivo della tua carriera.

«Ancora?» Heloise chiuse gli occhi e lasciò cadere la testa all'indietro. Si sentiva male all'idea di dover ricapitolare nel dettaglio ancora una volta come si erano svolti i fatti. Avevano già sviscerato il tutto tre volte.

«Sì, devi passare in redazione, così possiamo chiudere la questione una volta per tutte. Ci sono ancora dei particolari che vorrebbe che gli chiarissi, così da poter passare oltre. La cosa interessa anche a te.»

«Arrivo tra un quarto d'ora» disse Heloise e riattaccò.

Prese la giacca di pelle nera dal gancio nell'ingresso, calciò una grossa pila di pubblicità che c'era sullo zerbino e si richiuse la porta alle spalle.

*

La sede del *Demokratisk Dagblad* si trovava in un palazzo posto sotto la tutela della Soprintendenza delle belle arti in Store Strandstræde; stile e arredamento antiquati e regali ben si accordavano al profilo conservatore del giornale. I soffitti a volta erano alti, le pareti erano rivestite di carta da parati artigianale e le vecchie finestre all'inglese erano dotate di vetri talmente sottili che in inverno Heloise tremava sempre per il freddo.

Parcheggiò la bici davanti allo stabile e salutò con un cenno del capo un paio di giovani addetti al reparto vendite che stavano fumando seduti al riparo dalla pioggia sulla panca di un caffè sul lato opposto della strada. Sopra di loro c'era un telo nero appesantito dall'acqua che lo riempiva fino all'orlo, e le gocce di pioggia scrosciavano giù lungo i grossi tiranti di metallo. Heloise si soffermò a guardare il telo, aspettando di vederlo strapparsi sopra le loro teste.

Uno dei due tizi rispose al suo saluto con un allegro: «Ciao, Kaldan, che si dice?».

Il compagno al suo fianco si chinò verso di lui senza distogliere lo sguardo da Heloise e sussurrò qualcosa che fece ridacchiare entrambi.

Lei si voltò e passò il badge nella serratura elettronica a destra del portone. Digitò il suo codice personale e il portone si aprì lentamente emettendo una vibrazione metallica.

Decise di salire a piedi fino alla redazione della cronaca al terzo piano e si lanciò su per le scale due gradini alla volta. Karen Aagaard la stava aspettando sul pianerottolo. Avevano sempre avuto buoni rapporti. Tra loro c'era una salda e sana relazione professionale e Heloise la rispettava sia come giornalista, sia come persona. Però non erano mai state in confidenza. Heloise sapeva che la sua caposervizio abitava a Hellerup, era sposata e aveva un figlio nell'esercito, ma, a parte questo, non conosceva nulla della sua vita privata, e viceversa. Era un livello d'intimità che le andava benissimo, in particolare quel giorno.

«Fammi indovinare: non credi negli ombrelli, giusto?» Karen osservò con aria interrogativa i vestiti fradici di Heloise.

Lei sorrise e si scosse di dosso un po' d'acqua. «No, non sono ancora cresciuta così tanto.»

«Immagino che tu abbia letto il fondo di oggi.»

«Sì.»

«E...?»

Heloise si strinse nelle spalle. «Cos'altro poteva scrivere Mikkelsen?»

«Suppongo che tu abbia ragione. Però era davvero incazzato quando gli ho parlato, poco fa. Se non fosse che quest'anno hai firmato così tanti servizi importanti per il giornale, credo proprio che ti avrebbe dato il benservito. Se devo essere sincera, non sono ancora sicura al cento per cento che tu sia del tutto salva.»

«Grazie, era proprio il discorso di incoraggiamento di cui avevo bisogno.» Heloise aprì la porta che dava sull'open space. «Dopo di te, capo.»

«Non hai altro da aggiungere a quello che hai già raccontato, vero? Voglio dire, non c'è niente che Scavo potrebbe portare allo scoperto di cui io non sia al corrente?»

«Per esempio?»

«Non lo so, qualunque cosa possa metterti in una luce peggiore di quella in cui tu non appaia già. E devo dire che un "no" immediato mi avrebbe tranquillizzato molto di più.» Karen Aagaard la osservò da sopra la montatura di corno degli occhiali.

Nella mente di Heloise si accalcarono immagini sfocate e inarrestabili di corpi nudi, sudore e baci salati. Avrebbe tanto voluto collaborare, perché non le piaceva essere l'autrice di un servizio che non stava in piedi. Tuttavia non le andava di rendere pubblici i dettagli della sua vita privata. E non solo perché la cosa non riguardava il suo capo, ma anche perché era semplicemente troppo orgogliosa per poter ammettere di essersi fidata di Martin.

«No» disse, e posò una mano sulla spalla della caposervizio per tranquillizzarla. «Non c'è altro da aggiungere. Che ne dici di chiudere la faccenda una volta per tutte? Dov'è Scavo?»

«Avrebbe dovuto essere già qui.»

Karen Aagaard infilò la testa nella grande sala riunioni a metà corridoio. Non c'era nessuno.

«Era ancora in macchina quando mi ha chiamato, quindi forse non è ancora arrivato. Prenditi un caffè, ma resta al piano. Quando arriva ti avviso.»

Mentre si dirigeva al piccolo angolo cucina della redazione, Heloise passò davanti al casellario della posta. Ormai era insolito trovarvi qualcosa. Quel giorno, però, l'attendeva un'intera pila di lettere.

Portò la corrispondenza e una tazza di caffè solubile alla sua postazione nella sezione dei giornalisti d'inchiesta, appoggiò pesantemente entrambi i piedi sulla scrivania e aprì la prima busta. Era spessa e conteneva nove pagine fitte di indignazione per l'impiego del lavoro minorile in Bangladesh. L'argomento ricorreva nelle missive numero due e tre, mentre la quarta busta conteneva un piccolo post-it giallo con scritta una sola parola.

Puttana!

«Che originalità» commentò e alzò il biglietto per mostrarlo al suo collega Mogens Bøttger, seduto dalla parte opposta della doppia scrivania.

Lui alzò gli occhi dal suo blocco degli appunti e reagì con un'alzata di sopracciglia poco impressionata.

Heloise appallottolò il biglietto insieme alla busta in cui era arrivato e lo lanciò verso il cestino della spazzatura dall'altra parte del locale. La palla di carta atterrò sul parquet a spina di pesce a mezzo metro dalla meta.

«Mica male» ironizzò Bøttger. «Potresti tenere il basket come piano B, nel caso Mikkelsen ti butti fuori.»

«Non lo farà.»

«Io non ne sarei tanto sicuro.»

«Vedrai che non mi licenzia» ribadì Heloise.

Prese dal mazzo la busta successiva e iniziò ad aprirla con l'indice.

«La tizia con le verruche l'ha licenziata» constatò Bøttger in tono cantilenante riferendosi a una ex collega che era appena stata cacciata perché si era inventata una fonte. Quel giorno le urla di Mikkelsen erano echeggiate in tutto l'edificio e gli era rimasto anche un occhio iniettato di sangue, tanto era schiumante di rabbia.

«Be', se l'era meritato. La mia situazione è completamente diversa. Io ero in buona fede. Non sto dicendo che se potessi tornare indietro non agirei diversamente – dell'irritante senno di poi sono piene le fosse... Ma io e Mikkelsen...» Heloise scosse la testa come a voler chiudere il discorso. «Non mi licenzia.»

Aprì la busta seguente e cominciò a leggere. Dall'altra parte del tavolo Bøttger continuò a parlare, ma il suono della sua voce perse d'intensità man mano che una spiacevole sensazione di freddo prese a diffondersi nel corpo di Heloise.

La lettera non era lunga.

Conteneva solo una manciata di brevi righe vergate meticolosamente a mano, che però le seccarono la bocca mentre un fremito gelido le si propagò nella cassa toracica.

La voce di Bøttger risuonò proprio nel momento in cui lei si rese conto che stava trattenendo il respiro.

«... ma non bisogna lasciarsi intimidire...»

«Mogens» lo interruppe lei. «Chi si è occupato, qualche anno fa, di quel caso su a nord? Quello dell'avvocato assassinato.»

«Come dici?» Lui la guardò senza capire, ma quando notò la serietà nei suoi occhi si raddrizzò lentamente sulla sedia. «Di chi stiamo parlando?»

«Quell'avvocato che è stato ucciso. Dov'è successo? A Kokkedal o a Hørsholm, o in qualche altro posto da quelle parti? Come si chiamava?»

«Mossing. È successo a Taarbæk. Perché, cosa c'entra?»

«Te ne sei occupato tu?»

Tra i giornalisti d'inchiesta del *Demokratisk Dagblad,* Mogens Bøttger era quello specializzato in casi di cronaca nera e a sfondo sociale, mentre Heloise lavorava ai reportage sul lavoro e l'industria e raramente aveva a che fare con episodi violenti.

«No, a quei tempi lavoravo ancora alla cronaca. Deve averlo seguito Ulrich. Perché?»

«Come si chiamava la donna sospettata dell'omicidio?»

«Anna Kiel. E non è sospettata e basta. Sono certi che sia stata lei. Una videocamera di sorveglianza l'ha ripresa sul vialetto di accesso della casa di Mossing mentre lasciava la scena del crimine. E con "ripresa" intendo che lei si è fermata a fissare l'obiettivo per diversi minuti prima di andarsene, senza preoccuparsi di smontare o distruggere l'apparecchio. Ricoperta di sangue dalla testa ai piedi, senza scomporsi minimamente. Fissava l'obiettivo senza battere ciglio. Una pazza psicopatica.»

«Adesso dove si trova?»

«Non lo so. Non l'hanno mai trovata. Perché?»

Heloise andò dal collega e gli mise davanti la lettera. Rimase china su di lui mentre leggevano entrambi.

Cara Heloise,
hai mai visto qualcuno morire dissanguato?
È un'esperienza unica. Almeno lo è stata per me, però era anche da tanto tempo che l'aspettavo.
So che dicono che ho commesso un crimine.
Che adesso devono trovarmi, piegarmi e punirmi.
Ma io non l'ho commesso.
Non mi troveranno.
Non posso essere piegata.
Sono già stata punita.
… e non ho ancora finito.
Vorrei poterti dire di più, ma ho promesso di non farlo.
Ora che sono assente, Heloise, ti chiedo supplicando di darmi una prova di quanto sia vera la tua carità verso chi è lontano.
Anna Kiel

Bøttger la fissò sbigottito. «Da dove diavolo arriva?»

«L'ho trovata nella posta.»

«La conosci?»

«No. Naturalmente conosco a grandi linee la storia dell'omicidio, ma a parte quello no, non so niente su di lei.»

«Ma guarda…» Bøttger si grattò forte la testa facendo dondolare i suoi grossi ricci scuri di qua e di là. «Credi che sia autentica?»

Heloise si strinse nelle spalle.

«Potrebbe benissimo essere qualcuno che ti prende per il culo» suggerì lui. «Io ricevo le mail più assurde. C'è quello che ha visto un vecchio ricercato in un campeggio di Hvide Sande, oppure quell'altro che conosce una persona che forse ha rapito, o forse no, Madeleine McCann. Ci sono idioti dappertutto, Heloise, lo sai anche tu. Potrebbe trattarsi di una di loro. Adesso che sei sulla bocca di tutti per il caso Skriver, la tua casella di posta diventa automaticamente un ricettacolo per fenomeni da baraccone.»

Heloise tornò alla sua postazione e guardò la busta che conteneva la lettera. Era azzurra, di medie dimensioni, ed era stata timbrata a Cannes undici giorni prima. Molto prima che scoppiasse il putiferio riguardante il caso Skriver, quindi chiunque fosse stato a spedirla non l'aveva fatto come reazione al circo mediatico che ne era seguito.

«Non ha senso» disse guardando il collega. «Perché rivolgersi a me invece che a Ulrich, se è stato lui a seguire la vicenda? Per quale testata hai detto che scrive, adesso?»

«Per nessuna credo.» Bøttger prese il suo cellulare e cominciò a trafficare.

«Che cosa vuoi dire?»

«Cioè, dev'essere stato assunto all'*Expressen*, ma ho sentito dire che l'anno scorso ha avuto problemi di depressione, o qualcosa di simile, e non è ancora tornato al lavoro. Ad ogni modo, è da tanto che non vedo la sua firma sotto un articolo. Però è anche vero che si è occupato di decine di episodi violenti, e ho come l'impressione che non abbia chissà quale buon filtro a proteggerlo. Può darsi che abbia avuto un crollo. Però forse ho... Sì, eccolo, ho il suo numero personale. Te lo mando?»

«Sì, grazie.»

Heloise rilesse la lettera.

Accese il computer e cercò "Anna Kiel" su Google. Comparvero 238 risultati. Cliccò sul primo, un articolo del suo giornale scritto per l'appunto da Ulrich Andersson in data 24 aprile 2013.

IDENTIFICATA SOSPETTATA DI OMICIDIO

L'identità della donna ricercata dal 22 aprile in relazione all'omicidio dell'avvocato trentasettenne Christoffer Mossing è stata confermata. Lo rivela oggi la Polizia di Copenaghen in un comunicato all'agenzia di stampa Ritzau.

La presunta colpevole si chiama Anna Kiel, ha trentuno anni ed è cittadina danese. È ricercata per aver accoltellato l'avvocato Christoffer Mossing nella notte tra sabato 20 e domenica 21 aprile. L'aggressione è avvenuta a casa della vittima a Taarbæk.

La polizia non ritiene che fossero presenti altre persone al momento del delitto. All'indirizzo non risultano altri residenti.

«Nulla indica che la vittima e la sospettata si conoscessero, ma sappiamo che la ricercata ha una lunga storia pregressa di disturbi mentali. Chiediamo perciò a chiunque dovesse venire in contatto con lei di tenersi a distanza e contattare la polizia» dice il capo delle indagini Erik Schäfer.

Anna Kiel è di aspetto scandinavo, è alta 172 centimetri, di corporatura normale, e al momento dell'omicidio aveva lunghi capelli biondo scuro. Chiunque possa fornire informazioni su dove si trovi o contribuire in altro modo a indirizzare la polizia sulle sue tracce, si metta in contatto con la Polizia di Copenaghen chiamando il 114.

UA, *Demokratisk Dagblad*

«Kaldan...»

Heloise alzò gli occhi dal computer.

Dal fondo del corridoio Karen Aagaard le fece cenno di raggiungerla.

«È ora.»

4

L'assistente di polizia Erik Schäfer aprì la porta della sala interrogatori spingendola con una lurida scarpa ECCO grossa quanto un mattone. All'interno del locale, seduta al grande tavolo con il ripiano in linoleum, lo aspettava una signora anziana e rotondetta con la borsetta in grembo.

Quando lui entrò, gli rivolse un cenno cortese.

«Buongiorno» lo salutò. «Siete Erik Schäfer?»

«Esatto.» Il poliziotto allungò la mano ruvida verso la donna, che la strinse educatamente. «Ma non ho afferrato il suo nome, signora.» Non era abituato a dare del voi.

«Devo dirvelo per forza?»

Schäfer alzò le spalle. «Sarebbe tutto più semplice se sapessi chi è e che cosa ci fa qui.»

«È mio marito» rivelò lei. «Dice che devo restarne fuori. Sapete, è una persona molto riservata, e... Ecco, non desidera che finiamo immischiati in chissà quale pasticcio. Per questo non gli ho detto che sarei venuta. Non voglio che lo scopra.»

«Okay. Allora, per cominciare, lasci che le domandi cosa l'ha portata qui.» Schäfer prese posto di fronte a lei.

«Si tratta di quell'avvocato.»

«Quale avvocato?»

«Sa, quel bell'uomo che è stato assassinato su a nord.»

«Christoffer Mossing?»

«Sì, proprio lui. Ve ne siete occupato voi, non è vero?»

«Sì» confermò Schäfer. «E me ne occupo ancora. Ormai è passato qualche anno, ma il caso non è ancora chiuso.»

«È successo quella primavera in cui sono venuti a trovarci mia sorella e mio cognato» annuì la donna. «Me lo ricordo perché eravamo andati a vedere le dune di sabbia di Tilsvildeleje e mentre tornavamo a casa gli uomini hanno voluto fermarsi a comprare il tabacco per la pipa al negozietto accanto all'ufficio turistico. Io e mia sorella siamo rimaste ad aspettare fuori e abbiamo visto esposte le locandine dei giornali del mattino, tappezzate di dettagli raccapriccianti dell'omicidio. Doveva essere successo pochi giorni prima.» Il suo sguardo si fece distante e lei sembrò aver perso il filo.

«Già, purtroppo il buon Mossing se n'è andato in maniera davvero macabra» concordò Schäfer. «Ma non capisco dove vuole arrivare. Mi vuole raccontare qualcosa su di lui?»

«Mi ricordo la ragazza» disse la donna. «Quella che dicevano fosse colpevole. Sulla prima pagina di uno dei giornali c'era una sua grande fotografia. Nelle settimane successive è stata riproposta in continuazione, anche al telegiornale. Era una di quelle foto che si scattano in vacanza, lei posava in maniche corte davanti a un bel paesaggio. Credo che fosse il Grand Canyon. Ve la ricordate?»

Schäfer annuì.

Conservava quella foto in una cartellina al piano di sotto, insieme ad altre immagini della scena del crimine: della testa cerea di Mossing, che dopo l'assassinio era rimasta attaccata al resto del corpo solo per alcuni tendini, dell'arma del delitto… e di tutto il sangue.

Una quantità inconcepibile di sangue…

«Ricordo di aver pensato che avesse l'aria triste» proseguì la donna. «Malgrado sorridesse al fotografo, illuminata dal sole, c'era qualcosa nei suoi occhi. Come se fossero… *spenti*. Forse me lo sono immaginata, fatto sta che mi è rimasta impressa.» Giocherellò nervosa con il manico della borsetta marrone chiaro.

Schäfer si schiarì la gola, pronto a chiederle di venire al sodo, quando lei alzò di nuovo gli occhi.

«Credo di averla vista.» Si portò una mano alla bocca, come se si fosse stupita lei stessa delle sue parole.

Schäfer non disse nulla per diversi secondi, mentre la osservava.

«Crede di averla vista?» Sentì che il suo cuore aveva iniziato a battere più veloce. «Che cosa vorrebbe dire?»

«Io *l'ho vista*» rispose lei, questa volta con maggior convinzione. «Era diversa da allora. I capelli erano molto più corti. Più scuri. Ma il viso era lo stesso, gli occhi erano gli stessi. Era lei. Ne sono certa.»

«E dov'è che dice di averla vista?» Schäfer prese dalla tasca interna il taccuino per gli appunti e una penna a sfera e iniziò a scrivere.

«Ad agosto e settembre andiamo sempre nella nostra casa delle vacanze...»

«A Tisvildeleje?»

«No, in Provenza. Abbiamo una villetta in campagna fuori da Saint-Rémy, l'abbiamo comprata quando Vilhelm è andato in pensione.» La donna sussultò quando si rese conto di aver finito per nominare il marito.

Guardò terrorizzata Schäfer.

«Non ho sentito niente» la rassicurò lui facendole l'occhiolino e le chiese di proseguire.

«Io e mio marito abbiamo una casa nel sud della Francia. Ci andiamo da... sì, saranno ormai dodici o tredici anni. Per i primi anni ci siamo dedicati a esplorare il nuovo ambiente e la zona circostante. Ci vuole un po' per conoscere una città nuova, anche se non è tanto grande. Negli ultimi anni però abbiamo iniziato a fare delle gitarelle per visitare diversi posti nelle zone vicine. Per divertimento.»

«Ed è stato durante una di queste gite che crede di averla vista?»

«Vilh... Mio marito non l'ha vista, ma io sì. Eravamo andati a visitare un paesino a un'ora di viaggio a nord di Saint-Rémy, eravamo seduti a un caffè a osservare la gente, quando il mio sguardo è caduto su questa donna. Credo di essermi soffermata su di lei perché se ne stava in disparte, capisce, e sembrava così arrabbiata. O forse no, non *arrabbiata*, ma comunque non *felice*. E mentre la guardavo, l'ho riconosciuta. Era lei. La donna che cercavate.»

«Le ha parlato?»

«No, è andata via subito e purtroppo non l'ho più rivista.»

La speranza che aveva iniziato a germogliare nell'animo di Schäfer si affievolì. Il fatto che un'anziana signora avesse visto per un fugace istante una donna che assomigliava ad Anna Kiel in un paesino sperduto chissà dove, non era esattamente quello che avrebbe definito una traccia concreta.

«È successo tutto così in fretta» disse lei, come se percepisse i suoi pensieri. «Quindi lo capisco benissimo se vi riesce difficile credere a quello che vi dico. Però forse questa vi può aiutare.»

Aprì la cerniera della borsettina rigonfia, ne estrasse qualcosa e gliela passò.

Schäfer si alzò e la prese, mentre un fremito caldo cominciò a propagarglisi nel petto.

Nell'angolo inferiore destro della fotografia che aveva preso in mano, dei numeri rossi disposti in verticale rivelavano che era stata scattata una settimana e mezza prima. L'immagine ritraeva un gruppetto di bambini e un omone dall'aspetto burbero radunati intorno a un tavolino. Erano intenti a guardare qualcosa che Schäfer non riusciva a vedere cosa fosse. Gli occhi di tutti erano rivolti verso una scatola di cartone al centro del tavolo. Gli occhi di tutti, eccetto quelli di una persona. Una donna, a un paio di metri dalla comitiva.

Stava fissando dritto in camera, e Schäfer non ebbe dubbi.

Era lei.

Era Anna Kiel.

5

Quando Heloise entrò nella sala riunioni, il public editor, Carl-Johan "Scavo" Scowl, era seduto al grande tavolo color verde muschio intento a sfogliare un corposo fascicolo. A un'estremità, il caporedattore Mikkelsen si tormentava irrequieto la barba rossiccia. Si alzò brevemente in segno di saluto e le segnalò con foga di accomodarsi.

«Vieni, vieni» le disse. «Mettiamo fine a questo cinema una volta per tutte, così possiamo andare avanti con le nostre vite, cari amici. Dopotutto abbiamo un giornale da fare uscire domani, e a questo punto mi sembra che abbiamo rovistato a sufficienza in questo pasticcio.»

Il tono di Mikkelsen era bonario, allegro quasi, e Karen Aagaard, che aveva preso posto di fianco a Heloise, lo guardò per un istante sorpresa. Poi rivolse la sua attenzione a Scavo, che in compenso non pareva aver registrato né la sollecitazione né la curiosa giovialità che arrivava dall'estremità del tavolo.

«Sì, siediti, *H*eloise». Scavo storpiò il suo nome e Heloise sospettò che l'avesse fatto apposta.

«La "acca" è muta» gli disse. «Si pronuncia "Elouise".»

Lui non la guardò nemmeno. «Bene, mi fa piacere che tu sia riuscita a venire con così poco preavviso.»

«Naturalmente. Anche se devo ammettere che mi ha sorpreso ritrovarci di nuovo seduti qui.» Heloise si guardò intorno. «Ormai abbiamo discusso diverse volte di quanto è accaduto e non ho nulla di nuovo da aggiungere.»

«Ne sei certa? Non potresti aver tralasciato qualche dettaglio? Qualche informazione che potrebbe influire sulla mia decisione?» La voce di Scavo era stranamente cupa e gutturale e mal si accordava con il suo aspetto esile, quasi femminile.

«No, vi ho già detto tutto ciò che può avere rilevanza per il caso.»

«Bene, allora lasciami ricapitolare brevemente come si sono svolti i fatti per come ce li hai descritti, così da avere la certezza di aver capito bene, prima che rediga il mio rapporto.»

Heloise accavallò le gambe e aspettò.

Scavo sfogliò un paio di pagine dei suoi documenti e si schiarì la gola. «Stando a quanto tu stessa hai affermato, sei venuta a conoscenza degli investimenti di Jan Skriver nella Cotton Corp, che è una delle maggiori industrie tessili di Bangalore, in Bangladesh, a giugno di quest'anno.»

«Esatto.»

«Nel tuo articolo del 2 agosto affermi che nello stesso periodo Skriver ha cessato la collaborazione con la Glæsel Tekstil di Vejle per trasferire in seguito la maggior parte della produzione fuori dal Paese. Questa decisione ha comportato la perdita di 850 posti di lavoro danesi ed è stata diciamo... impopolare tra la classe politica.»

«Sì, puoi ben dirlo. Impopolare nei palazzi del potere e decisamente una catastrofe per la popolazione locale.»

«Il 3 agosto sei stata contattata da – cito – una "fonte anonima" che ti ha chiesto di esaminare con più attenzione la vicenda, nello specifico l'impiego da parte della Cotton Corp di lavoratori minorenni e nondimeno l'uso dell'interferente endocrino nonilfenolo etossilato, meglio conosciuto come NPE. Ho capito bene?»

«Sì.»

«E l'importazione di capi d'abbigliamento prodotti con l'impiego di NPE è illegale nell'Unione Europea, giusto?» Scavo alzò gli occhi per la prima volta.

«Proprio così.»

«Chi era la tua fonte?»

«Non lo so. Ho solo ricevuto una telefonata. All'altro capo c'era una voce d'uomo. Mi ha dato una serie di informazioni sollecitandomi a indagare, ma non mi ha detto il suo nome.»

«Ma tu hai idea di chi fosse?»

«Sì, ma è solo un'idea, nulla di concreto. Come hai sottolineato tu stesso, da parte della classe politica c'era insoddisfazione per la decisione di Skriver di spostare la produzione fuori dalla Danimarca, quindi posso immaginare che la soffiata sia venuta da lì. Ma le tue supposizioni valgono quanto le mie.»

«Mmh...» Scavo resse lo sguardo di Heloise per diversi secondi prima di continuare. «Nel corso delle tue ricerche sei entrata in possesso di quelli che sembrano essere documenti confidenziali interni all'organizzazione di Skriver, tra cui stralci del suo contratto con la Cotton Corp, che confermavano l'accusa secondo cui la fabbrica impiegherebbe manodopera minorile e sostanze chimiche di importazione illegale nell'Unione Europea.»

«Esatto.»

«Su quei documenti hai deciso di basare il tuo ultimo articolo.»

«Sì.»

«Chi te li ha procurati?»

«Purtroppo non posso rivelarlo. La fonte desidera rimanere anonima, e io devo rispettarlo.»

«Ma tu sei a conoscenza della sua identità?»

«Sì.»

«E hai ritenuto che i documenti fossero autentici?»

Heloise si sentì la bocca asciutta.

«In quel momento non avevo motivo di credere diversamente. È da anni, ormai, che mi avvalgo dell'aiuto di questa fonte in diversi ambiti, e il suo contributo è sempre stato attendibile. Le carte sembravano autentiche, e io mi sono fidata delle informazioni.»

«Si è rivelata essere una scelta alquanto scriteriata» notò Scavo. «Quindi, sei stata sufficientemente scrupolosa?»

«In retrospettiva, no.»

«E se ti ritrovassi un'altra volta in una situazione simile, baseresti un servizio su una ricerca così parziale e dilettantesca, o avvaloreresti invece le tue conclusioni con dei fatti?»

Alzò le mani davanti a sé con i palmi rivolti verso l'alto a illustrare le due alternative.

Heloise avrebbe voluto allungarsi oltre il tavolo per strangolarlo con la sua stretta cravatta color curry. Invece, si passò la lingua sulle labbra con movimenti controllati.

«Ovviamente d'ora in poi mi sforzerò di essere molto più meticolosa. Nessuno ha maggiore interesse di me a non ritrovarsi più seduto a questo tavolo con te.» Gli rivolse quello che avrebbe dovuto essere un sorriso.

«Bene. Allora a quanto pare la discussione è chiusa.» Con un battito soddisfatto delle mani, il caporedattore Mikkelsen segnalò a tutti che aveva sentito quello che aveva bisogno di sentire e fece per alzarsi.

A differenza di Karen Aagaard, Heloise non era sorpresa per quella sua inconsueta affabilità. Qualche mese prima, dopo una lunga giornata di lavoro aveva fatto una passeggiata lungo il porto, poi aveva attraversato la piazza del Palazzo reale ed era passata davanti alla Marmorkirke sulla via di casa. Era una delle prime sere luminose e tiepide d'estate; quando li aveva visti si trovava a metà del parco di Amaliehaven.

Nell'angolo più buio dei giardini, parzialmente nascosto dietro un grosso ciliegio, il caporedattore Mikkelsen sedeva su una panchina avvinto in un abbraccio appassionato con una donna mora, giovane e piuttosto bella, che decisamente non era sua moglie.

Sentendo il rumore dei passi di Heloise, aveva alzato lo sguardo e i loro occhi si erano incrociati per un breve istante, prima che lei li riabbassasse e lasciasse il parco.

Però sapeva che cosa aveva visto.

E lui sapeva che lei sapeva.

Se adesso il suo lavoro era in pericolo, non sarebbe stato certo Mikkelsen a far pesare la bilancia dalla parte sbagliata.

«Sì, nemmeno io ho altre domande» disse Scavo e chiuse il fascicolo sbattendolo con fare dimostrativo. «Anzi, sì, aspetta. La fonte che ti ha fornito quei documenti... Non sarà per caso il responsabile della comunicazione del Ministero dell'economia e degli affari, Martin Duvall?»

Heloise rimase seduta in silenzio.

Sulla bocca di Scavo apparve quello che si poteva definire l'accenno di un sorriso.

«Come ho detto, non posso rivelare le mie fonti» ribadì Heloise. «Sono certa che tu, in quanto difensore dell'etica giornalistica, lo capisca meglio di chiunque altro.»

«Lascia allora che ti faccia un'altra domanda...» Si tolse gli occhiali da lettura, richiuse le stanghette con cura e li posò sul tavolo. «Che genere di rapporto ti lega a lui?»

Heloise aprì la bocca, ma non ne uscì alcun suono. Fissò lo sguardo su Mikkelsen, che si alzò prima che lei riuscisse a rispondere. Di colpo i suoi occhi erano diventati neri di rabbia e sulla fronte alta gli si era gonfiata una vena.

«Grazie, Scowl, può bastare.» Quasi sputò fuori quelle parole. «La vita privata di Kaldan non ha nulla a che vedere con questa vicenda.»

*

Karen Aagaard chiuse piano la porta del suo ufficio e si voltò verso Heloise.

«Cosa. Accidenti. Succede?»

«Ti riferisci a quel tuo strano modo di parlare separando le parole?» Heloise prese un pacchetto di gomme da masticare dalla tasca. «Non lo so, ma dovresti farti vedere. Sembra una cosa seria.»

Karen si sedette pesantemente su una poltrona di pelle in un angolo del locale. Allargò rassegnata le braccia.

«Lo trovi divertente?» Il suo tono era meravigliato più che arrabbiato.

«No, neanche un po'» disse Heloise e si sedette di fronte alla caposervizio. «Ma che cosa vuoi che ti dica? Ho sbagliato, lo ammetto, e non succederà più. Adesso dovete decidere se affidarmi il prossimo incarico oppure mandarmi a casa.»

Si infilò due chewing-gum in bocca e porse il pacchetto a Karen, che lo prese esitante.

«Mmh... Solo che mi è sembrato che là dentro stesse succedendo qualcosa tra te e Mikkelsen, qualcosa di cui forse dovrei essere a conoscenza.»

«No.»

«C'è allora qualcosa tra te e Mikkelsen di cui *non* dovrei essere a conoscenza?»

«... no.»

«Kaldan!?»

«Ti ho detto di no!» Heloise alzò le mani davanti a sé quasi a pararsi dall'insistenza della caposervizio.

«Okay, va bene. Scelgo di crederti.»

Karen Aagaard tamburellò per un momento con le dita sul tavolino e guardò pensierosa Heloise. Questa le rivolse un sorrisone che lei liquidò con un cenno della mano solo parzialmente irritato.

«Sì, sì, sorridi pure. Hai qualcosa su cui lavorare subito, o dobbiamo invece radunare le truppe per una riunione di redazione?»

Heloise si portò istintivamente una mano all'altezza della tasca interna della giacca di pelle dove teneva la lettera. «In effetti ho appena ricevuto una lettera che vorrei valutare meglio.»

«Da chi?»

«Non lo so ancora. Ho bisogno di tempo per studiarla più da vicino prima di poter dire se abbiamo una storia oppure no.»

«Okay, allora mettiti sotto. E vedi di tenermi aggiornata, va bene?»

Quando Heloise tornò alla sua postazione, Mogens Bøttger non c'era più. In compenso, nell'open space dell'ufficio erano comparsi diversi colleghi di altre redazioni, ognuno alla propria scrivania; Heloise avvertì i loro sguardi su di sé e percepì le domande silenziose che rivolgevano a se stessi e l'un l'altro: *Cosa ci fa qui? Non è stata sospesa? Che cazzo succede?*

Si lasciò sprofondare nella poltrona da ufficio, abbastanza da far scomparire le loro facce dietro la bassa parete divisoria, e compose il numero della sezione Ricerche a piano terra.

Lasciò suonare fino a quando ebbe in linea il suo collega preferito, l'obeso e sempre lucido di sudore Morten Munk.

«Che cazzo, Kaldan, sei in ufficio? Credevo che fossi agli arresti domiciliari.»

La sua voce era sempre ansimante e affannata, malgrado non si dedicasse mai ad attività che potessero fargli salire il battito alle stelle.

«Lo sai come sono» rispose affettuosa Heloise. «Non riesco a stare lontana da qua e Mikkelsen non può fare a meno di me. E d'altronde nemmeno tu.»

«*Touché, ma chérie.* A cosa devo l'onore?»

«Sei alla tua scrivania?»

«E dove altro dovrei essere?»

«Hai tempo di cercare qualche informazione per me?»

«Sul caso Skriver?» Munk sembrava allo stesso tempo allegro e scettico.

«No, con quello ho chiuso. È una cosa completamente diversa. Il nome "Anna Kiel" ti dice niente?»

«Chi non la conosce? Cosa vuoi sapere su di lei?»

«Mi serve tutto quello che riesci a trovare sul suo conto. Articoli che abbiamo pubblicato, servizi di altre testate, informazioni sul suo passato... Tutto quanto.»

Munk taceva e Heloise sentì il rumore di una penna che scribacchiava appunti veloci su un foglio.

«Okay, mi metto subito al lavoro. Mi faccio vivo quando ho qualcosa. Non dovrebbe volerci tanto.»

Già dieci minuti dopo, nella casella di posta elettronica di Heloise cominciarono ad arrivare i primi documenti. Invece di leggerli subito, infilò il computer nella borsa, se la mise in spalla e lasciò il giornale. Aveva bisogno d'aria. Aveva bisogno di lavorare senza sentirsi lo sguardo degli altri sul collo, e non di meno di un pranzo degno di dirsi tale.

Fuori aveva smesso di piovere, così Heloise lasciò la bici dov'era e raggiunse il Bistro Royal su Kongens Nytorv con una veloce passeggiata, passando davanti all'ambasciata francese. Era lì che pranzava abitualmente il venerdì. Era lunedì, ma si trattava di un dettaglio secondario: nulla era come al solito comunque.

Il gestore del ristorante, un uomo robusto e amichevole, la accolse calorosamente.

«Ecco la mia giornalista preferita» disse, pronto a baciarla sulla guancia.

Heloise dubitava che avesse mai letto nulla di quello che aveva scritto, ma apprezzò comunque il benvenuto e rispose educatamente al suo saluto.

«Di sicuro sono una giornalista affamata» sorrise.

«Sei sola oggi, o...?» Le porse due menu.

Le ultime due volte era stata lì in compagnia di Martin. Erano trascorsi non più di dieci giorni da quando avevano passato un'intera serata seduti al bar mangiando cozze e dividendosi una bottiglia di Chardonnay. Per una volta tanto, non avevano parlato di lavoro. O meglio, un paio di volte lei aveva deviato la conversazione sull'argomento Skriver, ma lui l'aveva fermata.

Piantala, Helo. Non ce la faccio a parlare di lavoro, oggi. Preferisco parlare di te.

Lei si era limitata a scuotere la testa e a guardarlo con un sorriso, aspettando che lui iniziasse a raccontare di sé. Della sua infanzia, dei suoi genitori, del suo primo grande amore e del divorzio.

Lei non voleva figli, io invece sì. Li vorrei ancora. Così è finita male. Succede sempre così in questi casi, no?

Dopo cena erano andati a casa insieme e lui aveva usato più forza di quanto lei avrebbe potuto immaginare. Ma l'aveva lasciato fare, e con suo stupore le era piaciuto. Però un po' l'aveva anche spaventata.

Sorrise al ristoratore cordiale. «Oggi sono sola.»

Dopo che le fu assegnato uno dei tavoli migliori, con vista sulla centralissima piazza Kongens Nytorv, ordinò un sandwich aperto con i gamberi e una bottiglia d'acqua frizzante. Poi prese il computer e aprì la prima mail che Morten Munk le aveva mandato dopo che aveva lasciato la sua scrivania.

Per un'ora e mezza rimase lì a mangiare, leggere e prendere appunti. Una volta finito, chiamò il suo ex collega Ulrich Andersson.

«Pronto?»

«Sì, pronto, parlo con Ulrich?»

«Chi è?»

«Sono Heloise Kaldan, del *Demokratisk Dagblad*.»

«Kaldan? Sì, certo. Quanto tempo. Cosa vuoi?»

Era pomeriggio inoltrato, ma Heloise ebbe la sensazione di averlo svegliato. Ci fu dapprima un attimo di silenzio, poi sentì il rumore di un accendino, seguito da un tiro di sigaretta e dalla tavoletta del wc che veniva aperta.

«Scusa se ti disturbo, ma credo di aver bisogno del tuo aiuto.»

«Il mio aiuto?» Il getto che colpì in pieno la tazza quasi sovrastava la sua voce. «Per che cosa?»

«Ecco, ho in un certo senso iniziato a occuparmi di una storia a cui hai lavorato tu, e volevo chiederti se mi potessi aiutare a colmare qualche lacuna.»

All'altro capo ci fu silenzio, così Heloise continuò: «Si tratta dell'omicidio di quell'avvocato di Taarbæk, Christoffer Mossing. Ho appena letto tutti gli articoli che hai scritto sulla vicenda, e mi farebbe piacere sentire qualcosa di più su...»

«Non posso aiutarti.» Di colpo la sua voce sembrò fredda e circospetta.

«Ci vorrà solo una mezz'ora, non di più. Ti offro un caffè, ci sbrighiamo in fretta. Vorrei solo sapere se ai tempi hai parlato con...»

«Mi dispiace, non posso aiutarti.» Ulrich Andersson riattaccò.

Heloise guardò sbigottita il telefono.

Provò a richiamare, ma lui non rispose. La terza volta lasciò suonare fino a quando partì la segreteria telefonica.

«Ciao Ulrich, sono ancora Heloise Kaldan. Volevo solo dirti che ho ricevuto una lettera da Anna Kiel, e pensavo che forse ti interesserebbe leggerla. Chiamami.»

Le risultava difficile credere che un giornalista che un tempo mangiava fatti di cronaca nera per colazione avrebbe potuto ignorare un messaggio del genere.

Naturalmente l'avrebbe richiamata.

Aprì con attenzione la lettera, stando attenta a non toccarla troppo, e la posò sul tavolo. Anche se di sicuro aveva già rovinato eventuali tracce presenti sulla carta, cercò comunque di maneggiarla con cautela. Se la lettera era autentica, tenerla per sé equivaleva a infrangere la legge. Eppure non le andava di parlarne alla polizia.

Non ancora.

Trovare e divulgare la storia era il suo lavoro, e sapeva che se avesse mostrato la lettera alle autorità non l'avrebbe più rivista. Anzi: la polizia avrebbe parcheggiato lei, Heloise, in panchina. Era così che funzionava di solito quel tipo di "collaborazioni". Era raro che avvenisse uno scambio. Ma stando a quello che aveva letto su internet, era ormai da tanto che non c'erano novità sul caso e quella lettera poteva rappresentare la prima nuova traccia da diverso tempo a quella parte.

Doveva per forza parlarne con la polizia.

Scorse i suoi appunti per trovare il nome del poliziotto che diversi articoli indicavano come capo delle indagini.

Scrisse sul suo taccuino: "Assistente di polizia Erik Schäfer, sezione Anticrimine della Polizia di Copenaghen" e lo sottolineò due volte.

Poi chiese il conto.

6

A meno che non dovesse partire per un viaggio o partecipare particolarmente presto a una riunione al giornale, Heloise non puntava mai la sveglia. In settimana le campane della Marmorkirke suonavano sempre alle 8:00 e bastavano a svegliarla da un sonno che era superficiale e inquieto da che si ricordava.

Quel giorno mise i piedi giù dal letto al primo rintocco, malgrado avesse passato buona parte della notte a cercare di delineare un quadro d'insieme della vicenda partendo dai risultati delle ricerche di Munk e avrebbe dormito volentieri un altro paio d'ore.

Guardò il cellulare sul comodino e vide che Martin aveva provato a chiamarla alle quattro. Le aveva anche mandato tre SMS con lo stesso messaggio:

Chiamami!

C'era anche un SMS di Gerda con un cuore. Heloise ricambiò con l'emoji di un bacio, tolse la modalità silenzioso e attraversò a piedi nudi il soggiorno, diretta in bagno. Fece attenzione a evitare i tanti documenti e appunti che quella notte aveva disposto sul pavimento a formare una linea del tempo.

Dopo una doccia veloce, andò a sedersi al tavolo di quercia in salotto. Si strinse nell'accappatoio mentre mangiava una grossa porzione di porridge con uvetta e cannella e beveva una tazza di caffè.

Stava per rileggere il resoconto degli eventi che aveva scritto prima di andare a letto la sera precedente, quando suonò il citofono. Sentì scampanellare anche negli altri appartamenti della scala. Sullo schermo che trasmetteva immagini direttamente dalla strada, vide la parte superiore della testa di un uomo mezzo pelato.

«Sì?» chiese.

«Giornali» la informò una voce dal forte accento arabo.

Heloise premette il pulsante e fece entrare l'uomo. Quello cominciò subito a salire rumorosamente le scale e, una dopo l'altra, le buche delle lettere che si aprivano nelle porte ai piani inferiori iniziarono a sbattere.

Heloise guardò la pila di vecchie pubblicità che si era accumulata nel suo ingresso nel corso della settimana. Si chinò per raccoglierle ed era sul punto di sfogliarle per vedere se in mezzo a quella bolgia di offerte del macellaio e pseudonotizie del vicinato si nascondesse una busta, quando sentì il fattorino dei giornali fermarsi al quinto piano, davanti al suo appartamento. La buca delle lettere si aprì e venne spinto dentro casa il volantino del supermercato Føtex, che atterrò sullo zerbino sporco con un rumore sordo.

Heloise si aspettava di sentire i passi veloci dell'uomo sparire di nuovo giù per le scale, invece no. Rimase ad attendere per diversi secondi.

Nulla.

Risoluta buttò da parte le réclame che aveva in mano e spalancò la porta.

Sul primo gradino davanti al suo ingresso, un ometto di mezza età stava provando le Nike Air verde menta che lei aveva lasciato fuori dall'ingresso due giorni prima, dopo aver fatto jogging nel parco della fortezza di Kastellet. L'uomo rimase pietrificato nel bel mezzo di un movimento, come se credesse che restando immobile lei non l'avrebbe visto.

«Ehm...» fece Heloise, con un sorriso imbarazzato. Si sentiva a disagio più che altro per lui. Si strinse l'accappatoio fino alla gola e disse: «Le dispiacerebbe lasciarle stare?».

L'uomo annuì, ma non disse niente.

Mise invece giù con attenzione le Nike, raccolse le sue scarpe sformate e iniziò a scendere scalzo i gradini.

Heloise rimase sul pianerottolo fino a quando sentì sbattere il portone al pianterreno. Scosse la testa con un sorriso e fece per rientrare in casa, quando il suo sguardo cadde sulla pila di pubblicità che aveva buttato per terra.

I fogli colorati erano sparpagliati per tutto il pavimento, come se fossero saltati fuori da un tubo sparacoriandoli di Capodanno, e proprio lì, sotto il catalogo a righe di una catena di profumerie, spuntava l'angolo di una busta azzurra.

Heloise sapeva di chi era ancora prima di raccoglierla.

*

«Quando le hai ricevute?» Karen Aagaard indicò le due lettere sul tavolo della sala riunioni chiusa.

Heloise aveva convocato la caposervizio e Mogens Bøttger per una riunione mattutina d'emergenza. Per il momento si era presentata solo Karen.

«La prima ieri, qui al giornale. L'ho trovata tra la mia posta. Non so da quanto tempo fosse lì. Un paio di giorni, forse, o una settimana? Vedo che è stata timbrata una settimana e mezza fa a Cannes, e l'altra cinque giorni fa a Lione» disse Heloise. «Dev'essere arrivata sabato, ma me ne sono accorta solo oggi. Era in mezzo a una serie di volantini che si sono accumulati nell'ingresso di casa mia.»

Si sentì bussare forte alla porta ed entrò Mogens Bøttger. In mano reggeva un portabicchieri da asporto contenente tre bicchieri di carta con il logo della caffetteria dalla parte opposta della strada.

«Buongiorno» salutò con voce spenta e scontrosa.

Heloise e Karen lo guardarono e si scambiarono un'occhiata. Dai pantaloni fuoriuscivano i lembi di una camicia bianca stropicciata, e i suoi capelli erano curiosamente piatti ma sparati in alto sul lato destro della nuca. Normalmente Bøttger era la personificazione del concetto di cura e igiene, tanto da risultare quasi nauseante, ma quel giorno sembrava che avrebbe preferito diventare tutt'uno con la carta da parati. Un'impresa ardua per un uomo alto due metri e quattro.

«Scusate il ritardo, ma dovevo prima portare Fernanda al nido e al momento dei saluti è diventata una furia. Porca puttana, è più facile ottenere una dichiarazione pubblica da un evasore delle tasse che far smettere di piangere una bambina di un anno, o farla addormentare la sera. Come fanno i genitori che stanno con i bambini tutti i giorni!?» Guardò le colleghe risentito e si sedette pesantemente di fianco a Karen.

La figlia di Mogens Bøttger era il risultato di un flirt estivo alquanto avventato che lui aveva avuto con un'istruttrice di fitness quarantunenne. Erano bastati due inviti a cena perché lei si ritrovasse incinta e lui nella merda. Aveva gridato, strillato, implorato e cercato di corromperla per convincerla ad abortire, ma tutto il baccano che aveva fatto non era stato in grado di sovrastare il ticchettio dell'orologio biologico di lei. Così adesso per tre giorni ogni due settimane faceva il padre single, mentre con la madre della bambina aveva un rapporto a dir poco teso.

«Non guardare me» disse Heloise. «Io devo ancora provare la gioia di avere bimbi piccoli.»

«Sì, be' è per questo che sono arrivato tardi e assomiglio a Mogens Glistrup» disse Bøttger riferendosi al vecchio politico danese, e distribuì le tazze. «Ho portato il caffè per farmi perdonare. Che cosa succede? Perché siamo qui?»

«Ne è arrivata un'altra» gli annunciò Heloise.

«Un'altra cosa?»

«Un'altra lettera.»

Bøttger notò nello stesso istante i fogli sul tavolo. Allungò la mano. «Posso?»

«Sì, è quella» disse Heloise indicando l'ultima.

Lui la prese con cura per i bordi e la lesse a voce alta.

Cara Heloise,
il mio è il 4, il tuo è il 13.
Se io dico Amorphophallus Titanum, *tu rispondi* lupinus.
Il mio secondo nome inizia con la E, e il tuo?
So così tante cose su di te.
Tu ne sai un po' meno su di me.
Ma lui ci lega, adesso lo capisco.
Lo vedi?
Lo vedi adesso?
Ora che sono assente, Heloise, ti chiedo supplicando di darmi una prova di quanto sia vera la tua carità verso chi è lontano.

Anna Kiel

«Porca puttana» disse Bøttger e alzò lo sguardo. Le sue sopracciglia si erano sollevate fin sotto l'attaccatura dei capelli retrocessa precocemente. «Sei davvero sicura di non conoscerla?»

«Al cento per cento» annuì Heloise. «Non ho idea del perché abbia scelto me. "Legate" io e lei? Non ha senso. Eppure lei mi conosce, o comunque sa delle cose molto personali sul mio conto.» Indicò la lettera che aveva trovato nell'ingresso. «Il tredici è il mio numero fortunato, quindi suppongo che il suo sia il quattro, e *lupinus* è il nome latino del lupino, che è il mio fiore preferito. Come cazzo fa a saperlo?»

«Può essere che abbia rubato il tuo diario dell'amicizia? Magari nella prossima lettera scriverà che il blu è il tuo colore preferito e che vai matta per gli spaghetti al ragù.» Bøttger fu l'unico a ridere per la battuta.

«Qual è il tuo secondo nome?» volle sapere Karen.

«Eleanor» rispose Heloise. «E il nome completo di Anna è Anna Elisabeth Kiel.»

«*Eleanor...*» ripeté Bøttger in tono canzonatorio.

Heloise alzò una mano. «Mogens, stai attento!»

«E cos'è quell'Amor-qualcosa...?» proseguì Karen. «Il suo fiore preferito. È una specie di pianta degli innamorati?»

«È buffo che lo chiedi» disse Heloise, aprendo il suo taccuino. «È stato anche il mio primo pensiero, ma no. L'*Amorphophallus Titanum*, noto anche come "fiore cadavere", è più o meno quanto di più lontano ci sia da un fiore degli innamorati.»

Karen e Bøttger la guardarono entrambi.

«Fiore cadavere?» ripeté il collega.

«Proprio così, è una pianta enorme che cresce solo a Sumatra, nell'Indonesia occidentale, e in una manciata di orti botanici sparsi per il mondo. Ce n'è un esemplare anche qui a Copenaghen. Quello che colpisce della pianta è che ha lo stesso identico odore di un cadavere in fase di decomposizione.»

Heloise prese gli appunti copiati dall'enciclopedia botanica online e lesse:

«La brattea rosso-violacea e la consistenza del fiore, inoltre, contribuiscono a dare l'illusione che si tratti di un pezzo di carne morta e putrescente e aiutano la pianta a richiamare i coleotteri necrofagi, che vengono attratti dentro il fiore e lo impollinano. Il suo nome latino si può tradurre come "fallo gigante amorfo"...»

Bøttger alzò un sopracciglio.

«... e a volte viene chiamata anche "pianta pene", a causa della sua evidente forma fallica. Tuttavia, a causa del ripugnante odore di morte, è popolarmente conosciuta come "fiore cadavere".»

«Ah sì?» fece Bøttger. «E dunque questa specie di pene cadaverico è il fiore preferito della signora?»

«A quanto pare» rispose Heloise.

«Affascinante» commentò lui e allontanò il suo caffè.

Intorno al tavolo calò il silenzio.

«Okay» disse poi Karen, «passiamo all'aspetto pratico per un paio di minuti. Hai detto alla polizia cosa hai ricevuto?».

Heloise scosse la testa.

«No, col cazzo che deve andare alla polizia» esclamò Bøttger. «Non faranno altro che strapparle le lettere di mano invitandola a restare fuori dal caso.»

«Sì, ma devo farlo» protestò Heloise. «Quella donna ha assassinato un uomo in modo brutale. Se posso contribuire alla sua cattura ti assicuro che lo farò, per quanto lei senta che siamo "legate".»

«E allora perché non li hai ancora contattati?» chiese lui.

«Perché ovviamente hai ragione quando dici che tenteranno di tagliarmi fuori. Ma non posso tenerle segrete. Devo solo scoprire come muovermi per non perdere la storia.»

«Okay, fermi un attimo. Uno di voi due sarebbe così gentile da spiegarmi dal principio? Cos'è successo a quell'avvocato? Sono un po' arrugginita sulla cronaca nera.» Karen Aagaard soffiò sulla schiuma del latte, prima di berne un sorso.

«Una sera di primavera del 2013, un avvocato dello studio legale Orleff & Plessner rincasa nella sua abitazione di Taarbæk dopo aver giocato a tennis con alcuni amici» spiegò Heloise. «Cena, malgrado l'ora tarda, e va a letto. A quanto pare a un certo punto, tra mezzanotte e le tre, Anna Kiel si introduce furtivamente in casa sua. Ha con sé un coltello da filetto Codexx nuovo di zecca. È un coltello da cucina di media grandezza, usato da diversi cuochi professionisti e che si può comprare nella maggior parte dei negozi di casalinghi ben assortiti. Poi lo aggredisce mentre lui dorme indifeso nel suo letto – gli taglia la gola, così – e lascia sulla scena l'arma del delitto. Le videocamere di sorveglianza fuori dalla casa la riprendono quando abbandona il posto e in seguito nessuno l'ha più vista.»

Per un istante nella stanza ci fu un silenzio tombale.

«Quel Mossing aveva rappresentato lei o la sua famiglia in una causa legale finita male? Può essersi trattato di una vendetta?» chiese Karen.

«No. Secondo i famigliari e gli amici sia della vittima sia dell'assassina, non c'era alcun legame tra di loro. Tutto indica che non si conoscessero» rispose Heloise.

«Per inciso, Christoffer Mossing – cioè, l'uomo che è stato assassinato – era il figlio di Johannes Mossing. Il magnate» spiegò Bøttger.

I Mossing erano la personificazione del concetto di *old money*. Fino a quattro generazioni prima il loro patrimonio era stato degno di Downtown Abbey e, sebbene oggigiorno il capitale della famiglia fosse molto meno cospicuo, era ancora a un livello tale che Heloise aveva fischiato impressionata quando aveva letto quelle cifre.

Grazie alle ricerche di Morten Munk, aveva scoperto che le proprietà del padre imprenditore di Christoffer Mossing comprendevano una villa del valore di decine di milioni a Vedbæk, una tenuta nobiliare sotto tutela con tanto di scuderia nel Fyn meridionale, nonché un enorme castello a sud di Bordeaux completo di fossato e vigneto.

«Esatto. Da una parte abbiamo una famiglia molto facoltosa, e dall'altra Anna Kiel, nata e cresciuta a Herlev in condizioni assai più modeste» spiegò Heloise. «Sua madre è la proprietaria di un pub chiamato Lanternen, e suo padre, a quanto ne so, non c'è.»

«Qual è la teoria della polizia?» chiese Karen.

«Non sembrano avere idea del perché l'abbia ucciso. Si sono spese molte parole sul suo stato psichico e sul fatto che deve aver semplicemente dato di matto. Quindi l'ipotesi principale degli inquirenti è che abbia scelto una persona a caso e l'abbia ammazzata.»

«E a casa o nell'ufficio dell'avvocato non hanno trovato nulla che potesse indicare che era stata in contatto con lui prima dell'omicidio? Magari gli aveva spedito delle lettere, o qualcosa del genere?»

Heloise avvertì un'ondata di inquietudine attraversarle il corpo.

«In tal caso non è stato reso noto» rispose. «Ma è anche per questo che ho intenzione di andare alla polizia. Devo sapere con chi ho a che fare e perché si è innamorata di me.»

«Chi è quel "lui" di cui parla?» Karen indicò la lettera che aveva davanti. «Quel "lui" che a quanto pare vi lega?»

Heloise si strinse nelle spalle.

«Sarà l'avvocato» disse Bøttger. «In un modo o nell'altro le vostre strade devono essersi incrociate.»

«Non credo che sia mai successo.»

«Potresti averlo utilizzato come fonte per un'inchiesta? Oppure l'hai incontrato una sera in un locale tanto tempo fa e te lo sei scordata?» chiese.

Heloise alzò un sopracciglio. «In un locale?»

«Sì, che ne so. Potrebbe anche essere.»

«No che non potrebbe essere!»

Ancora una volta tutti rimasero in silenzio.

Fu Karen a romperlo: «In entrambe le lettere ripete la stessa frase di congedo. Scrive: "Ora che sono assente, Heloise, ti chiedo supplicando di darmi una prova di quanto sia vera la tua carità verso chi è lontano".»

Heloise annuì e accostò le due lettere, di modo che anche Bøttger potesse vedere.

«È un modo di esprimersi stranamente pomposo» commentò Karen. «Che cosa dovrebbe significare?»

«Non ne ho idea. Dopo aver ricevuto la prima lettera, ho cercato la frase su Google per vedere se desse qualche risultato, ma non è uscito niente. Allora ho provato con un'analisi fai-da-te» spiegò Heloise aprendo il taccuino. Mostrò quello che aveva scritto:

Ora che sono assente =
sono in fuga e non posso incontrarti faccia a faccia.

ti chiedo di darmi una prova =
scrivi la mia storia!

di quanto sia vera la tua carità =
sei giornalista e perciò obiettiva.

«Però non lo so.» Richiuse il blocco. «Non è esattamente l'analisi più puntuale che si possa fare, quindi le vostre idee possono essere buone quanto le mie.»

"La tua carità"? chiese Bøttger. «È bizzarro da scrivere, no?»

L'attenzione di Karen abbandonò per un attimo la conversazione e il suo sguardo si perse nel nulla. Poco dopo constatò: «Se davvero sta dicendo che devi essere obiettiva e scrivere la sua storia, sta dicendo anche che quello che sappiamo noi sullo svolgimento dei fatti non è corretto.»

«Non starai insinuando che credi che sia innocente?» chiese Heloise.

«Questo non lo so. Dico solo che devi cominciare dal principio, come se non sapessi nulla sul caso. Quali fonti compaiono, per esempio, nella copertura giornalistica del 2013?»

«Ce ne sono diverse.»

«Per esempio?»

«La madre di Anna Kiel, amici e colleghi sia di Christoffer Mossing che di Anna Kiel, rappresentanti della famiglia Mossing, un paio di vecchi insegnanti di Anna. L'elenco è lungo.»

«Okay, allora penso che tu debba iniziare da lì. Contattali uno alla volta, e a questo punto del lavoro non preoccuparti se sia colpevole o no. Lascia che l'emicrania venga alla polizia. Tu concentrati solo sulla storia e vedi dove ti porta.»

Heloise sentì il cellulare vibrare nella tasca interna. Era un SMS dal reparto ricerche.

«Dici di non preoccuparmi» disse mentre leggeva il messaggio. «Ma io ho fatto cancellare il mio indirizzo da tutti gli elenchi fin dal giorno in cui ho terminato gli studi di giornalismo, e quando questa mattina ho chiesto a Munk di fare del suo meglio per trovarlo su internet, non è comparso niente.»

Guardò gli altri due e alzò le spalle con aria interrogativa.

«Come fa Anna Kiel a sapere dove abito?»

7

Il viaggio lungo la Strandvej per arrivare a Vedbæk diede a Heloise il tempo di raccogliere i pensieri. Le ville signorili sulla costa erano disposte una a fianco all'altra simili a tessere del domino, nascoste dietro cancelli di ferro battuto ornati di monogrammi sufficientemente pesanti da tenere fuori gli ospiti indesiderati, ma dalla trama piuttosto larga da permettere a chiunque passasse di ammirare i giardini opulenti.

Quando svoltò nel cortile, il ghiaino scricchiolò sotto le ruote della Ford Focus che aveva preso in prestito al giornale. L'enorme casa grigio chiaro non assomigliava né alle ville funzionaliste prive d'anima, né alle magioni ridicolmente pompose che la affiancavano; a Heloise ricordava piuttosto le lussuose residenze estive che si vedono nei film americani che trasudano buoni sentimenti. Era realizzata in legno in stile Nantucket, con persiane alle finestre all'inglese bianche e una grande veranda che percorreva l'intero perimetro della costruzione.

Mancavano solo Diane Keaton con il cappello di paglia e leggeri vestiti nelle tonalità del beige e del bianco, una cucina straripante di verde e un sacco di sole: ecco che tipo di casa era, pensò Heloise.

Parcheggiò vicino a una Jaguar grigia metallizzata che scintillava sotto il sole pomeridiano e raggiunse la porta principale. All'ingresso non c'era il campanello, ma solo un batacchio d'ottone a forma di ancora. Pochi secondi dopo che ebbe bussato, la porta venne aperta da una giovane donna asiatica che indossava un vestito nero lungo fino al ginocchio. I suoi occhi scansionarono Heloise dalla testa ai piedi, e poi tornarono a guardarla in viso.

«Posso aiutarla?»

«Sì, buongiorno, mi chiamo Heloise Kaldan, sto cercando Ellen o Johannes Mossing.»

«Il signor Mossing purtroppo non è in casa, ma la signora sì. Ha un appuntamento?»

«No, temo di essere venuta senza preavviso» sorrise Heloise.

«Qual è il motivo della visita?»

«Vorrei parlare con lei di suo figlio.»

Heloise si aspettava una reazione da parte della giovane donna, ma non arrivò. Quella aprì ulteriormente la porta e la invitò a entrare.

«Se vuole cortesemente attendere qui.»

La donna sparì fuori dalla stanza.

Heloise sentiva della musica rock provenire da qualche parte nella casa. Una scelta curiosa come colonna sonora, vista l'ambientazione. Si guardò intorno. Nell'atrio c'erano un grande camino a focolare che aveva l'aria di non essere mai stato usato e un'ampia scala che si snodava verso il primo piano.

Sulla parete lungo la scala erano appese fotografie della famiglia e di amici, a testimonianza di una cerchia di conoscenze celebri. Heloise riconobbe un ex sindaco di Copenaghen, due stelle del tennis ormai di una certa età, Tony Blair, una coppia di produttori musicali americani con tanto di collana di diamanti e denti d'oro, e tutta una sfilza di rappresentanti del jet set danese, che nella vita non avevano mai compiuto altra impresa se non quella di nascere.

Heloise salì un paio di gradini e studiò da vicino una delle foto. Riconobbe Christoffer Mossing dalle immagini che aveva visto sui giornali, anche se lì aveva almeno dieci anni in meno di quando era morto. Indossava il tocco accademico americano con la nappa, mentre lo champagne schizzava spumeggiante dalle bottiglie che reggeva trionfante davanti al fotografo.

La giovane cameriera si schiarì la gola alle sue spalle.

«Da questa parte» disse.

Heloise la seguì attraverso tre grandi sale adiacenti, arredate con divani bianchi e poltrone di cuoio color cognac. Pareti e scaffali erano adorni di motivi marinareschi, coppe delle corse di cavalli e altri oggetti da collezione.

Quando si avvicinarono a una porta a doppio battente aperta su un giardino d'inverno sul retro della casa, da cui si godeva la vista sullo stretto dell'Øresund, la musica divenne più forte.

Dentro la serra c'era una donna.

Indossava un cappello con la visiera e un abito bianco annodato in vita ed era intenta a recidere con un piccolo paio di cesoie d'oro i fiori appassiti dal gambo di una rosa New Dawn, mentre uno stridulo assolo di chitarra faceva vibrare i vetri.

Si voltò sorridendo. «Buongiorno.»

«Salve!» Heloise dovette alzare considerevolmente la voce per sovrastare la musica. Tese la mano e si presentò. «Bella musica. Chi è?»

Ellen Mossing la guardò come se le avesse appena chiesto su quale pianeta si trovassero. «Ma sono i Led Zeppelin! Davvero non li conosce?»

Heloise annuì mentre pensava. «Devono avere in qualche modo a che fare con l'LSD, sbaglio?»

Ellen Mossing rise – una risata limpida e trillante – e a Heloise piacque istintivamente. La donna raggiunse il vecchio giradischi nell'angolo e abbassò il volume. Poi si girò verso la cameriera.

«Noy, possiamo chiederti due tazze di caffè? O forse preferisce il tè?» Guardò Heloise.

«No, va bene il caffè, grazie.»

«A volte temo di berne troppo. Di quando in quando il mio

battito accelera in maniera isterica. Non è per niente piacevole. Ma ormai è anche l'unico vizio che mi è rimasto, quindi pazienza.» Ammiccò confidenzialmente a Heloise, come se le avesse appena rivelato qualcosa di molto brutto sul proprio conto. Le fece cenno di avvicinarsi a un lungo tavolo di teak al centro della serra e la invitò a prendere posto.

«Ha un nome molto bello. *Heloise.*» Ellen Mossing lo pronunciò con un melodioso accento francese. Si tolse il cappello e i lunghi capelli color argento le ricaddero lungo la schiena. «Ben più esotico di Ellen.»

«Grazie» disse Heloise. «Lei in compenso non avrà mai dovuto sillabarlo o spiegarlo agli altri.»

«Non si può avere tutto.»

«No, pare proprio di no» disse Heloise e si accomodò di fronte a lei. «Dovrei spiegarle il motivo per cui sono venuta qui.»

«Noy mi ha detto che si tratta di Christoffer, vero?»

«Sì, è esatto. Ma prima deve sapere che sono una giornalista. Lavoro per il *Demokratisk Dagblad* e sto esaminando più da vicino la vicenda di suo figlio.»

Ellen Mossing la osservò per un istante senza dire niente.

«Perché adesso?» volle sapere poi. «È successo qualcosa di cui non sono stata messa al corrente?»

«No, nulla di concreto. Ma sto cercando di capire se possa essere stato trascurato qualche dettaglio nel corso delle indagini. Sono venuta per chiederle se può dirmi qualcosa in più su di lui.»

«Nessuno ne parla più.» Ellen Mossing guardò l'acqua dello stretto, fuori. «Nemmeno mio marito. La gente sembra credere che non faccia male, se fingono che non sia accaduto. Mio figlio è morto e il mondo si comporta come se non fosse mai esistito.» Indirizzò lo sguardo verso Heloise e sorrise triste. «Non voglio che citi il mio nome, ma le parlo volentieri di Christoffer.»

La cameriera portò un vassoio al tavolo e servì il caffè. Posò un piattino con dei biscotti davanti a Heloise e lasciò di nuovo la stanza.

«Prego» disse Ellen Mossing indicando i dolci con un cenno della testa.

«Ho visto una foto di Christoffer nell'ingresso. Ha studiato negli Stati Uniti?»

Heloise prese un biscotto e lo morse. Aveva uno strano sapore salato.

«Sì, ha studiato legge a Harvard. Sa, credo che siano stati gli anni migliori della sua vita. La sua voce aveva sempre un'intonazione speciale quando parlava di quel periodo» disse Ellen Mossing. «Ho un nipote laggiù, lo sapeva?»

Heloise scosse la testa.

«Dopo la morte di Christoffer siamo stati contattati da una donna. Pare che avessero avuto una relazione. Nulla di serio, non ne avevamo mai sentito parlare. Ma lui aveva così tante ragazze, a quei tempi. Era molto popolare.» Prese una zolletta di zucchero da una ciotolina sul tavolo e la lasciò cadere nel caffè. «Un paio di mesi dopo il funerale, lei ha telefonato qui a casa. Aveva sentito cos'era successo e, come si può immaginare, era molto scossa. Ha raccontato che anni prima era rimasta incinta e aveva avuto un figlio, un maschietto.»

«Non vi è sembrato un po' sospetto?» chiese Heloise.

«Per via dell'eredità, intende?»

«Sì.»

«Certo, naturalmente ci siamo domandati se potesse trattarsi di una truffatrice. Sa, una di quelle persone che seguono gli annunci funebri internazionali e cercano di guadagnare dalle disgrazie altrui. Però lei ci ha mandato una foto.»

«Una foto?»

«Sì, del bambino. Quando l'abbiamo visto, abbiamo capito che era vero. Sua madre si è offerta anche di provare la paternità tramite un test del DNA, ma nel nostro animo non c'era alcun dubbio. Quel bambino era figlio di Christoffer.»

«Come si chiama?»

«Jack. Adesso è un giovanotto di quattordici anni. Un bel ragazzo.»

Heloise non aveva difficoltà a immaginarlo. Con il suo sorriso smagliante e il corpo ben proporzionato, Christoffer Mossing era così bello da sembrare quasi una caricatura. Non era affatto il tipo di Heloise, ma senza dubbio tutte le donne nel pollaio ultraprivilegiato a nord di Copenaghen avevano fatto la fila per stare insieme a lui: giovane, molto ricco, di successo e scolpito come un dio greco. Lo scapolo ideale.

«Avete conosciuto Jack?»

«Sì, è venuto a trovarci l'estate scorsa. Era da un po' di tempo che ci scrivevamo, ci eravamo conosciuti per e-mail, sa, e poi gli abbiamo comprato un biglietto aereo. Dovevamo vederlo.»

«E com'è andata?»

«È stato...» Ellen Mossing cercò per un attimo le parole. «È stato un incubo. Non ha la minima idea di come ci si senta a perdere un figlio e poi incontrare un perfetto estraneo identico a lui, che ha le stesse movenze, la stessa voce...»

«Si potrebbe forse immaginare che sarebbe come riavere indietro una parte di Christoffer» disse Heloise.

«Sì, si potrebbe proprio pensare così, è vero? Invece è stato piuttosto come se il mio cervello mi stesse giocando uno scherzo; i miei occhi mi dicevano che vedevo qualcosa che non c'era. Come un crudele *trompe-l'oeil*.»

«Come ha reagito Jack?»

«Ah, quel povero ragazzo... Non sapeva più cosa fare. Io ero distrutta, e lui faceva del suo meglio per cercare di aiutarmi, ma alla fine è tornato a casa. Adesso gli mandiamo dei regali a Natale e per il compleanno e Johannes ha aperto un conto su cui ha depositato una somma consistente che riceverà al compimento del ventunesimo compleanno. È sangue del nostro sangue e noi desideriamo il meglio per lui. Ma non credo che lo rivedremo ancora.»

Heloise si stupì della sua sincerità. Pareva che tra loro non ci fossero filtri. Quella donna si comportava come se stesse parlando con un'amica e non con una giornalista. Forse si sentiva semplicemente sola, pensò Heloise provando una gran pena per lei.

La testina del giradischi si era incantata. Ellen Mossing si avvicinò e la sollevò con attenzione dal disco. Sfogliò tra una pila di LP posati accanto all'apparecchio, ne tolse uno dalla busta e soffiò via la polvere. Poi lo posò sul piatto e sistemò la testina, dopodiché dagli altoparlanti uscirono le note di *All of me* di Billie Holiday.

«Ecco, questo è il mio genere di musica» sorrise Heloise e unì le mani in segno di ringraziamento.

«È la cantante preferita di Johannes. Quasi non riesco a ricordare una sola mattina, da più di quarant'anni che ci conosciamo, in cui non l'abbia messa durante la colazione.»

Rimasero sedute per un po' senza parlare, ascoltando e basta. Ellen Mossing chiuse gli occhi e parve scomparire nella musica.

«Che cosa stavamo dicendo?» domandò senza riaprirli.

«Mi stava raccontando che Christoffer era molto popolare. Aveva una ragazza quando è morto?»

«Una?» Ellen Mossing rise e guardò Heloise. «No, non era da lui. Lui ne aveva sempre tante. Mai una sola.»

«Non vi ha mai presentato qualcuna delle donne che frequentava?»

«No, no. Non credo che ci credesse molto.»

«In che cosa?»

«In quel tipo di amore, intendo. In un rapporto esclusivo e duraturo. Non credo che vi desse importanza.»

«Perché no? Non ne aveva un eccellente esempio in lei e suo marito?»

Ellen Mossing strinse le labbra ed espirò pesantemente dal naso. «Bah, immagino di sì» rispose con una voce che diceva il contrario. «Abbiamo passato tanti begli anni insieme, io e Johannes. Ma quando ci siamo conosciuti io ero molto giovane; poco più che una bambina, in realtà. E non si invecchia con grazia.» Sorrise imbarazzata e si raddrizzò la cintura intorno alla vita sottile. «Quindi forse l'amore passionale non vive tanto quanto si potrebbe desiderare. Però c'è una splendida amicizia tra di noi, e forse è questo che conta veramente.»

Heloise la osservò con le sopracciglia aggrottate. È vero che non era più giovanissima, ma con i suoi sessantuno anni era ancora di una bellezza vergognosa. Christoffer non aveva ereditato il bel naso, la piacevole corporatura e i suoi grandi occhi color nocciola dal padre. Stando alle foto che Heloise aveva visto, Mossing senior aveva almeno quindici anni più di sua moglie e, ad andar bene, un quarto del suo fascino.

«Se posso permettermi, io la trovo incantevole» disse. «Se quando avrò sessant'anni, o anche solo quaranta, sarò come lei, potrò dirmi estremamente soddisfatta.»

«Ah, che gentile» sorrise Ellen Mossing.

«Dico sul serio. E Christoffer le assomigliava molto.»

«Sì, è vero.» Annuì orgogliosa. «Ma solo esteriormente. Di carattere assomigliava a suo padre, era d'una intelligenza eccezionale. Era anche un gran lavoratore, eravamo terribilmente orgogliosi di lui. In men che non si dica è diventato socio dello studio legale Orleff & Plessner e andava tutto così bene finché…» I suoi occhi si riempirono di lacrime, che lasciò scendere lungo le guance senza cercare di fermarle o asciugarle.

Heloise sentì che avrebbe dovuto alzarsi e abbracciarla, eppure restò dov'era. Capiva le emozioni schiette e crude di Ellen Mossing, ma cosa poteva dire a una donna che aveva perso il figlio, la persona a lei più vicina?

Si sistemerà tutto?

No, che diamine, nulla si sarebbe più sistemato.

Allungò la mano e la posò sulla sua.

«La conosceva? Conosceva Anna Kiel?»

Ellen Mossing scosse la testa e ritrasse la mano. Si alzò, raggiunse una piccola cassettiera in un angolo della serra ed estrasse dal primo cassetto un vecchio fazzoletto ingiallito.

«No.» Si asciugò gli occhi sulla stoffa. «Però credo che...»

«Ellen! Che cosa sta succedendo?!»

Ellen Mossing si spaventò tanto che fece cadere il fazzoletto e Heloise si voltò verso la voce.

Sulla porta c'era Johannes Mossing. Reggeva un vaso di ceramica color arancia con dentro un alberello di fico e guardava con occhi ansiosi sua moglie.

«Stai piangendo?»

«No, non è niente.» Ellen Mossing andò da suo marito e si lasciò abbracciare. «Mi sono solo lasciata andare ai ricordi del passato, e lo sai che divento sentimentale.»

Lui depose la pianta e la guardò con occhi indagatori. «Quindi stai bene?»

«Sì, sì. Sono solo una sciocca.» Ellen liquidò la domanda agitando la mano, come se un insetto le fosse volato troppo vicino al viso. «Vieni a conoscere la mia ospite.»

Heloise si alzò.

«Buongiorno» la salutò Johannes Mossing tendendo la mano. «Sono il marito di Ellen. Mi scusi se arrivo a interrompere le vostre chiacchiere da donne, ma credevo che fosse successo qualcosa di grave.»

Heloise gli strinse la mano e annuì cordiale. «Heloise Kaldan.»

«Kaldan?» Lui la guardò sorridente attraverso gli occhi stretti a fessura senza mollare la presa. «Ci siamo già incontrati?»

«Non credo.»

«È di queste parti?»

«No, vengo da Copenaghen.»

«Heloise è una giornalista» spiegò Ellen Mossing. «È venuta per parlare di Christoffer.»

Il sorriso svanì dalle labbra di Johannes, che mollò la mano di Heloise come se si fosse scottato.

«Una giornalista» constatò. Aveva l'espressione di chi ha appena morso una mandorla amara.

Ellen Mossing accorse in aiuto di Heloise.

«L'ho invitata io a entrare, Johannes. Non ho nulla in contrario a parlare di quello che è successo.» Gli posò delicatamente una mano sul braccio. «Dovresti provarci anche tu, forse ti sentiresti meglio. Non è pericoloso, anzi.»

Lui guardò per un istante sua moglie senza dire nulla. Poi si girò verso Heloise e disse con voce neutra: «Voglia essere così gentile da lasciare casa nostra».

Come per magia, la cameriera si materializzò sulla soglia.

«L'accompagno all'uscita» annunciò con una solennità meccanica nella voce.

Heloise non si mosse.

Lei e Johannes Mossing si guardarono per un lungo istante.

«Lavoro per il *Demokratisk Dagblad*» disse infine lei. «Sono qui perché ho motivo di credere che l'assassina di vostro figlio stia cercando di contattarmi.»

Ellen Mossing la guardò sbigottita e si sedette di colpo. Aprì e chiuse la bocca ripetutamente senza emettere alcun suono, ma sul volto dell'uomo Heloise non registrò nessuna reazione.

«Per questo mi sarebbe di grande aiuto se poteste raccontarmi tutto quello che sapete sulla sera in cui è stato ucciso» proseguì. «Qualunque cosa possa aiutarmi a mettermi sulle tracce di Anna Kiel.»

A eccezione della voce sofferente di Billie Holiday, nella stanza cadde un lungo silenzio.

Ellen Mossing allungò la mano a cercare quella del marito, ma lui la ritrasse a sé prima che lei ci arrivasse. «Johannes, credo che dobbiamo...»

«Noi non dobbiamo fare proprio niente» ribatté lui senza interrompere il contatto visivo con Heloise. «Addio, signorina Kaldan.»

«Chiamatemi, se cambiate idea» disse lei e uscì dal giardino d'inverno.

Quando Heloise aprì la Ford con il telecomando, si sentirono due *bip*.

Si sedette al posto di guida e guardò nello specchietto retrovisore. Ellen Mossing la stava guardando da una delle grandi finestre di un salotto. Vide che stava piangendo.

Che diavolo era successo?

La storia di Christoffer Mossing non le quadrava del tutto. I suoi genitori stavano cercando di nascondere qualcosa, sempre che ci fosse alcunché da nascondere? O davvero non sapevano niente? Si poteva trascorrere un'intera vita insieme a qualcuno senza conoscerlo veramente, Heloise lo sapeva bene. Ma cosa succedeva lì? Forse Christoffer Mossing aveva vissuto un'altra vita oltre alla fulgida esistenza da avvocato, una vita di cui i suoi genitori non sapevano nulla? E Anna Kiel: qual era il suo posto in tutto ciò? E non di meno: cosa c'entrava con Heloise?

Mise in moto l'auto, percorse il vialetto d'ingresso e svoltò a sinistra su Vedbæk Strandvej.

Aveva deciso di passare dalla villa di Christoffer Mossing mentre rincasava. Sapeva che probabilmente nel frattempo la proprietà era stata venduta e che difficilmente avrebbe notato qualcosa di rilevante. Ma aveva bisogno di vedere il luogo del delitto. Ne aveva voglia.

Prese il cellulare per cercare l'indirizzo e vide un'altra chiamata senza risposta da Martin. C'era anche una notifica di Instagram. Ormai non lo usava più tanto. Come la maggior parte delle persone, anche lei qualche anno prima era stata travolta dalla moda di quel social e per i primi mesi aveva postato foto di passeggiate in città e di albe che non rendevano mai bene la bellezza della realtà. Ben presto aveva perso l'interesse, solo che non si era ancora decisa a cancellare l'account.

Mentre era ferma al semaforo rosso, vide che otto minuti prima era stata taggata in un post. La notifica diceva:

anna_elisabeth_kiel ti ha menzionato in un commento.
«La tua porta era aperta, @heloisekaldan, così mi sono permessa di entrare.»

La luce divenne verde, ma Heloise restò dov'era e cliccò sul link.

«È una cazzo di bugia» disse a denti stretti, mentre le altre auto in fila cominciarono a suonare il clacson.

Accostò sul ciglio della strada e frenò di colpo, mentre la pelle sulle sue nocche si tendeva.

L'immagine apparsa sullo schermo era un'istantanea dei tetti rossi e neri di Copenaghen. La cupola della Marmorkirke svettava al centro dominando la scena e Heloise riconobbe il balcone da cui era stata scattata la foto grazie al copriringhiera verde scuro sfilacciato.

Compose un numero e attese mentre il telefono suonava.

«Pronto, parlo con la polizia? Qualcuno si è appena introdotto nel mio appartamento. Sì, adesso. In questo preciso istante!»

8

La scala di legno vecchia di centocinquant'anni scricchiolò rumorosamente sotto il peso dell'assistente di polizia Schäfer per tutti i 127 gradini che portavano al quinto piano.

Una volta arrivato, vide che la porta dell'appartamento era aperta e prima di entrare bussò con una mano guantata sullo stipite.

«Ciao» disse rivolgendo un cenno della testa a mo' di saluto al tecnico dattiloscopico della Scientifica, che con un pennello fine e un secchiello di polvere d'alluminio era intento a rilevare le impronte digitali dal piccolo ingresso. «Trovato qualcosa?»

«Direi di sì.»

L'uomo allungò un pugno verso Schäfer: una forma di saluto che lo fece sentire più vecchio e polveroso dell'edificio in cui si trovavano. Rispose riluttante con lo stesso gesto.

«Ti direi addirittura che questo posto pullula di impronte sia digitali sia di mani intere e parziali.»

«Bene, allora sai come occupare il resto della giornata» disse Schäfer e gli diede una pacca d'incoraggiamento sulla schiena.

Poi si infilò dietro di lui e andò in soggiorno. Era una stanza spaziosa con finestre panoramiche e una porta che dava su un balconcino. Notò che dai vetri della portafinestra erano già state rilevate diverse impronte.

Si guardò intorno.

Ai lati del davanzale erano posati un torsolo di mela brunastro e mezza tazza di caffè con della schiuma di latte rappresa, mentre il tavolo era sommerso di carte, piatti sporchi e briciole di pane. A parte quello che avrebbe classificato come normale disordine quotidiano e batuffoli di polvere, non vide confusione, nulla che gridasse all'irruzione o alla devastazione.

Sentì delle voci provenire dalla stanza adiacente. Si avvicinò al tavolo e gettò un'occhiata al mucchio di fogli. Con un movimento rapido li sparpagliò come fossero un ventaglio di carte da gioco e ne esaminò il contenuto. Erano stampe di vecchi articoli sull'omicidio di Christoffer Mossing.

I suoi occhi scansionarono i documenti e si fermarono su una dichiarazione che lui stesso aveva rilasciato alla stampa un paio di settimane dopo l'inizio delle indagini:

Abbiamo motivo di ritenere che Anna Kiel abbia lasciato il Paese, e l'Interpol ha diramato un avviso di ricerca internazionale.

Radunò di nuovo le carte e andò in cucina, dove due agenti in borghese della sezione Antirapina stavano parlando con una donna seduta al tavolo. Schäfer non sapeva come si chiamassero, ma uno dei due l'aveva incontrato diverse volte per strada: un giovane pallido, dai capelli rossi. L'altro, di aspetto mediorientale, per la sua statura ricordava un grattacielo di Dubai, pensò Schäfer. Gli venne quasi mal di schiena a guardarlo, mentre quello doveva tenere la testa china per non batterla contro sotto il basso soffitto dell'appartamento mansardato.

Quando Schäfer entrò, si voltarono tutti e tre verso di lui.

«Buongiorno» li salutò e raggiunse il tavolo. «Questa è casa sua?» domandò alla donna, che annuì.

«Sono l'assistente di polizia Erik Schäfer.»

Allungò la mano e lei la strinse.

«Heloise Kaldan.»

Schäfer si rivolse ai colleghi. «Siete stati voi i primi sul posto?»

«Sì, abbiamo ricevuto la chiamata alle 14:32 e siamo arrivati qui alle 14:44, ma nell'appartamento non c'era nessuno» disse quello pallido. «Abbiamo chiamato la Scientifica subito dopo aver parlato con lei, il tecnico si trova qui ormai da mezz'ora. Sembra aver già avuto fortuna.» L'agente annuì soddisfatto.

«Sì, ma aspettiamo di vedere cosa ha trovato prima di stappare lo champagne» commentò Schäfer secco. «Raccogliete armi e bagagli, adesso qui ci penso io. Fate solo in modo di farmi trovare un rapporto sulla scrivania prima di andare a casa stasera.»

«Non abbiamo nulla in contrario a restare» disse Dubai. Guardò prima Schäfer, poi la donna seduta al tavolo. Schäfer ebbe la sensazione che il fervore dell'agente fosse dovuto, più che al lavoro investigativo, alla maglietta bianca della donna tirata sui punti giusti.

«È gentile da parte vostra, ma per favore, potete andare.» Schäfer rivolse agli agenti un'occhiata che li convinse a congedarsi e lasciare la stanza. Mentre uscivano dalla porta d'ingresso li sentì scambiarsi oscenità con il tecnico dattiloscopico.

«Posso?» Indicò la sedia di fronte alla donna.

«Naturalmente.»

Tirò fuori la sedia e si accomodò.

«Sono certo che avrà già detto tutto a Stanlio e Ollio là fuori.» Indicò l'ingresso.

Lei strinse le labbra per camuffare un sorriso.

«Però temo che dovrà ricominciare da capo, se devo poterla aiutare» disse Schäfer. «Se ho capito bene, quando sono arrivati i miei colleghi ha chiesto esplicitamente di parlare con me.»

«Esatto.»

«Perché?»

«Perché è lei che conduce le indagini sul caso Mossing.»

«Mossing?»

«Sì.»

«Che cosa c'entra?»

«So che sembra assurdo» rispose Heloise. «Ma come le hanno detto i suoi colleghi quando le hanno telefonato, credo che oggi Anna Kiel sia stata nel mio appartamento.»

Mentre la guardava, Schäfer si sfregò il mento con due dita. Malgrado la sua abituale routine mattutina comprendesse una meticolosa rasatura, a quell'ora del giorno gli spuntoni di barba erano già ricresciuti e si sentì il forte rumore delle dita che vi grattavano sopra.

«Lo trovo decisamente improbabile.» Aveva cercato di rispondere in tono conciliante, ma le parole che gli uscirono di bocca avevano invece un'eco piuttosto paternalistica.

«Eppure non abbastanza da risparmiare un tecnico della Scientifica appena ha ricevuto la chiamata. Immagino che iniziare subito a cercare impronte digitali in seguito a una violazione di proprietà non sia la normale procedura, o sbaglio? In particolare se dal posto non è stato portato via nulla.»

Schäfer si strinse nelle spalle e le rivolse un'occhiata che diceva: "*Touché*".

«Siccome non si tratta di una persona qualunque, ho pensato che fosse meglio andare sul sicuro. Ma perché mai Anna Kiel avrebbe dovuto introdursi in casa sua?»

«Non lo so, fatto sta che oggi è venuta qui, ha scattato una foto dal balcone e l'ha postata su Instagram. Guardi il nome del profilo!» Heloise mostrò il telefono a Schäfer, che lo prese e osservò la fotografia.

Si alzò e andò a posizionarsi nel vano della porta che dava sul soggiorno.

«E non può trattarsi di una vecchia foto che lei stessa ha fatto e condiviso su Instagram o su Facebook e che qualcuno ha semplicemente copiato?» Guardò prima il telefono, poi il balcone.

«No, non l'ho mai vista prima.»

Schäfer cliccò sul profilo che aveva caricato l'immagine. C'era quell'unico post. Nessun'altra foto, nessuna informazione sull'utente se non il nome dell'account. Nessun follower, nessun profilo seguito.

«Non si immagina neanche quante molestie avvengano tramite questi social network» disse. «È venuto a trovarla qualcuno che potrebbe aver fatto questa foto e adesso si diverte con lei? Potrebbe anche averla scattata qualche suo amico nel corso dell'ultima settimana o dell'ultimo anno.»

«No. C'è solo un'amica che viene a trovarmi a casa e di lei mi fido.»

«Allora un nuovo partner, magari? O un ex rancoroso che sta cercando di spaventarla?»

«No, non riesco a immaginarmelo.» Una leggera insicurezza s'insinuò nella sua voce.

Schäfer la guardò. «È una giornalista, vero?»

«Sì, lavoro per il *Demokratisk Dagblad*.»

«Infatti, mi sembrava di aver letto il suo nome sul giornale. Scrive davvero bene.»

Heloise si strinse nelle spalle. «Grazie.»

«Quei fogli di là...» Il poliziotto indicò il mucchio di carte sul tavolo del soggiorno. «Sta lavorando a una storia su Mossing? È per questo che vede i fantasmi?»

«Mi sono interessata al caso, è vero, ma non si tratta di un incarico lavorativo come un altro. Sta succedendo qualcosa che...»

«Mi ascolti...» Schäfer alzò una mano per fermarla. «Non ha assolutamente nulla di cui avere paura. Diversi elementi indicano che Anna Kiel non si trovi affatto in Danimarca.»

«Questo lo so» rispose Heloise alzandosi. «Appena una settimana e mezza fa era in Francia.»

Schäfer si fermò di colpo.

Osservò in silenzio Heloise Kaldan che andò a prendere qualcosa da una borsa a tracolla nera appesa a un gancio accanto al frigorifero.

«Non vedo i fantasmi.» Andò da lui e gli porse due buste azzurre. «Anna Kiel sta cercando di dirmi qualcosa.»

9

Anna dovette aspettare a lungo prima di sentire la sua voce all'altro capo.

Era riuscita a trovare una delle poche antiquate cabine del telefono rimaste a Digione. Le altre erano state quasi tutte smantellate da tempo e sostituite da… be', da niente. Dappertutto in città c'erano angoli vuoti e brutti, con cavi recisi che spuntavano avvizziti dall'asfalto pallido simili a orrende opere d'arte risalenti a un'epoca passata.

«Nick?»

«Sì.»

«Sono io.»

«Sì, lo immaginavo. Sei l'unica persona che mi telefona.»

«Mi sono spostata. Verso nord. Credo che mi abbiano vista.»

«Chi? Lui?» Nick sembrava preoccupato.

«No, era una donna. Magari non è successo niente. Però non potevo più rimanere lì.»

«Anna, se lo vedi, o se vedi qualcuno che gli assomiglia, devi dartela a gambe, hai capito?»

«Sì.»

«Dico sul serio. Non esiterebbe un secondo a sgozzarti. Non hai idea di quanto sia pericoloso quell'uomo.»

«Sì invece, Nick. Lo so.» Il suo tono era freddo. «Forse anche meglio di te. Quindi non parlarmi come se fosse compito tuo badare a me. Non sono tua figlia.»

Restarono in silenzio, poi lui chiese cauto: «Per il resto, ci sono novità? Hai spedito la lettera?»

«Ne ho spedite due.»

«Okay, bene. Bene.»

«Avevi promesso di darmi informazioni su dove trascorre le vacanze, ti ricordi?»

«Sì. In un hotel che si chiama Grand Hyatt Martinez. Si trova a Cannes.»

«Quando vi alloggia?»

«Le prime tre settimane di giugno. Tutti gli anni, nello stesso periodo.»

«Da solo?»

«In teoria, sì. Ad ogni modo parte da solo. Non so se riceva visite una volta lì...»

Tra di loro calò un silenzio pesante.

«E i file?» chiese poi Anna.

«Avrai il resto di quello che ti spetta quando io avrò la mia parte» rispose lui. «Tu fai in modo di portare Heloise a Parigi.»

«Senti, Nick?»

«Sì?»

«Come sta la tua coscienza?»

Lui rise. Una risata triste, vuota. «Non molto bene. E la tua?»

Lei rifletté un attimo.

«Bene» disse, e riattaccò.

10

In piedi accanto al lavandino della cucina, Heloise si stava sfregando l'inchiostro nero dalle dita con una spazzolina per unghie dalle setole dure. Prima di andarsene, il tizio della Scientifica le aveva chiesto le impronte.

«Solo per poterle escludere da quelle che abbiamo rilevato» le aveva spiegato.

Con le mani quasi pulite, acciuffò un grappolo di pomodorini e due pesche da una ciotola sul davanzale e prese una grossa mozzarella di bufala dal frigorifero.

«Praticamente oggi non sono ancora riuscita a mangiare, e se andiamo per le lunghe morirò di fame» confidò a Schäfer.

Senza distogliere lo sguardo dalle lettere che aveva davanti sul tavolo, lui sventolò la mano come a dire: "Rimpinzati pure!".

Mentre lavava e tagliava i pomodori e le pesche, Heloise lo osservò di sottecchi. C'era qualcosa, nella sua imponente presenza mascolina, che la fece sentire come se nella sua cucina fosse seduto Tony Soprano. Quasi si aspettava che si mettesse a parlare in un inglese leggermente bleso con una pesante inflessione del New Jersey.

Schäfer appariva al contempo violentemente autoritario, potenzialmente spaventoso e, soprattutto, gentile.

«Lei non ha fame?» gli chiese. «Posso offrirle un boccone, anche se è un po' presto per la cena?»

Riunì un mazzetto di basilico e una manciata di foglie di menta sul grande tagliere di legno che aveva davanti e iniziò a sminuzzarli.

Il poliziotto guardò gli alimenti che aveva disposto sul tavolo della cucina e scosse la testa in segno di scusa: «Accetterei volentieri, ma il dottore ha detto che devo prestare più attenzione a quello che mangio».

«Mi lasci indovinare...» Heloise lo guardò con un sopracciglio alzato. «I suoi pensieri si concentrano soprattutto su belle bisteccone rosse?»

«Bingo!»

Heloise annuì.

La pancia prominente dell'uomo e la sua pelle arrossata testimoniavano abitudini alimentari tutt'altro che sane. Inoltre fumava. Si sentiva l'odore di nicotina fin dalla parte opposta della cucina.

«Vista l'ora, però, si potrà permettere una di queste.» Aprì una Heineken fredda e gliela porse.

«Be', visto che è aperta...» rispose lui e la prese.

Heloise sistemò gli ingredienti su un piatto da portata. Vi versò sopra dell'olio vergine di oliva spremuto a freddo, vi macinò del sale e del pepe e cosparse il tutto di erbe aromatiche tritate.

Poi si sedette di fronte al poliziotto e iniziò a mangiare direttamente dal vassoio.

«Qual è la sua teoria su Christoffer Mossing? Sembra che nella sua vita ci fossero soltanto sole splendente e vini d'annata, fino a quando è arrivata Anna Kiel e gli ha portato via tutto. Lei crede a questa cartolina da sogno, oppure c'è sotto qualcosa?»

«In principio nulla fa pensare che non fosse una brava persona. Cioè, brava quanto lo possa essere un avvocato.»

Il suo sguardo cadde sull'insalata.

«Mi dica, è questo che mangia quando sta morendo di fame? Un po' di frutta e di verdura con una piccola palla di formaggio fresco? Niente carne o pane, o qualcos'altro di sostanzioso?»

Heloise scrollò le spalle. «La carne non mi piace tanto.»

Schäfer arricciò il naso con aria di disapprovazione. Poi scosse la testa e proseguì:

«Era un avvocato difensore, quindi i clienti che rappresentava erano dei pezzi di merda – dei pezzi di merda ricchi, notare bene – ed era bravo in quello che faceva».

«Quindi doveva essere una spina nel fianco per molti. Per i suoi rivali, per esempio. Un uomo come lui non aveva tanti nemici?»

«Sì, erano tante le persone a cui, per un motivo o per l'altro, non piaceva. Ma solo una l'ha ammazzato.»

Heloise rifletté intanto che masticava. «È vero che dopo aver commesso l'omicidio si è piazzata davanti alla videocamera di sorveglianza nel viale d'accesso e ha fissato l'obiettivo per diversi minuti?»

Schäfer bevve un sorso di birra senza distogliere lo sguardo da lei. «Mm-mh.»

«E non può essere che vi sbagliate? Che Anna Kiel sia stata raggirata e che qualcuno voglia far credere che sia lei l'assassina?»

«Se ci immaginiamo che qualcuno l'abbia costretta a entrare in quella casa contro la sua volontà, abbia ucciso Christoffer Mossing mentre lei protestava, abbia piazzato le sue impronte digitali sull'arma del delitto e poi l'abbia ricoperta del suo sangue, allora sì.»

«Mmh.»

Schäfer scosse la testa. «Mettiamola così: sarei davvero stupito se avessimo preso una cantonata.»

Heloise annuì titubante. «Ma perché mai l'ha fatto?»

«Perché ha fatto anche una sola di quelle cose? Perché l'ha ucciso, perché ha guardato in maniera enigmatica nella videocamera, e perché adesso le manda delle lettere, dopo così tanto tempo – posto che sia davvero lei?»

«Non avete proprio nessuna idea?» chiese Heloise. «Riguardo al movente, intendo.»

«Nulla di concreto. Ma senza dubbio lei ha una spiegazione del perché ha agito in quel modo. Forse sono state le voci nella sua testa a spingerla a farlo. Forse aveva visto Mossing per strada o in coda al supermercato e si era convinta che rappresentasse una minaccia da eliminare. Ad ogni modo, non sembra esserci stato un motivo *razionale*. Come avrà senz'altro letto nella cronaca che ne ha fatto l'*Ekspressen*, Anna era malata da tempo e diversi psicologi scolastici hanno confermato che si trattava di una ragazza profondamente disturbata, che già in età precoce aveva mostrato segni di psicopatia. Anche se oggigiorno non la si può più chiamare così. Oggi la si definisce disturbo dissociativo dell'identità. Qualunque nome gli si voglia dare, resta comunque una brutta bestia.»

«Disturbo dissociativo dell'identità» ripeté Heloise. Aprì un taccuino che c'era sul tavolo e premette il pulsante di una penna a sfera. «Che cosa significa, in concreto?»

«Quella la metta via» disse Schäfer indicando la penna. «Tutto quello che le dico è in via confidenziale.»

Heloise richiuse il taccuino e lo spinse via. «Okay. In via confidenziale, che cosa significa "disturbo dissociativo dell'identità"?»

«Chi ne soffre diventa facilmente aggressivo e si dimostra indifferente e insensibile nei confronti degli altri. Reagisce molto violentemente ai propri sentimenti e non riesce a capire che le sue azioni hanno delle conseguenze: *niente* è colpa sua, è *sempre* colpa degli altri. In altre parole, si tratta di persone assolutamente instabili.»

«E ha detto che lo psicologo scolastico di Anna ha confermato questa diagnosi?»

«*Gli* psicologi. Al plurale. È stata buttata fuori da diverse scuole. In una ha minacciato un insegnante di matematica. Ha telefonato a casa a sua moglie dicendole che l'indomani gli avrebbe sparato quando sarebbe arrivato a scuola in bici. Evidentemente non era una patita delle frazioni.»

«E nella scuola seguente?»

«Ha colpito in faccia un suo coetaneo con una racchetta da tennis durante l'ora di ginnastica. A quanto pare aveva sbirciato nello spogliatoio delle femmine mentre si stavano cambiando.» Schäfer vuotò la bottiglia di birra. «Gli è costato un naso rotto.»

Heloise si portò d'istinto la mano al dorso del naso.

«È folle. Perché non è stata spedita in una comunità riabilitativa per adolescenti o qualcosa del genere?»

«Perché ai tempi aveva solo dodici anni, e perché la polizia non è stata coinvolta. Nessuno ha sporto denuncia, nessuno ha aperto bocca. Hanno risolto tutto internamente, con qualche accordo di chitarra e un po' di pedagogia dei buoni sentimenti.»

«Risolto? Non sembra che abbiano risolto proprio niente.»

«Trova?»

«E i suoi genitori? Dov'erano?»

«Ho avuto l'impressione che non si interessassero molto a lei. Il padre ha ottenuto un posto di lavoro in Groenlandia quando Anna aveva otto o nove anni, e poi si è trovato una bella eschimesina. Così lui e la madre si sono separati e lui si è rifatto una nuova nidiata di bambini. Dopodiché è sparito del tutto dalla vita di Anna.»

«E la madre? Dovrebbe avere un pub a Herlev, giusto?»

«Sì. Il Lanternen.»

«Che tipo è?»

«Una bella donna. Professoressa di filosofia.»

«Sul serio?»

«No. Per niente. Gestisce un pub: usi la fantasia.»

Heloise si raddrizzò sulla sedia, leggermente indignata. Da un lato apprezzava i modi di fare asciutti e per nulla diplomatici dell'ispettore. Aveva sempre preferito le persone che parlavano senza peli sulla lingua. Per lei, un'offesa schietta era di gran lunga da preferire a una bugia cortese. Almeno si sapeva con chi si avesse a che fare. Allo stesso tempo, però, la irritava il fatto che un uomo nella sua posizione si permettesse di dare giudizi così superficiali sulle persone.

«Se c'è una cosa che ho imparato dopo ventotto anni di servizio nella polizia, è imparare a leggere le persone» disse Schäfer, come se potesse leggere anche nei pensieri di Heloise. «E in genere hanno l'abitudine di abbassarsi alle mie aspettative.»

«Che cosa vuol dire?»

«Che raramente la gente devia dagli stereotipi. La puttana felice, il politico onesto, gli atleti non dopati? Se li scordi, non esistono.»

«E del giornalista obiettivo che cosa mi dice?»

Schäfer soffocò un ghigno. «L'obiettività non esiste, e di certo non tra i giornalisti. Siete troppo egocentrici – mi scusi – per esserlo. Non mi fraintenda, non ho il minimo dubbio che lei creda di essere imparziale quando si mette alla ricerca della verità. Ma nel momento in cui una sospettata di omicidio inizia a mandarle delle lettere personali, quello che la interessa maggiormente non è il ruolo di quella donna. È il suo. E non cerchi di farmi credere che non le piaccia vedere il suo nome stampato sul giornale.»

«C'è qualcosa di sbagliato in questo?» Heloise incrociò le braccia.

«No, assolutamente. Ma è una reazione dettata dal suo ego.»

«E quando lei sbatte un delinquente dietro le sbarre, lo fa esclusivamente per amore dell'ordine pubblico? Non influisce sul suo ego?»

«Certo, in quel caso mi sento anch'io un pallone gonfiato» annuì. «Quello che voglio dire, è semplicemente che la maggior parte di noi si conforma alle aspettative che possono avere gli altri. E c'è un motivo se solo una piccola parte della gente si fida dei giornalisti. Avete quasi sempre i vostri interessi.»

Heloise appoggiò la forchetta e spinse da parte il piatto.

«Ellen Mossing però non sembrava nutrire questo genere di riserve» disse e si alzò. «Vuole un'altra birra? O un caffè?»

Schäfer scosse la testa. «Ellen Mossing? Le ha parlato?»

«Sì, proprio oggi. Ero appena partita da Vedbæk quando è arrivata la notifica da Instagram.»

Schäfer si lasciò andare contro lo schienale e unì le mani dietro la nuca. «Ma che diamine...! Mi stupisce davvero che l'abbia lasciata entrare. È stato un incubo collaborare con Johannes Mossing.»

«In che senso?»

«In tutti i sensi.»

«Non nego che non fosse particolarmente entusiasta di vedere nemmeno me.»

«E dunque di cosa ha parlato con la signora Mossing?»

«Non di molto. La nostra chiacchierata era iniziata da poco, quando lui è rincasato e ha dato ordini alla domestica di accompagnarmi fuori, alla mia macchina.»

Schäfer annuì. «Ecco, questo è più nel suo stile.»

«Perché non ha voluto collaborare con la polizia? Voglio dire, è strano. Sarà interessato quanto lei a far condannare l'assassina di suo figlio, no?»

Schäfer non rispose. Indicò invece le due lettere che aveva davanti. «Ha un paio di sacchetti per il freezer per metterci queste?»

Heloise fece per protestare, ma lui alzò una mano per fermarla.

«Saranno di sicuro già impiastricciate di tutte le altre impronte possibili e immaginabili, ma vanno controllate comunque. C'è anche la probabilità che sulla striscia gommata della busta sia presente il DNA del mittente.»

Heloise aveva già fotografato le lettere con il suo iPhone e aveva caricato delle copie su iCloud. Prese quello che le aveva chiesto.

Schäfer indossò di nuovo i guanti e infilò la corrispondenza in due sacchetti separati.

«Io intanto che cosa faccio?» chiese Heloise.

Il poliziotto si alzò e si allacciò la lampo del giubbino scamosciato. Prese il portafogli dalla tasca posteriore dei calzoni e le diede il suo biglietto da visita.

«Si faccia sentire se arrivano altre lettere o compaiono altre foto misteriose su Instagram. Per il resto, penso che possa semplicemente restare calma e tenere gli occhi e le orecchie aperti.»

Si guardò intorno.

«Ha un fidanzato o qualcuno che possa passare la notte qui?»

Heloise scosse la testa.

«Allora si ricordi di tenere la porta sempre ben chiusa a chiave.» Allungò la mano per congedarsi e lei la strinse.

«Non ha risposto alla mia domanda su Johannes Mossing» gli disse. «Perché non vuole collaborare con la polizia?»

Schäfer esitò un istante. Poi rispose: «Credo che abbia messo i suoi uomini a caccia di quella donna.»

«Dice sul serio?» L'idea era talmente assurda che a Heloise venne da sorridere. «E che cosa pensa che abbia intenzione di fare se la trova?»

Schäfer si avviò verso l'ingresso.

«Tenga sempre la porta chiusa a chiave» ripeté, e lasciò l'appartamento.

Heloise uscì sul balcone; poco dopo lo osservò attraversare la strada davanti al palazzo e salire su una Opel Astra nera parcheggiata con due ruote sul marciapiede.

Dopo che fu partito, iniziò a sparecchiare. Si sentiva come se la sua testa fosse un flipper con cento palline in gioco tutte insieme. Lo sfinimento scese su di lei come un lenzuolo bagnato, facendola sentire stranamente priva di forze e fredda.

Lasciò perdere i piatti sporchi e, anche se fuori era ancora chiaro, andò a letto, con tutti i vestiti indosso; tuttavia le riuscì difficile tranquillizzarsi. I cinguettii di fine estate squarciavano l'aria come proiettili impazziti e lei prese un paio di pastiglie per l'emicrania che mandò giù con un bicchiere di acqua polverosa che c'era sul comodino.

Poi si mise in posizione fetale con un cuscino premuto sull'orecchio libero e attese, mentre le onde di pensieri, piano ma inesorabilmente, iniziarono a placarsi.

11

Heloise fu svegliata da un rumore all'esterno. O forse era stato quel silenzio insolitamente limpido dentro il palazzo a strapparla al sonno?

Rimase distesa un attimo in ascolto, sbattendo assonnata le palpebre semiaperte.

Passarono dieci battiti del cuore.

Niente.

Gli occhi le si richiusero dolcemente e stava per riassopirsi, quando lo sentì di nuovo. Qualcosa che si muoveva. Un rumore attutito, di qualcosa che grattava.

Si sedette sul letto.

Che cosa è stato? Veniva dalle scale? O dal soggiorno?

Buttò giù le gambe dal letto, i piedi avvolti nei calzini poggiarono mollemente sul pavimento e andò a prendere la mazza da baseball che stava nell'angolo, al suo solito posto.

Nel vano della porta che dava sul soggiorno cercò di orientarsi al buio. Percepiva i contorni di ogni oggetto nella stanza; non sembrava esserci niente in disordine, nulla di anormale che spiccasse rispetto al resto.

Rimase immobile per un po' ad ascoltare.

Poi avanzò piano nel soggiorno brandendo la mazza in alto sopra la spalla destra, pronta a vibrare un colpo.

Qui non c'è nessuno. E in cucina?

Notò il fascio di luce sotto la porta d'ingresso e un'ombra che si muoveva al di là. Lentamente, e tanto in silenzio da sentire il battito del proprio cuore rimbombarle nelle orecchie, si avvicinò, evitando le assi del pavimento che sapeva avrebbero scricchiolato.

La sua faccia era a pochi centimetri dallo spioncino quando sentì bussare con forza.

Arretrò spaventata di un passo e inciampò nella borsa del computer. La mazza da baseball colpì rumorosamente il pavimento di legno spoglio e lei la cercò a tentoni nel buio, esagitata.

«Heloise?»

La voce che veniva da fuori la fece fermare.

«Heloise, sento che sei lì. Apri!»

Il sollievo e poi la collera presero a ribollirle in corpo. Si alzò e accese la luce. Poi aprì con decisione la serratura e spalancò la porta.

«Cosa cazzo ci fai qui in piena notte?» La sua voce si era alzata di tre ottave rispetto al solito; era isterica e arrabbiata. «Credevo che qualcuno stesse cercando di entrare in casa.»

Martin Duvall la scrutò da capo a piedi senza capire.

«Ma se sono le dieci e un quarto! Stavi già dormendo?» Allungò una mano per toccarle il viso. «Il cuscino ti ha lasciato i segni sulla guancia.»

Heloise scostò risoluta la testa.

«Che cosa vuoi?» gli chiese, mentre si stringeva le braccia intorno al corpo. Aveva freddo, era stanca e sapeva fin troppo bene di avere l'aspetto di una che aveva dormito con tutti i vestiti indosso, mentre lui era lì davanti a lei, con il suo completo su misura, pulito e profumato, ed era… così bello. Era sempre talmente bello che le venne voglia di tirargli uno schiaffo.

Fanculo.

«Vorrei parlarti» rispose lui. «Posso entrare?».

«No.» Heloise afferrò la maniglia e ostruì l'ingresso con il suo corpo.

«Ti ho telefonato e scritto cento volte. Perché non rispondi?»

«Perché è impossibile che tu abbia da dirmi qualcosa che io voglia sentire.»

«Heloise, te lo giuro, non avevo idea che quei documenti fossero...»

«È indifferente.»

«Ascolta quello che ti dico!»

«No, ascolta tu quello che ti dico *io*» disse lei con voce trattenuta. «Non mi importa sapere perché hai fatto quello che hai fatto. Non mi importa. Hai capito? Non mi importa della tua spiegazione e non mi importi tu. Vattene a casa, Martin.»

«Non ti importa?» I suoi occhi cercarono quelli di lei.

Heloise annuì senza guardarlo.

Lui scosse la testa. «Non è vero.»

«Vattene a casa e basta» ripeté lei e fece per chiudere la porta.

Lui vi appoggiò sopra una mano. «Mi sono licenziato.»

Quelle parole frenarono Heloise.

«È quello che sto cercando di dirti» proseguì lui. «Non sei l'unica a essere stata infinocchiata. Non sei l'unica che è stata sfruttata.»

La sua voce sembrava stanca. Non rassegnata o sconfitta, solo stanca.

Quando Heloise infine parlò, lo fece attraverso la porta semichiusa.

«Davvero hai dato le dimissioni?»

«Sì.»

«Perché?»

«Perché quando la tua storia è finita sotto il fuoco di fila, giovedì, mi sono reso conto di cosa fosse successo» Spinse delicatamente la porta di qualche centimetro, in modo da riuscire a vedere Heloise.

Lei incrociò il suo sguardo.

«Non ti ho mentito» le disse. «Io non lo sapevo.»

Ci fu un lungo silenzio.

Poi lei fece un passo indietro e aprì completamente.

12

Aveva un incisivo storto. Era anche un filo più grande e scuro dell'altro. Era l'unico tratto del suo viso a non essere perfettamente simmetrico. Forse era per quello che a Heloise quel dente piaceva tanto; c'era qualcosa di estremamente disarmante in quel sorriso imperfetto.

«Hai intenzione di rivelare quello che sai?» Gli chiese mentre erano seduti nella sua cucina davanti a una sfoglia ai semi di papavero e al caffè del mattino.

«Pubblicamente, intendi?»

«Sì.»

Martin si voltò verso la finestra e, quando un raggio di sole gli colpì il viso, chiuse per un attimo gli occhi. «Non vedo altra scelta.»

«Non sarà esattamente d'aiuto alla tua carriera» gli ricordò lei.

«Se mi preoccupassi di questo, sarei rimasto al ministero.»

«Fino a quale gradino della gerarchia pensi si possa risalire nel rintracciare le origini di questi documenti? Chi te li ha dati?»

«Carsten Holm» rispose lui e finì il caffè.

«Il Re sole?»

Holm era il braccio destro nonché lo *spin doctor* del ministro dell'economia e degli affari. Un uomo alto e, pareva, perennemente abbronzato, famoso tra i giornalisti tanto per la sua passione per la cocaina e le donne, quanto per essere un impareggiabile stratega.

«Quali probabilità ci sono che il ministro ne fosse a conoscenza?»

«Doveva saperlo senz'altro» disse Martin. «Chissà che non ci sia proprio lui dietro a tutto.»

Heloise rifletté un attimo sulle potenziali conseguenze nel caso quella teoria fosse vera. Se il ministro aveva foraggiato la stampa con documenti falsi per mettere i bastoni tra le ruote a una delle aziende più grosse del Paese e, in tal modo, salvare posti di lavoro in Danimarca, sarebbe stato lo scandalo politico dell'anno. Sarebbe stato costretto a dimettersi, a meno di sacrificare il suo collaboratore più stretto.

«Ma come faceva Carsten Holm a sapere che noi due ci conosciamo?» gli chiese. «Perché ti ha chiesto di mostrare proprio a me quei documenti?»

Martin tossì nella mano chiusa a pugno e si alzò da tavola. «Posso fare ancora un po' di caffè? Ne vuoi?»

«Sì, grazie.»

Andò alla macchinetta e preparò due espressi. Versò un goccio di latte parzialmente scremato nel montalatte e lo accese senza chiuderlo con il coperchio. L'aggeggio si mise in funzione e delle goccioline bianche volarono fuori atterrando sulla sua pancia nuda. Prese un cucchiaino e versò un po' di schiuma nella tazza di Heloise, proprio come piaceva a lei, poi tornò al tavolo e gliela porse.

«Prego.»

«Grazie.» Lei ne bevve un sorso. «Martin?»

«Sì?» La guardò.

«Ti ho chiesto una cosa.»

«Oh diamine, Helo, quante domande fai.» Si contorse un po' a disagio mentre le sorrideva.

Heloise continuò a guardarlo in attesa di una risposta, finché lui disse:

«Holm sapeva che ci conosciamo perché gli ho parlato di te, okay?»

Lei aggrottò le sopracciglia. «E perché l'hai fatto?»

«Tu cosa credi?» Martin allargò le braccia. «Perché sono pazzo di te.»

Lei sbatté le palpebre un paio di volte. «Okay...» Martin le si sedette di fronte e avvicinò alla propria sedia quella di Heloise, che grattò sulle assi del pavimento. «Per essere una giornalista d'inchiesta, a volte sei un po' lenta a fare due più due, lo sai?»

Si protese in avanti e la baciò.

Lei non sapeva che cosa dire. Una moltitudine di pensieri le affollava la mente.

«Se hai intenzione di uscire allo scoperto con questa storia, è meglio se ci diamo da fare» disse poi e raddrizzò la schiena.

«Okay.»

Martin si alzò e sparì per un attimo in camera da letto. Quanto tornò, era quasi completamente vestito.

«Quale approccio proponi?» Si appoggiò al telaio della porta della cucina abbottonandosi la camicia. «Ci sediamo semplicemente a tavolino a ripercorrere il tutto parola per parola, o hai pensato di muoverti diversamente?»

«Non posso scrivere io il pezzo» disse Heloise. «Dobbiamo trovare un altro giornalista.»

«Perché?»

«Perché io sono troppo immischiata. La mia credibilità riguardo al caso Skriver non è esattamente alle stelle dopo che l'articolo che ho scritto si è rivelato pieno di errori.» Fece scorrere lo sguardo su e giù per il corpo di Martin mentre si infilava la camicia nei pantaloni. «E poi il fatto che scopo con la fonte non aiuta.»

Martin si strinse nelle spalle, non poteva darle torto. «Se la metti così...»

Heloise si alzò e portò le tazze del caffè al lavabo, dove si ergeva una torre di stoviglie sporche.

«Ho un collega molto bravo tra i giornalisti d'inchiesta» disse. «Mogens Bøttger. Di lui ti puoi fidare.»

«Okay.»

Martin stava per andare da lei, quando notò qualcosa sul pavimento.

Si piegò e lo prese.

«Erik Schäfer, Polizia di Copenaghen, sezione Anticrimine» lesse a voce alta e guardò Heloise con aria interrogativa. «Perché c'è questo biglietto da visita sul tuo pavimento?»

Lei esitò un attimo, poi scosse la testa e lo spinse fuori dalla cucina.

«Te lo spiego un'altra volta. Adesso vediamo di riuscire a beccare Mogens al giornale.»

*

Mentre salivano al terzo piano, la mano di Martin trovò quella di Heloise. Non appena l'ascensore si aprì, lei si liberò.

«Da questa parte» disse e lo guidò lungo il corridoio della redazione.

«È qui che vieni tutti i giorni?» Martin si guardò intorno.

Heloise annuì. «Un salto ce lo faccio tutti i giorni, ma il mio lavoro si svolge per lo più fuori. Incontri con le fonti, giri per diversi archivi... sai, ficcanasare in posti dove non sono la benvenuta. Il quarto potere e tutto quello che comporta.»

Le sembrava più strano e di gran lunga più intimo vedere Martin al giornale che non averlo nel suo letto. Era come se l'intero palazzo trattenesse il fiato; come se i vecchi ritratti dei caporedattori li seguissero con gli occhi mentre percorrevano il corridoio.

Trovarono Bøttger seduto alla sua postazione abituale, abbandonato contro lo schienale della sedia con i piedi sulla scrivania.

Stava cercando di far colpo con un aneddoto della sua vita da giornalista pluripremiato su una giovane tirocinante che, in piedi davanti a lui, stringeva una cartellina. Quando vide la collega avvicinarsi, perse immediatamente interesse per la giovane e la congedò con un cenno della mano.

Heloise si fermò alla sua scrivania e osservò la ragazza con sguardo eloquente, prima di voltarsi verso di lui.

«Lo sai che devi tenere le mani lontano dalle tirocinanti, vero, Mogens?»

«Quella? Per carità!» sbuffò lui. «Pensavo che avessi un'opinione un po' più alta di me, Kaldan.»

Heloise decise di lasciar perdere il mobbing cameratesco, uno sport che adoravano praticare insieme e che normalmente poteva protrarsi per ore intere.

Indicò Martin, accanto a lei.

«Mogens, vorrei presentarti Martin Duvall.»

Bøttger si alzò e allungò una manona pelosa delle dimensioni di un guanto da baseball.

«Ciao» disse. «Mogens.»

«Martin Duvall.»

«Martin è responsabile della comunicazione al Ministero dell'economia e degli affari» spiegò Heloise. «O meglio, lo era fino a poco fa. Ha appena dato le dimissioni.»

«Davvero?»

«Già, è saltato fuori che ultimamente al ministero è successo qualcosa di piuttosto torbido. Qualcosa che potenzialmente potrebbe far cadere il ministro, o quanto meno mettere fuori gioco il suo abbronzato numero due.»

«Addirittura?» L'espressione di Bøttger rivelava un interesse sempre maggiore.

«Perciò ho pensato che, siccome io sono molto impegnata con

una storia che normalmente sarebbe ricaduta sotto la tua competenza, forse per una volta tanto sarei riuscita a convincerti a prenderne una delle mie.»

Bøttger chiuse un occhio e mise a fuoco la collega con l'altro. «Di che cosa si tratta esattamente?»

Heloise si guardò oltre le spalle prima di rispondere. «Del caso Skriver.»

*

Alla reception Heloise si fece consegnare le chiavi di una delle auto aziendali. Aveva lasciato Martin in sala riunioni in compagnia di Mogens Bøttger, di una caffettiera piena e di un dittafono. Conoscendo il collega, sapeva che non ne sarebbero usciti prima che lui avesse risucchiato tutte le briciole di pensiero e tutti i dettagli possibili e immaginabili dagli angoli più reconditi del cervello di Martin.

Heloise lasciò il giornale e si incamminò verso Sankt Annæ Plads, dov'era parcheggiata la Ford. Aveva cercato di rintracciare la madre di Anna al telefono, ma non le aveva risposto. Adesso voleva vedere se fosse possibile trovarla al pub a Herlev.

Era ancora primo pomeriggio e Store Strandstræde brulicava di vita. La caffetteria di fronte al giornale pullulava di giovani seduti al sole a gustarsi bevande da hipster mentre si ammiravano vicendevolmente le barbe ingovernabili e i tatuaggi su quegli stecchini che avevano per braccia. Heloise non riusciva a capire come quella esagerata villosità facciale avesse potuto diventare popolare tra i ventenni. Per lei corrispondeva a voler apparire più brutti e più vecchi di quanto non si fosse in realtà e sottolineare con un pennarello a punta grossa le rughe che l'età tracciava sul volto.

Procedeva a passo sostenuto; fu solo quando Ulrich Andersson la affiancò e la prese per il braccio che si accorse di lui.

«Continua a camminare» le disse e la condusse gentilmente, ma deciso, lungo Store Strandstræde.

Heloise si guardò istintivamente oltre le spalle, ma lo seguì senza opporsi.

«Ulrich?! Che cosa succede?»

Si era quasi dimenticata di averlo chiamato un paio di giorni prima. Non l'aveva più visto dopo che aveva smesso di lavorare al *Demokratisk Dagblad*, e anche quando erano colleghi non ci aveva mai avuto molto a che fare. Ciò nonostante lo ricordava come un tipo ostinato e sbruffone. Di quelli che se ne fregavano dei divieti di fumare e delle linee guida etiche del giornale, per fare invece quel che più gli aggradava.

Adesso, invece, faceva pensare piuttosto a una birra alla spina che era rimasta troppo tempo al sole e aveva perso tutta la schiuma. I capelli rossicci erano raccolti sulla nuca in una coda di cavallo moscia sotto un berretto sbiadito dei New York Yankees che gli copriva la piazza pelata, mentre i vestiti logori e troppo grandi gli pendevano sul corpo ossuto.

Guardò le chiavi che Heloise teneva in mano.

«Dov'è la macchina?»

«Lì avanti» rispose lei indicandola.

«Okay, andiamo a fare un giro.» Ulrich allungò la mano.

Heloise strinse le chiavi. «Guido io.»

13

Quando Stefan accese l'accendino, il dolore gli serpeggiò su per il braccio. Imprecò sottovoce e soffiò con forza il fumo fuori dalle narici.

Il radiologo l'aveva chiamata "frattura del quarto metacarpo" e gli aveva chiesto come se la fosse procurata.

«Un incidente sul lavoro» aveva risposto lui, ghignando sotto i baffi.

Tre settimane prima, un professore di liceo di Risskov era stato sul punto di crollare. Aveva voluto sapere troppo e si era pentito. Avevano chiesto a Stefan di occuparsene e lui aveva cercato di farlo ragionare. Prima appellandosi ai suoi demoni interiori, poi minacciando la sua famiglia: questo all'inizio aveva avuto un effetto paralizzante.

Come sempre.

Tuttavia aveva percepito che l'uomo era ancora in dubbio, e proprio non potevano permettersi di rischiare con gli affari. C'erano troppi soldi in gioco, troppe vite sarebbero state rovinate da un patetico voltagabbana oppresso da scrupoli morali. O stai al gioco, o sei fuori, tutto lì.

L'uomo aveva lottato per la sua vita.

Stefan non aveva previsto che un uomo grande quanto un folletto, con delle dita così lunghe ed esili, potesse opporsi con così tanta veemenza al suo aggressore e colpire così forte. Aveva agitato selvaggiamente le braccia e centrato Stefan con un paio di colpi ben assestati, prima che lui lo neutralizzasse con un pugno appena sotto la mandibola. L'uomo si era piegato in due come una sdraio difettosa e aveva toccato terra con un tonfo sordo.

Stefan lo aveva osservato: era incosciente, vulnerabile. Aveva un aspetto così fragile, come un uovo appena deposto. Una leggera pressione nel punto giusto, e il guscio si sarebbe spaccato.

Stefan aveva avvertito una smania gorgogliargli in petto. La voglia di ruotare la testa di quell'uomo in una posizione particolarmente innaturale, prendere il martello da fabbro che aveva nella cassetta degli attrezzi sul pick-up e sventolarlo in una festa pirotecnica di sangue, massa cerebrale e schegge craniche. Ma no. Avrebbe fatto casino e basta, non c'era tempo.

Invece gli aveva legato la corda intorno al collo, aveva stretto e poi aspettato.

Quando, mezz'ora più tardi, aveva preso il largo dal porto di Aarhus e spinto il corpo esanime oltre il bordo della barca, era rimasto a lungo a guardare giù dopo che l'uomo e la catena di ferro avvolta intorno al suo busto si erano inabissati nell'acqua scura tanto da non risultare più visibili.

Inizialmente, il caso aveva invaso i media. Adesso la Polizia dell'Østjylland aveva deciso di sospendere le indagini fino a quando non fossero saltate fuori nuove tracce, ma la famiglia non si era arresa. Stefan aveva visto che aveva creato un gruppo su Facebook dove chiedeva aiuto per cercarlo. Nella speranza di trovarlo, centinaia di volontari avevano vagato per le strade di Aarhus perquisendo le scale esterne agli edifici che scendevano alle cantine, i cassonetti dei rifiuti e i bacini portuali. All'inizio lui aveva seguito gli sviluppi e messo il *like* a tutti gli aggiornamenti e le foto che la sua famiglia e i suoi studenti avevano condiviso.

Adesso, invece, pensava a lui soltanto quando gli faceva male la mano.

Spense la sigaretta e fece per prenderne una nuova dal pacchetto, quando la porta del *Demokratisk Dagblad* si aprì e uscì la giornalista.

Non erano passati più di venti minuti da quando l'aveva vista entrare. Era stata in compagnia di un uomo, forse un fidanzato? Comunque stessero le cose, Stefan li aveva visti lasciare casa sua quel mattino, se non mano nella mano, comunque in un qualche modo *insieme*.

Adesso lei era lì, da sola. Appariva forte e sicura di sé. Non avrebbe goduto a farle del male, se si fosse arrivati a tanto.

Ma l'avrebbe fatto lo stesso.

Si infilò di nuovo il pacchetto di sigarette nella tasca della giacca di jeans e la seguì lungo Store Strandstræde. Rimase per tutto il tempo dalla parte opposta della strada, a una certa distanza dietro di lei, osservandola. L'energia che emanava gli portò alla mente un vecchio dipinto che aveva visto da bambino su un libro di religione a scuola e che ritraeva Mosé che divideva il Mar Rosso. Nell'immagine le acque si aprivano e sembravano chinarsi in sottomissione, permettendo a Mosè di attraversare il fondo asciutto senza difficoltà. Adesso, la gente sembrava spostarsi nello stesso modo per non intralciare l'andatura determinata di quella donna.

Dapprima non riconobbe l'uomo che comparve al suo fianco prendendola per il braccio. Se non fosse stato per l'espressione sorpresa che era lampeggiata brevemente sulla faccia di lei, avrebbe creduto che si trattasse di un buon amico, poiché il suo passo non cambiò di ritmo né rallentò. Al contrario, i due continuarono a camminare indisturbati a braccetto.

Stefan li seguì fino a Sankt Annæ Plads, dove li vide salire a bordo di una Ford Focus blu scuro.

Solo quando l'auto si immise sulla carreggiata e l'uomo sul sedile del passeggero si girò verso il finestrino, lo riconobbe.

Sentì il proprio battito accelerare, mentre la rabbia e l'euforia gli starnazzavano in giro per la cassa toracica come uccelli terrorizzati.

Prese il telefono del lavoro dalla tasca dei pantaloni e chiamò. La risposta arrivò dopo due trilli, non sotto forma di un saluto, bensì di un silenzio assordante.

«Pronto?» disse Stefan.

«Sì?»

«Sì, ciao, sono io. Sto osservando...»

«Sono impegnato. Che cosa vuoi?»

«Si tratta della donna. La giornalista.»

«Che cosa c'è?»

«Ieri sera la polizia è stata a casa sua.»

Nulla.

«Prima è arrivata una coppia di agenti giovani, niente di particolare» proseguì Stefan. «Ma poi si è fatto vivo anche Schäfer. Non è rimasto tanto, ma c'era.»

«Dov'è adesso la donna?»

«L'ho appena vista che lasciava il giornale. È salita su un'auto e se n'è andata... Era insieme a Ulrich Andersson.»

All'altro capo ci fu silenzio per un paio di secondi. Poi: «Fottuti giornalisti del cazzo».

«Proprio lui.»

«Scopri che cosa le ha detto.»

Stefan chiuse la mano destra, un dito alla volta, e quando il dolore gli trafisse il braccio serrò gli occhi. «Devo fare altro?»

A eccezione del respiro pesante sempre più accelerato, nel telefono c'era silenzio. E poi: «Sbaglio o ci hai già fatto una bella chiacchierata?»

«Esatto.»

«Mmh... Pare che non abbia sortito l'effetto desiderato.»

«Evidentemente no.»

«È un vero peccato.»

«Già» disse Stefan. Dovette mordersi il labbro per non sorridere. «Un peccato.»

*

Heloise si slacciò la cintura di sicurezza e si voltò verso l'ex collega.

«Ulrich, hai un aspetto terribile. Cosa cazzo succede, ti droghi?»

Aveva parcheggiato in una strada deserta vicino a riva nel punto più orientale dell'isola artificiale di Refshaleøen, dov'erano circondati da nient'altro che ghiaia, alberi e il mare grigio scuro. Era stato Ulrich a guidarla lì con indicazioni concise e affannate.

A destra, dritto, gira qui.

Era tutto quello che aveva detto durante il tragitto.

Adesso guardò stancamente fuori dal parabrezza. «Hai detto che ti ha scritto.»

«Anna Kiel?» chiese Heloise. «Sì, due volte.»

«Come fai a sapere che è lei?»

Heloise alzò le spalle. «In realtà non lo so con certezza. Non ancora, in ogni modo. Adesso le lettere le ha la polizia, che le sta esaminando per trovare impronte digitali e tracce di DNA. Ma sono firmate con il suo nome e fanno riferimento all'omicidio di Taarbæk.»

«Che cosa ti ha scritto?»

«Ulrich, cosa cazzo succede? Stai bene?»

«Raccontami solo che cosa ti ha scritto.» Si girò verso Heloise e la guardò con occhi vacui.

«Niente di che» rispose lei. «Per lo più cose incomprensibili, enigmi, vaniloqui sui fiori e sui numeri fortunati. Dice che io e lei siamo legate e che devo raccontare la sua storia.»

«Ha scritto qualcosa su Mossing?»

«Che è morto dissanguato e che le è piaciuto vederlo.»

«No, non Christoffer Mossing, sto parlando del padre, Johannes. Ha scritto qualcosa su di lui?»

Heloise aggrottò le sopracciglia. «No, perché avrebbe dovuto?»

«Non lo so, ma c'è sotto qualcosa» mormorò Ulrich portandosi confuso una mano alla testa. Per un momento sembrò smarrito e Heloise vide che il bavero della camicia gli era diventato blu scuro per il sudore.

«Ha a che fare con il fatto che i suoi uomini la stanno cercando?» gli chiese e si allungò verso di lui.

Ulrich Andersson alzò lo sguardo.

«Heloise, devi starmi a sentire.» Le afferrò con forza la spalla. «Sta' alla larga da quelle persone. Resta fuori da questa faccenda!»

Lei si divincolò stizzita dalla sua presa. «Vedi di spendere qualche parola in più, Ulrich. Quello che dici non ha senso!»

Una moto si materializzò dal nulla e oltrepassò l'auto posteggiata rombando a tutto gas.

Il corpo di Ulrich si sollevò di diversi centimetri dal sedile di poliestere grigio scuro della Ford e lui si guardò intorno in preda al panico.

«Ehi, rilassati.» Heloise tentò di parlargli con tono calmo. Era come avvicinarsi a un cavallo spaventato in fondo a un recinto. Il suo sguardo era agitato e disorientato e tutti i muscoli del suo corpo sembravano tesi, pronti alla fuga.

«Tranquillo, Ulrich, qui ci siamo solo tu e io» disse. «Solo noi due, non c'è niente di cui avere paura.»

«Non so di cosa si tratti, ma sta succedendo qualcosa.» Sembrava quasi che parlasse a se stesso. «Mi sono occupato io del caso ai tempi, ho seguito le tracce che ho trovato.»

«Quali tracce?»

«Forse adesso sta invecchiando, ma c'è stato un tempo in cui gestiva tutto lui.»

«Chi?»

«Mossing, dannazione! È Mossing, non lo capisci?»

«Johannes Mossing?»

«Era lui che prestava il denaro e quando non potevano ripagarlo...» Si mise a ridere, una risata nervosa, quasi isterica. «Come nel *Padrino*, Heloise, né più né meno che il fottuto Padrino.»

«Prestava il denaro? A chi?»

«Agli scommettitori. I giocatori d'azzardo. All'ippodromo.»

Heloise non ne sapeva niente. «Intendi le corse dei cavalli?»

«Sì, a Klampenborg. Prestava denaro in cambio di una percentuale sulla vincita, con gli interessi, naturalmente, e stiamo parlando di somme ingenti, Heloise, mica spiccioli. E quando le persone non riuscivano a restituirgli quello che gli dovevano...» Chiuse gli occhi e scosse la testa. «Sparivano.»

«Che cosa significa?»

«Le persone *sparivano*» ripeté lui. «Capisci quello che ti sto dicendo?»

Heloise rimase in silenzio sul suo sedile. «Come lo sai?»

«Un giorno ho ricevuto una soffiata alla redazione, mentre stavo scrivendo dell'omicidio del figlio.»

«Da parte di chi?»

«Non lo so. Era una chiamata anonima, con solo poche parole chiave: *Vai all'ippodromo, chiedi di Mossing e vedrai.* Naturalmente ci sono andato e ho chiesto in giro, ma nessuno sapeva niente. O comunque, nessuno ha voluto parlare con me.»

«Allora che cosa hai fatto?»

«Da Andy's avevo conosciuto uno dei vecchi fantini. Così l'ho preso da parte, no? E gli ho assicurato che poteva parlare in via *del tutto confidenziale...*»

«E?»

Ulrich guardò Heloise dritto negli occhi. «Mi ha raccontato delle cose malate. Cose che non riusciresti a immaginarti nemmeno nei tuoi incubi più assurdi.»

Heloise provò a deglutire, ma aveva la bocca asciutta. «Che cosa ha detto?»

Ulrich scosse la testa. «Preferiresti non saperlo.»

«Sì invece» insisté Heloise. «Voglio proprio saperlo.»

«No» ripeté lui. «Se scoprono che ho parlato con te... Meno sai, più sarai al sicuro.»

«Ma che cosa c'entra quest'attività delle scommesse con l'omicidio del figlio?» Volle sapere Heloise.

«Non lo so, forse niente. Forse Mossing semplicemente non vuole che la polizia ficchi il naso nei suoi affari.»

Heloise ripensò alla teoria di Schäfer secondo cui Mossing aveva messo i suoi uomini sulle tracce di Anna Kiel.

«Credi che per evitarlo sia disposto a lasciare che l'assassina di suo figlio resti in libertà?»

«Una cosa è certa» disse Ulrich. «Quello è un pazzo furioso, è matto da legare. Quel giorno sono tornato direttamente a casa dopo essere stato a Klampenborg, e in piena notte mi sono svegliato con un uomo accanto al letto che mi ficcava una pistola in bocca.» Dalle sue labbra sfuggì un singhiozzo soffocato. «Mi ha lasciato graffi fin giù nella gola, cazzo.»

«Gesù santo, Ulrich!» Heloise si portò una mano alla bocca. «Chi era? Mossing?»

«No, era uno che non avevo mai visto prima. Capelli scuri, tarchiato. Ha detto che la mia famiglia avrebbe dovuto grattarmi via dalla testiera del letto se non avessi smesso di fare domande su Mossing e sull'omicidio del figlio.»

«Non sei andato alla polizia?»

«No, che cazzo, mi sono solo sbrigato a lasciarmi tutta quella storia di merda alle spalle. Ho mollato il lavoro credendo che sarebbe servito, invece...» Gli si spezzò la voce. «Sono rimasto fottuto. Non riesco a dormire di notte, prendo le pastiglie per sentirmi...» Si fermò un istante a cercare le parole, ma poi non terminò quello che aveva iniziato a dire, qualunque cosa fosse. «Devi dimenticare tutto di questa vicenda, Heloise. Non devi avere contatti con Mossing.»

«Sì, ma non posso...»

«Ti dico di stare alla larga da quella gente! Sono dei malati del cazzo!» Aprì la portiera all'improvviso e scese senza richiuderla.

Heloise lo chiamò: «Ulrich, dove vai? Torna qui!»

Si era già incamminato giù per la strada sterrata.

Heloise si allungò oltre il sedile del passeggero e tirò la portiera, che si richiuse con uno schianto. Lo raggiunse e abbassò il finestrino.

«Avanti, sali in macchina. Devi andare alla polizia.»

Ulrich Andersson non le rispose, abbandonò invece la strada e proseguì su un prato spelacchiato diretto verso un boschetto dalla parte opposta.

Quando Heloise lo chiamò ancora, lui aumentò l'andatura.

14

Quando la battuta colpì la rete per la terza volta di fila, per la frustrazione il ragazzino diede un calcio alla sabbia, che gli si levò intorno in un nuvolone. I granelli beige gli atterrarono sulle lunghe ciglia bagnate e sui capelli ricci.

Raccolse la palla da volley e tornò di nuovo dietro la linea di fondo nella zona di servizio. Guardò con calma davanti a sé e si concentrò un attimo. Poi lanciò la palla in alto e saltò con entrambi i piedi per batterla forte con un colpo netto.

La palla fendé l'aria e atterrò all'interno del campo al di là della rete.

«Evvai! Ben fatto, campione!» gridò Stefan battendo le mani, malgrado il dolore.

Il ragazzino trasalì e si girò verso la voce, cercando di capire da chi venisse. Strizzò gli occhi e alzò una mano per ripararsi dal sole serale, ormai basso in un cielo pieno di morbide nuvole cumuliformi.

Dopo che la maggior parte degli altri bambini aveva lasciato l'Amager Strandpark insieme agli habitué della corsa e ai kitesurfer, sul campo da beachvolley non era rimasto che lui. Si accorse solo ora di avere del pubblico e fece un cenno imbarazzato con la testa in segno di ringraziamento. Poi andò verso una borsa sportiva verde fluo posata sulla sabbia a destra del campo.

Stefan lo guardò mentre ci infilava la borraccia e un grosso telo da mare dei Ninjago. Poi si mise la borsa in spalla e si affrettò a raccogliere la palla Spalding bianca dalla sabbia. Dopodiché raggiunse di corsa una mountain bike parcheggiata parallela alla pista ciclabile, molto vicino alla panchina da dove Stefan lo aveva osservato.

Quando si inginocchiò per trafficare con il lucchetto, Stefan si alzò e gli si avvicinò con le mani in tasca e una King's senza filtro che gli pendeva mollemente dalle labbra screpolate dal sole.

«Sei davvero bravo con quella palla, eh?»

«Grazie.» Il ragazzino si alzò e la legò al portapacchi.

«Come ti chiami?»

«Daniel.»

«Daniel» ripeté Stefan squadrandolo. Era un bel bambino con gli occhi verdi, la pelle del colore del cioccolato al latte e leggere lentiggini sul naso e le guance.

«Dove vai, Daniel?»

«A casa.» Si guardava le scarpe mentre parlava.

«Oh, che peccato.» Stefan fece un tiro di sigaretta e sputò del tabacco. «Mi è proprio piaciuto vederti giocare.»

«Ho promesso a mia mamma di tornare per cena.»

Stefan si guardò intorno. «Abiti qua vicino?»

Gli posò una mano sulla spalla.

«Ho promesso a mia mamma che a quest'ora sarei stato a casa» ripeté il ragazzino e cominciò a spingere la bici sulla pista ciclabile.

«Che classe fai?» proseguì Stefan. «La quarta? La quinta?» Lo seguì lungo la ciclabile senza togliergli la mano dalla spalla.

«La quinta.»

«La quinta.» Stefan fischiò colpito. «Allora sei grande.»

Il ragazzino si liberò e saltò in sella alla bici. Premette con forza sui pedali senza guardarsi indietro.

«Be', allora stammi bene, Daniel» gli gridò Stefan. «Ci vediamo un altro giorno, vero?»

Continuò a seguirlo con lo sguardo fino a quando non fu diventato altro che un puntino nero in fondo ad Amager Strandvej.

Poi tornò alla panchina e si mise comodo.

Nell'appartamento dalla parte opposta della strada non c'erano ancora segni di vita. La facciata di vetro del palazzo lasciava vedere liberamente sia la cucina, sia il soggiorno, ed entrambi i locali erano bui e vuoti. L'appartamento non sembrava accogliente come la villetta di un piano nel quartiere di Grækenland dove Ulrich Andersson abitava l'ultima volta che Stefan gli aveva fatto visita. In effetti, non sembrava accogliente per niente. Lì dentro era tutto freddo e moderno e Andersson non pareva essere particolarmente interessato all'arredamento, ora che sua moglie se n'era andata.

E comunque non è quello che importa adesso, pensò Stefan guardando l'orologio. Quando alzò di nuovo lo sguardo, la luce in cucina si era accesa.

15

«Sembrava completamente fuori. Quasi un pazzo, a sentirlo.»

Heloise strinse forte la bottiglia tra le gambe e, dopo aver tirato a lungo e con insistenza, riuscì a togliere il tappo. Andò in cucina e afferrò per gli steli due bicchieri da vino, poi tornò sul balcone.

«Chardonnay?»

«Mille volte sì» rispose Gerda battendo le bacchette al ritmo di *Treasure* di Bruno Mars, che usciva dall'iPhone di Heloise posato sul tavolo a ribalta davanti a loro.

«Non beviamo un po' troppo? In generale, intendo» chiese Heloise mentre versava il vino.

«Sì.»

La risposta arrivò all'istante, senza la minima ombra di senso di colpa.

Certe volte la felicità è avere un amico con gli stessi vizi nostri, pensò Heloise. E Gerda era la migliore, e forse in realtà unica, amica che avesse. La sola persona rimasta al mondo che la conoscesse. Che la conoscesse *davvero.*

Da quando erano piccole, e per svariati anni, avevano abitato porta a porta nelle Case gialle, una definizione che con grande originalità avevano coniato per delle villette a schiera a Frederiksstaden che erano – rullo di tamburi – gialle.

A sei anni, erano andate mano nella mano alla Nyboder Skole il primo giorno di scuola, con code di cavallo coordinate e cartelle rosse come le cassette delle lettere, grandi quanto un congelatore a pozzetto, ugualmente in tinta.

Inseparabili fin dal primo giorno.

A dieci anni, avevano fumato insieme la loro prima sigaretta ben nascoste nei passaggi cavi dentro le siepi di faggio del parco Kongens Have, e per tutti gli anni di scuola si erano innamorate a turno degli stessi ragazzi. Avevano odiato i reciproci nemici con grande entusiasmo, amato le reciproche famiglie con ancor più intensità e avevano pianto entrambe (e pianto, e pianto ancora) quando, nell'estate tra la seconda e la terza elementare, la madre e il padre di Heloise avevano annunciato che si sarebbero separati.

«Noi due non ci lasceremo mai» aveva detto Gerda, e avevano fatto un giuramento di sangue. Ventisette anni dopo, non lo avevano ancora infranto.

«Forse *è* fragile» disse Gerda e iniziò a suddividere il contenuto della box Onassis di Sticks'n'Sushi: *sticks* per Gerda, sushi per Heloise. «Come hai detto che si chiamava?»

«Ulrich. E sì, forse hai ragione. Bøttger in ogni modo dice che è stato a lungo in malattia per colpa dello stress o qualcosa del genere.»

«Non si diventa pazzi per lo stress.»

«No, ma forse non era stress, poteva trattarsi di ansia o depressione, o qualcosa così.»

«Di nuovo: non si diventa pazzi per l'ansia.»

Gerda lavorava come psicologa nella Difesa e non aveva un approccio particolarmente lassista quando si trattava di diagnosi, nemmeno per gioco. Se, in un momento di collera, Heloise definiva una fonte snervante come un imbecille schizofrenico, oppure per scherzare diceva che si sentiva affetta da sindrome da stress post-traumatico per via di un incarico particolarmente impegnativo sul lavoro, Gerda alzava un sopracciglio come a dire: «Non sai di cosa stai parlando».

Era stata mandata diverse volte sia in Afghanistan sia in Iraq e Heloise sapeva che, per cinque giorni alla settimana, lavorava alla caserma di Østerbro ad ascoltare aneddoti provenienti dagli abissi dell'esistenza e oltre. Aveva visto e sentito raccontare di più orrori nei sei anni trascorsi alla Difesa di quanti la maggior parte delle persone facesse in una vita intera.

«Okay, allora sembrava uno che stava per farsela sotto dalla paura. Era evidentemente agitato e non sono riuscita a farlo calmare» disse Heloise.

«Di che cosa aveva paura?»

Heloise non aveva riferito all'amica quello che Ulrich le aveva detto dell'uomo con la pistola. Non le andava di farla preoccupare.

«Aveva avuto l'impressione che volessero che si facesse i fatti suoi, altrimenti...»

«Volessero? Chi?»

«Non lo so. Johannes Mossing e i suoi uomini, suppongo.»

Heloise costruì un'alta torre di zenzero marinato su un grosso *crispy ebi*, intinse l'opera d'arte nella salsa di soia e spalancò la bocca. Masticò a lungo prima di poter riprendere a parlare.

«Ho visto che Mossing ha iniziato a investire nei cavalli purosangue nel 1982 e so che possiede una scuderia nel Fyn. Negli archivi del giornale ci sono tante foto di lui all'ippodromo, quindi è certo che ci abbia passato molto tempo.»

«Cavalli purosangue? Sono quelli che usano alla pista da trotto di Klampenborg?»

«Esatto, a parte il fatto che è una pista da galoppo.»

Gerda la guardò senza capire.

«È una pista da galoppo, non da trotto» ripeté Heloise. «In Danimarca ci sono nove ippodromi, di cui otto sono per il trotto. Il nono è la pista di Klampenborg.»

«Che differenza c'è? A parte l'andatura, intendo.»

«Nel trotto il guidatore siede su un carrozzino trainato dal cavallo, mentre nel galoppo il fantino sta in sella. Fatto sta, comunque, che l'unica cosa che dimostrano gli investimenti di Mossing è il suo interesse per le scommesse ippiche. Tutto il resto, per ora, sono solo chiacchiere senza uno straccio di prova.»

«Invece questo Ulrich sostiene che Mossing sia uno strozzino e che abbia fatto fuori – scherzi? – chi non riusciva a ripagare i debiti, giusto?»

«Più o meno.»

«Mamma mia.»

«Già. Non sembra uno scenario molto realistico, vero?»

Gerda si strinse nelle spalle. «Chissà. Ogni giorno mi stupisco di quanto il mondo stia andando a puttane. Mentre la gente posta su Instagram le foto delle tartine all'avocado che mangia a pranzo nei vari ristoranti di Copenaghen, negli appartamenti sopra le loro teste accadono le cose più grottesche.»

«Be', non in tutti.»

«No, ma in troppi.» Gerda spinse via il suo piatto e si lasciò andare contro lo schienale. «Che cosa c'entra tutto questo con l'omicidio del figlio? Anche Christoffer Mossing faceva parte dell'ambiente delle scommesse?»

«Secondo la polizia è stato assassinato per caso. Dicono che Anna Kiel aveva preso di mira un poveretto qualsiasi. A quanto pare soffre di psicopatia.»

«Non si chiama più così» disse Gerda.

«Sai cosa intendo.»

«Su cosa basano questa affermazione?»

«Sulle valutazioni degli psicologi scolastici. Doveva essere parecchio aggressiva e instabile già a dieci-dodici anni.»

«Di nuovo: che cosa c'entra questa storia delle corse di trotto con l'omicidio di Christoffer Mossing?»

«Galoppo.»

«Sai cosa intendo.» Gerda fece l'occhiolino.

«Non so se ci sia un nesso» rispose Heloise. «Però Johannes Mossing non ha voluto collaborare con la polizia.»

«No, è ovvio, se ha qualcosa da nascondere.»

«L'assistente di polizia con cui ho parlato…»

«Quello che sembra un gangster?»

«Sì. La sua teoria è che Mossing abbia sguinzagliato i suoi uomini alla ricerca di Anna Kiel.»

«Mmh.» Gerda iniziò a mordersi l'unghia del mignolo. «Cosa dicono della storia di Ulrich Andersson?»

«Non ha sporto denuncia.»

L'amica sembrò sorpresa. «Perché?»

«Perché ha paura. Ma io domani ho intenzione di riparlargli e di cercare di farlo ragionare.»

«Ma se ha così tanta strizza, perché ti ha contattato? Perché immischiarsi?»

«Non l'ha fatto. Sono stata io a chiamarlo, e credo…» Heloise soppesò le parole da utilizzare. «Credo che volesse solo mettermi in guardia.»

Gerda si raccolse i capelli scuri in una coda alta mentre esaminava Heloise con lo sguardo. «Ma *tu* non hai paura, o sì?»

«Io?» Heloise si strinse nelle spalle. «Pensi che abbia motivo di averne?»

«Non lo so. Ma forse dovremmo trovare un uomo che possa proteggerti, giusto per sicurezza. Uno grosso e forte. Grosso!» ripeté e tenne le mani allargate davanti a sé, ben distanti tra di loro.

Heloise tossì nel pugno chiuso e cambiò posizione sulla sedia.

Gerda aggrottò le sopracciglia. «Che cosa c'è?»

«Niente.»

«Avanti, dimmi.»

Heloise si morse leggermente la guancia. «Martin è stato qui questa notte.»

Gerda sorrise in un modo che la fece assomigliare a un gatto che aveva appena deglutito un canarino.

«Ha dato le dimissioni» proseguì Heloise. «Dice che non aveva idea che i documenti fossero falsi, e che dietro dev'esserci il ministro dell'economia e degli affari o qualcuno dei suoi pezzi grossi.»

«Okay. È un po' pazzesco, no?»

«È proprio la parola giusta. Ho passato la storia a Bøttger, quindi...» Heloise bevve un grande sorso di vino e si schiarì la gola. «Martin dice che... ecco, dice che è *pazzo* di me.» Fece le virgolette in aria. «Però io non so proprio che cosa sento... Non so se ce la faccio, capisci cosa intendo?»

«Posso parlare chiaro?» le chiese Gerda.

«Non lo fai sempre?»

«Forse dovresti lasciar entrare qualcuno nella tua vita.»

Heloise abbozzò una risata, che però sembrò più un grugnito. «Che cosa stai dicendo? Lascio entrare te.»

«Intendo qualcuno *oltre* a me. Devi iniziare a credere che la vita possa tornare a essere bella, e forse Martin è quello che ci vuole. Sinceramente, ti sei indurita un po' troppo, tesoro. Lascia che si avvicini un po'.»

Heloise distolse lo sguardo dall'amica e si voltò verso la Marmorkirke. Inspirò a fondo e poi espirò pesantemente.

«Mi mancano i vecchi tempi» disse.

«Lo so.»

«Mi manca la vita che avevo una volta, dove tutto... aveva un senso.»

Gerda posò la mano sopra la sua. «Lo so.»

Era stato triste quando la mamma di Heloise era morta, cinque anni prima, anche se da quando lei se n'era andata di casa non erano state molto legate; inoltre sua madre era stata malata così a lungo che era stato quasi un sollievo che finalmente avesse trovato la pace. Quando però, l'anno dopo, Heloise aveva perso anche suo padre, si era sentita come se dentro di lei fosse detonata una bomba in profondità. L'onda d'urto aveva ridotto la sua vita emotiva in macerie. Ciò nonostante non aveva potuto piangerlo; non aveva versato una sola lacrima. Al contrario, si era sentita stranamente prosciugata e vuota dentro.

Una voce squillante risuonò per la strada. «Maaaammaaaa! Heeelo!»

Heloise e Gerda guardarono giù, sporgendosi oltre il bordo del balcone.

Dalla finestra socchiusa al quarto piano del palazzo dirimpetto spuntava una manina abbronzata.

«Ciao, tesoro» le gridò Gerda di rimando.

«Ciao, topina» Heloise sventolò entrambe le braccia. «Stai andando a letto?»

«Sì. Che cosa fate?»

«Mangiamo il sushi» rispose Heloise.

«Quando torni a casa, mamma?»

«Tra non molto» gridò Gerda.

«Va bene, buona notte.»

«Buona notte, tesoro.» Gerda spedì un bacio alla figlia di sei anni.

«Christian è a casa?» chiese Heloise quando la finestra si fu richiusa.

«No, è a Singapore.»

«Chi bada a Lulu?»

«La nonna, che Dio la benedica.»

«Ah, la cara, vecchia Kamma» disse Heloise portandosi una mano al cuore. «Credo di non averla più vista da Natale. Può essere davvero passato così tanto tempo?»

«Ho idea di sì.»

«Non possiamo organizzare qualcosa una domenica, tutti insieme?»

Gerda annuì.

Heloise adorava il fatto che abitassero così vicine. Del resto, non era mai stato diversamente. A diciannove anni avevano lasciato le Case gialle ed erano andate a vivere insieme in una stanzetta in affitto piena di spifferi in una mansardina nella centralissima Store Kongensgade, dove ogni sera per cena preparavano toast con carne trita e cipolla e discutevano sulle grandi questioni della vita, tipo: «Che cosa faremmo come primissima cosa se vincessimo tre miliardi di corone al lotto?».

Quando Gerda si era sposata con Christian, Heloise aveva temuto che sarebbero diventati come tutte le altre coppie sposate e si sarebbero trasferiti nelle trincee di periferia, nel grigio bunker di una casa unifamiliare con il congelatore a pozzetto in cantina e una soffitta piena di ricordi imballati della loro infanzia e adolescenza insieme. Invece no. Avevano investito in un appartamento di proprietà di fronte a quello di Heloise. «Lulu ha bisogno di sua zia» avevano detto e lei aveva pianto di gioia.

«A proposito, ti ho raccontato del paziente che si è innamorato di me?» esclamò Gerda.

«Non succede sempre?»

Quando vedevano Gerda, rimanevano tutti come allocchi. Heloise aveva assistito alla scena talmente tante volte che aveva perso il conto. Non succedeva solo perché la sua amica era di una bellezza assurda, quel genere di bellezza soprannaturale che ti toglie il fiato e che ti fa pensare ti stiano prendendo per i fondelli. Ma anche perché era come quell'indovinello sul bambino e suo padre che rimangono coinvolti in un incidente d'auto: arrivano in ambulanza all'ospedale, il bambino viene portato in una sala operatoria, il padre in un'altra. Poi il primario va dal bambino, lo guarda e dice: «Non posso operarlo, è mio figlio». E così la gente si lambicca il cervello, *come diavolo può essere?*, quando la risposta lampante è che il medico, ovviamente, è la madre del bambino.

Cosa, un chirurgo donna? Chi l'avrebbe detto...

E così succedeva anche con Gerda. Erano le aspettative generate dal suo nome a essere sempre sbagliate. La gente non aveva abbastanza fantasia per immaginare che una donna che si chiamava Gerda potesse essere un vero schianto, allo stesso modo in cui non riuscivano a figurarsi che una di nome Angelina potesse invece essere una lottatrice di sumo da 225 chili con i baffi.

«Certo che no» rispose Gerda. «La maggior parte di loro è troppo impegnata con gli incubi sulle IED e sui commilitoni da riportare a casa suddivisi in dodici parti, per riuscire a pensare a queste cose.»

«Cosa sono le IED?»

«Ordigni esplosivi improvvisati.»

«E che cos'è successo con questo paziente che ti desidera?»

«Be', ce l'ho in terapia ormai da sei mesi e la settimana scorsa mi ha dichiarato il suo grande amore.»

«Pesante.»

«Già, un po'. I miei pazienti non sanno niente su di me. Non sanno che sono sposata, che abbiamo Lulu, quanti anni ho...»

«Lui quanti anni ha?»

«È giovane. Ha dieci anni meno di noi.» Gerda prese un pacchetto di Camel Lights dalla tasca interna della giacca di pelle e, prima che Heloise potesse reagire, alzò una mano. «Ne fumo solo una al giorno e quella mi deve essere concessa» annunciò con un tono che sottolineava che la questione non era oggetto di dibattito.

Accese un fiammifero e, con quello, la sigaretta. «Fatto sta che ha iniziato a stalkerarmi online. Mi ha mandato una lunga dichiarazione d'amore su Facebook. Sono stata costretta a bloccarlo.»

Fece un tiro, inalò a fondo e continuò a parlare, mentre il fumo le stillava dalla bocca e dalle narici.

«E tu invece? Sei stata taggata in altre foto misteriose?» Allungò una mano verso il telefono di Heloise. «Comunque non sono riuscita a trovare quella di cui parlavi.»

«È su Instagram, sul profilo di Anna *underscore* Elisabeth *underscore* Kiel.»

Andò a prendere una ciotolina dalla mensola sopra i fornelli e la mise davanti a Gerda.

«Prego. Puoi usarla come posacenere.»

«Hai detto "*underscore*". Intendi il trattino basso?»

«Sì.»

«Non ci sono profili con quel nome.»

Heloise aggrottò le sopracciglia. «Fammi vedere.»

Prese il telefono e cercò la notifica che aveva ricevuto. Cliccò sul link. Si aprì una pagina bianca con la scritta:

Nessun risultato trovato per "*anna_elisabeth_kiel*".

«A quanto pare il profilo è stato cancellato. Però ho fatto uno screenshot. Aspetta...»

«Credi davvero che Anna Kiel sia stata nel tuo appartamento ieri?»

Heloise trovò l'immagine e passò l'iPhone a Gerda. «Non sono stata io a scattare questa fotografia e a pubblicarla sul web, quindi chi altri dovrebbe essere stato?»

Gerda guardò l'immagine con la fronte aggrottata e uno sguardo che fece pensare a Heloise che avesse bisogno degli occhiali.

«Bella domanda» disse.

Poi cambiò espressione. Le sopracciglia si sollevarono un po' e le labbra si scostarono, ma non disse niente.

«Che cosa c'è?»

«Questa foto...» disse Gerda senza distogliere lo sguardo dallo schermo. «Non è stata scattata ieri.»

«Che cosa vuoi dire?» Heloise si protese verso di lei.

«Questa...» Indicò un quadratino rosso chiaro a una finestra nella parte inferiore dell'immagine, la stessa finestra da cui Lulu aveva appena dato loro la buonanotte. «Era un'abat-jour che Christian aveva comprato a Lulu durante un viaggio d'affari a Parigi quando era neonata. Te la ricordi? Aveva dei disegni dell'Arco di trionfo, era davvero bella, ma poi è caduta...»

«... dalla finestra ed è andata in mille pezzi.» Heloise terminò la frase al suo posto.

«Esattamente.» Gerda annuì e alzò il telefono. «Heloise, questa foto è di almeno cinque anni fa.»

16

Quando Schäfer andò in cucina, dopo la doccia mattutina, il burro era ancora fuori. Si era dimenticato di rimetterlo in frigorifero dopo che, verso le due, aveva domato un insistente borbottio nello stomaco con uno spesso sandwich al burro che aveva mangiato in piedi accanto al lavandino nel buio della notte.

«Porca puttana» sibilò con voce roca e infilò il naso nel panetto. Si era smollato e odorava di rancido.

Aprì l'anta sotto il lavandino e lo buttò nella spazzatura.

«Che cos'hai da ringhiare, baby?» gli chiese Connie assonnata quando entrò in cucina.

Dopo ventotto anni in Danimarca, il suo danese aveva ancora una nota esotica che faceva vibrare di piacere le orecchie di Schäfer. Indossava un accappatoio bianco e un paio di ciabatte e il suo viso struccato era lucente e nero come le spiagge di sabbia vulcanica dell'isola caraibica dove era nata, Saint Lucia.

«Il burro è rimasto fuori tutta la notte e adesso è da buttare» disse lui arrabbiato.

«È rimasto fuori?»

«Sì. Non ne abbiamo più?»

«Prova a guardare in frigo. Perché era fuori?»

Schäfer finse di non aver sentito la domanda e aprì lo sportello del frigorifero. Per trovare quello che cercava scostò i barattoli delle conserve e delle marmellate fatte in casa, facendoli sbatacchiare violentemente.

«Aha!» esclamò con un po' troppo entusiasmo e alzò il suo tesoro in trionfo.

Connie gli rivolse uno sguardo ammonitore. «Il dottore non ti aveva detto di diminuire il consumo di burro?»

«No, e se l'avesse fatto, avrei cambiato dottore.»

Connie scosse la testa. Poi le venne in mente una cosa. «Ti sei ricordato di rinnovare il passaporto?»

«Sì» rispose Schäfer. «Me ne sono proprio *quasi* ricordato. Ho in programma di farlo come primissima cosa quando avrò tempo, oggi.»

«Erik, sei un birbante.» Gli diede uno schiaffetto affettuoso. «È scaduto mesi fa e, se a ottobre vogliamo andare da mia mamma, devi rinnovarlo adesso, altrimenti non riusciremo a partire. O meglio: *tu* non riuscirai a partire.»

La suocera di Erik Schäfer, una donnona grossa come una montagna, colma d'amore e gioia di vivere, avrebbe compiuto settantacinque anni e tutta la famiglia si sarebbe riunita per il suo compleanno a Jalousie a Saint Lucia.

Lui e sua moglie facevano il possibile per tornare alla città d'infanzia di Connie almeno una volta all'anno e, ogni volta che erano là, Schäfer iniziava segretamente a pianificare la pensione a cui mancavano ancora dieci, quindici anni. Quello era l'unico posto dove fosse mai riuscito veramente a staccare la spina. O meglio: lì cospargeva felicemente di trementina qualunque schifo fosse alimentato da quella spina, per dargli fuoco fino a ridurlo in cenere.

«Lo faccio oggi, tesoro, te lo prometto» disse.

«Grazie, baby.»

Iniziò a tostare i bagel e a portare in tavola piatti, formaggio e miele, mentre canticchiava una vecchia melodia dei Dire Straits.

Il telefonino gli suonò in tasca.

«Sì pronto?» disse e lo premette con l'orecchio sinistro sulla spalla, mentre iniziava a spalmare il burro su un panino.

«Buongiorno, polizia scientifica» disse una voce di donna.

«Be', buongiorno a lei» rispose Schäfer con un'allegria affettata e guardò l'orologio sulla parete sopra i fornelli. Erano le 8:17. «Per la miseria, siete mattinieri oggi.»

«Ha detto che era urgente.»

«È vero, ma solitamente questo non sortisce chissà quale effetto.»

Se la donna si era risentita per l'osservazione, non lo fece notare. Andò invece dritta al punto: «Abbiamo eseguito le analisi che ha richiesto.»

«E...?»

«E nessuna delle impronte rilevate nell'appartamento in Olfert Fischers Gade corrisponde a quelle di Anna Kiel.»

Schäfer strinse il pugno.

«Merda.»

Connie andò a baciarlo sul collo e gli segnalò a gesti che andava in bagno. Lui le fece l'occhiolino mentre le afferrava una natica e la strizzava dolcemente.

La donna al telefono proseguì: «Dunque non ci sono prove che sia stata in quell'appartamento. In compenso è arrivata la risposta dal laboratorio di genetica forense: il DNA delle secrezioni sulla striscia gommata della busta combacia.»

«Con quello di Anna Kiel?»

«Sì.»

«Su entrambe le buste?»

«Sì.»

Schäfer ghignò soddisfatto.

«Una buona notizia.» Diede un morso al suo bagel. «Okay, quindi abbiamo un riscontro per il DNA, ma non per le impronte» ricapitolò sbattendo la bocca e inspirò a fondo dal naso.

«Sì e no.»

«Mi scusi?»

«Non ho detto che non abbiamo trovato un riscontro per le impronte digitali. Ho detto solo che non corrispondono a quelle di Anna Kiel.»

Schäfer aggrottò le sopracciglia. «E a quelle di chi cavolo corrispondono?»

«Un tizio di nome...»

Schäfer la sentì battere sui tasti.

«Duvall.»

«Duvall?»

«Sì, tale Martin Duvall.»

Schäfer si abbandonò contro lo schienale della sedia. Il nome non gli diceva niente.

«Cosa abbiamo su di lui?»

«Una condanna per aggressione l'anno scorso. Trenta giorni senza sospensione condizionale della pena.»

«Bene» commentò Schäfer. «Farò un controllo. Altro?»

«Per ora niente.»

«Potrebbe per cortesia mandarmi una mail con i risultati delle analisi il prima possibile?»

«Già fatto» rispose la donna.

Schäfer la ringraziò e attaccò. Rimase seduto per un po' a tamburellare con le dita sul tavolo della cucina assorto nei pensieri. Sentiva scorrere l'acqua della doccia e quando il profumo dello shampoo all'arancia di Connie raggiunse le sue narici, guardò di nuovo l'orologio. Mancava ancora un'ora alla prima riunione alla Centrale.

Si alzò e si avviò verso il bagno.

*

Quando bussò, la porta si aprì al secondo colpo. Un paio di centimetri soltanto, ma sufficienti perché Heloise osasse spingerla un altro po'.

Si sporse nell'ingresso con il busto.

«È permesso?»

Silenzio.

Di fianco allo zerbino vide le Nike giallo brillante che lui aveva indossato il giorno prima.

«Ulrich?» Heloise fece un passo dentro. «Sei in casa?»

Aveva ottenuto il suo indirizzo dal centralino dell'*Ekspressen* giocando la carta della collega e, in particolare, rifilando loro la balla sfacciata di uno scoop a cui stavano lavorando: «Stiamo scrivendo insieme un articolo-rivelazione sulla principessa ereditaria, non posso rivelare altro, se non che farà un gran scalpore. Oggi abbiamo appuntamento a casa di Ulrich con una fonte importantissima, ma ho perso l'indirizzo...»

Si era vergognata come un cane, ma anche stupita di quanto facilmente l'avessero bevuta. Adesso non poté fare a meno di chiedersi se per Anna Kiel fosse stato altrettanto semplice scovare il suo, di indirizzo.

Avanzò di un altro paio di passi dentro l'appartamento.

Sentì un ronzio provenire da un angolo della casa e si avviò in quella direzione, quando ebbe un pensiero improvviso: e se stesse per sorprendere Ulrich in un momento di privacy? Se lo immaginò subito: l'emaciato Andersson sul divano, un porno sul MacBook e della crema per mani sul palmo.

Fece una smorfia schifata e cacciò via l'immagine dalla sua testa. Avanzò rumorosamente per far notare la sua presenza e ripeté a voce alta:

«Ulrich? Ci sei? Sono io, Heloise!».

Guardò in soggiorno.

Era vuoto.

Non solo perché Ulrich non c'era, ma anche la stanza era scarsamente ammobiliata e poco accogliente. Andò avanti e aprì una porta che conduceva in una camera con un letto matrimoniale disfatto. Un odore pungente di fumo aleggiava pesante nell'aria, anche se sopra il letto girava senza sosta un ventilatore a soffitto.

Heloise tirò una catenella che fece zittire il rumore e rallentare piano le pale, fino a che si fermarono del tutto.

Guardò il comodino, dove c'erano un posacenere pieno e un flaconcino di pastiglie. Andò a prenderlo e guardò l'etichetta. Il preparato, americano, si chiamava "*Dramamine – Original formula*". C'era scritto che il medicinale contrastava il mal d'auto e di mare e che l'effetto collaterale più frequente era una forte sonnolenza. Questo quadrava molto bene con il comportamento di Ulrich del giorno prima, pensò Heloise. Lui aveva detto che aveva difficoltà a dormire e, siccome le pastiglie si trovavano vicino al suo letto invece che in una borsa da viaggio, suppose che quello che lui cercava fosse l'effetto collaterale della medicina, piuttosto che quello principale.

Attraversò la cucina, passò ancora in soggiorno e finì di nuovo nell'ingresso.

Perché Ulrich aveva lasciato l'appartamento senza chiudere la porta a chiave? Non aveva senso, considerato quanto fosse sembrato paranoico il giorno prima.

Heloise prese il telefono dalla tasca interna della giacca e compose nuovamente il suo numero. Quando partì la chiamata, c'era un piccolo ritardo tra il segnale che sentiva nel suo telefono e la versione remix di *We Will Rock You* dei Queen che risuonò da qualche parte nell'appartamento.

Allontanò il telefono dall'orecchio e lentamente seguì la suoneria.

We will, we will rock you!

Attraversò la cucina, con le note che suonavano sempre più forti, e si fermò fuori dal bagno, che aveva tralasciato durante la sua ispezione. Al di là della porta aperta per un quarto, scorse un lavandino e un asciugamano giallo appeso a una fila di ganci sulla parete di fondo.

We will, we will rock you!

Diede un colpetto alla porta, che si aprì lentamente.

Non gridò. La sua bocca formò per un breve attimo una O perfetta, ma non ne uscirono suoni. Scansionò invece silenziosamente la stanza con gli occhi, mentre una sensazione di gelo le si propagava dal collo su per i circuiti nervosi nella nuca.

Lo sgabello era rovesciato sul marmo bianco del pavimento del bagno. Una sottile striscia di sangue era colata giù, diramandosi nelle fughe delle piastrelle.

We will, we will rock you!

Il corpo esanime di Ulrich Andersson pendeva molle da una corda legata a un tubo sul soffitto, mentre Freddie Mercury cantava a ritmo nella tasca dei suoi pantaloni.

17

«Che cosa fai?» Quando Schäfer tirò il freno a mano, Lisa Augustin lo guardò. «Perché ci fermiamo qui?»

«Devo sistemare una cosa. Ci metto solo un momento.»

Il grosso poliziotto aprì la portiera e, attraversando la pista ciclabile, per poco non provocò un tamponamento a catena di hipster in sella alle loro Tokyo bike.

Quando si avvicinò all'ingresso, la porta di vetro dell'Ufficio anagrafe si aprì automaticamente e lui prese il passaporto scaduto dalla tasca posteriore dei pantaloni. Era tutto sgualcito dopo che c'era stato seduto sopra per l'intera mattina.

«Buongiorno!» esclamò con il tono più conciliante e brioso che gli riuscì. L'aver trovato nuove tracce nelle indagini significava che il suo umore era migliore di quanto lo fosse da mesi. Si sentiva dentro un'eccitazione spumeggiante che provava solo quando un caso iniziava a prendere forma.

Malgrado il suo saluto avesse echeggiato per i locali deserti, la donna alla scrivania non gli rivolse l'attenzione. Schäfer appoggiò la sua pesante mole contro il bancone e la guardò con insistenza. Dopo che, in seguito a una rapida ispezione, ebbe constatato che non era né cieca né affetta da evidenti deficit d'udito, concluse che doveva trattarsi di un classico caso di acredine ingiustificata.

Bene. Si armò di pazienza.

Uno... Due... Tre...

«Sì?» ringhiò la donna con fare irritato, sempre senza alzare lo sguardo.

Schäfer la informò cortesemente del motivo per cui era lì, dopodiché, con una sceneggiata, lei spiegò che alzava il culo solo quando stava bene a lei, mentre il suo linguaggio corporeo sottolineava che non le interessava né di lui né del suo lavoro.

Normalmente lui avrebbe risposto a un disservizio simile con un qualche genere di commento escrementizio, invece adesso sorrise tra i denti serrati, perché ultimamente Connie aveva cercato di convincerlo che poteva essere una buona idea tentare di soffocare quel tipo di comportamento insolente con qualcosa di così poco danese come la cordialità.

Sorridi, baby. Sorridi e basta.

«Ha compilato correttamente il modulo?» ringhiò la donna.

«Sì, eccolo qui.»

Schäfer le allungò sul bancone sia il foglio che il suo vecchio passaporto.

La donna prese a battere sui tasti del computer con una lentezza ostentata. Con un dito solo, provocatoriamente piano e senza urgenza.

Clic... clic... clic...

«Per fortuna che non abbiamo fretta» sorrise Schäfer.

«Guardi nell'obiettivo.»

Premette l'otturatore e la faccia carnosa del poliziotto comparve sullo schermo davanti a lei. Lui si protese sopra il bancone e osservò la foto. Dal sorriso forzato sembrava che fosse intento a farsi sbiancare i denti.

«Un'altra. E adesso chiuda la bocca!»

Schäfer fece come gli diceva.

«A posto?» le chiese.

«Sì.»

«La ringrazio molto per l'aiuto, signora. Le auguro una splendida giornata.» Batté un paio di volte sul bancone a mo' di congedo prima di voltarsi e dirigersi verso l'uscita.

«Per carità» sibilò piano la donna dietro di lui.

Schäfer si fermò e si guardò alle spalle. «Mi scusi?»

«Dica, quanti anni crede che abbia? Non mi chiami "signora".»

Schäfer sbatté un paio di volte le palpebre, guardandola privo di espressione.

«Mi dispiace» disse. «Mi sono chiaramente sbagliato, viste le palle che ostenta.»

Uscì alterato e a passi pesanti dall'edificio e, una volta risalito in auto, sbatté con forza la portiera.

«Che cosa dovevi fare lì dentro?»

«Dovevo assicurarmi di poter fuggire presto lontano da questo Paese di merda e da tutti i suoi fottuti burocrati.»

«Okay, d'accordo, tranquillo.» Lui si immise sulla carreggiata e Lisa gli diede una pacca sulla spalla in segno di solidarietà.

Svoltò a destra su Nørre Søgade e sbuffò stizzito quando vide che il traffico che costeggiava il lago su cui navigavano le barchette a forma di cigno si muoveva talmente piano che le auto venivano superate dai runner con fasce tergisudore dai colori fluorescenti.

Si sentì un *bip* provenire dal suo telefono e l'altoparlante della macchina prese a gracchiare. Quando rispose alla chiamata, la voce di Heloise Kaldan riempì l'abitacolo.

«Schäfer? Lui è… è morto» balbettò. «Deve venire subito! Dovete sbrigarvi!»

Diede loro un indirizzo di Amager e riattaccò.

«Avanti, dannazione!» inveì Schäfer contro le macchine, mentre si preparava a eseguire una inversione a U in mezzo alla carreggiata. «Toglietevi di mezzo!»

Poi inserì la sirena.

*

Heloise si era seduta su uno sgabello di fianco alla panca portascarpe di Ulrich, appoggiata a una giacca che pendeva dal gancio sopra la sua testa. Sentiva l'odore del sudore di lui sul tessuto e all'improvviso si rese conto che doveva vomitare. Lasciò cascare la testa tra le ginocchia e fece un paio di profondi respiri per far scomparire l'inquietudine dalla sua pancia e le immagini dalla testa.

Si alzò e raggiunse lentamente la porta del bagno. Guardò dentro. Schäfer era accovacciato sotto il cadavere di Ulrich: indossava mascherina e tuta, copriscarpe blu e guanti di lattice bianchi, cioè la stessa tenuta che aveva chiesto a Heloise di infilarsi appena era arrivato sul posto.

Il flash scattava ogni volta che il fotografo della polizia faceva una foto: immortalò lo sgabello nero e l'asse del water storto, il sangue sul pavimento e i piedi viola di Ulrich, che pendeva immobile dal soffitto.

Accanto a Schäfer c'era una giovane donna dai capelli biondi e le braccia allenate. Quando erano arrivati, Schäfer l'aveva presentata a Heloise come l'assistente di polizia Lisa Augustin.

Ora la donna era china sulla cassetta del wc e con una lunga pinzetta ne tirò fuori qualcosa. Con l'altra mano prese un sacchettino con la cerniera, l'aprì scuotendolo con un rapido movimento e vi mise quello che aveva trovato.

«La pelle qui è bucata» disse Schäfer alla collega, indicando con la punta della penna la pianta di un piede di Ulrich.

Heloise non riuscì a guardare un'altra volta la smorfia sul suo volto e costrinse il suo sguardo a non salire più in alto del busto.

«È da qui che proviene il sangue» proseguì il poliziotto. «Se si è trattato di suicidio, deve averlo perso dal piede prima di scalciare via lo sgabello.»

Lisa scosse la testa. «Non c'è sangue sullo sgabello.»

«Come diamine c'è arrivato, allora, lassù?» Schäfer si alzò e si guardò intorno. «Ci sono lo sgabello, il water, il bordo della vasca...» Elencò gli oggetti mentre li indicava. «Se sanguinava dal piede quando è venuto in bagno, dovrebbero esserci delle macchie o delle tracce sul pavimento, e anche sul mobile o sul ripiano dal quale è saltato.»

«Invece non ci sono» disse Lisa.

«Non può essersi procurato quella cazzo di ferita dopo essere saltato.»

«Mah, magari si è dimenato scalciando con forza quando il cappio gli si è stretto intorno al collo...»

«Pentimento dell'ultimo istante?»

«Sì, succede sempre. Il corpo lotta automaticamente per sopravvivere.»

«E poi cos'è accaduto? Ha colpito qualcosa che gli ha bucato il piede prima di perdere conoscenza?»

Lisa Augustin si strinse nelle spalle.

«Okay, che cosa potrebbe essere?» domandò Schäfer e si guardò intorno. «Che cosa può aver colpito da qui, vista l'altezza a cui è appeso?»

Lisa scrutò il cadavere dalla testa ai piedi. «Quanto sono lunghe le sue gambe?»

«Saranno più o meno come le mie.» Schäfer allungò uno dei due pali che gli facevano da arti inferiori.

Entrambi si guardarono intorno per un istante.

Poi lui scosse la testa. «Non può aver urtato niente da qui. Non da quell'altezza.»

Heloise avvertì del fiato caldo sul collo e, quando si girò, sentì un profumo che riconobbe come quello del dopobarba Pierre Cardin. Le ricordò quando da bambina, nel bagno di casa, cantava nel flacone di vetro a forma di microfono con il tappo sferico nel quale si poteva specchiare e che rifletteva la sua faccia stranamente rigonfia e con il naso enorme. Una specie di filtro di Snapchat del passato.

Dietro di lei c'era un uomo dall'aspetto cordiale e con dei folti baffi simili a quelli di Dupont e Dupond dei fumetti di Tintin. Con un'espressione cortese, le fece segno che voleva passare. «Posso?»

Sentendo la sua voce, Schäfer si girò verso la porta, dove scorse Heloise.

«Kaldan» abbaiò, «fuori!»

Heloise si affrettò ad allontanarsi per andare, a giudicare dal rumore dei suoi passi, in soggiorno. Invece rimase in corridoio, fuori dal loro campo visivo, ma comunque in grado di sentire cosa dicevano.

«Allora, che cosa abbiamo qui?» sentì che chiese l'uomo con i baffi quando entrò in bagno. Schäfer lo salutò amichevolmente chiamandolo Oppermann; dal gergo utilizzato Heloise capì che si trattava del medico legale.

Fece un passo per avvicinarsi alla porta, quando Lisa Augustin cacciò fuori la testa e la guardò.

Heloise sobbalzò.

«Vada a sedersi in soggiorno e aspetti che abbiamo finito, va bene?»

Heloise annuì suo malgrado.

Si accomodò su un divano duro, posteggiato solitario al centro del soggiorno. Solo dopo che la maggior parte degli agenti e dei tecnici della Scientifica se ne furono andati e il corpo di Ulrich Andersson fu tirato giù e portato via in una sacca per cadaveri, Schäfer e la sua giovane collega si avvicinarono a lei.

«Sta bene?» le chiese lui infilandosi una sigaretta in bocca senza accenderla.

Heloise annuì.

«Adesso facciamo un salto alla Centrale.»

«Devo venire anch'io?»

«Sì.»

Lei annuì di nuovo e si alzò.

*

Heloise era già stata diverse volte alla Centrale di polizia, tuttavia l'esperienza che più si era avvicinata a un interrogatorio era stata quando, al penultimo anno delle superiori, era stata convocata in presidenza per aver copiato un capitolo della sua tesina.

Adesso sedeva a un tavolo con il ripiano di linoleum nero di fronte a Schäfer e Lisa Augustin dentro una stanza calda e soffocante priva di finestre, per riferire loro della conversazione che aveva avuto il giorno prima con Ulrich Andersson in riva al mare.

«A quanto sappiamo, è stata l'ultima persona a vederlo in vita, quindi il suo resoconto del vostro incontro può essere importante per le indagini» disse Lisa Augustin. «La informo che questo è un interrogatorio formale e che ha gli stessi diritti di un sospettato. Questo significa che non è obbligata a parlare con la polizia e che durante l'interrogatorio ha diritto alla presenza di un avvocato, se lo desidera.»

Heloise aggrottò la fronte. «I diritti di un *sospettato*?»

«Sì. Naturalmente lei non è sospettata, ma al momento non possiamo escludere che lo diventerà in seguito. Quindi tutto quello che ci dirà oggi, posto che decida di dire qualcosa, non potrà essere utilizzato in un eventuale processo se non la informassimo di quali sono i suoi diritti, cosa che abbiamo appena fatto.»

«Scusate, ma non siamo d'accordo che si tratti di suicidio?» Heloise li guardò a turno.

I due poliziotti non dissero niente. Si limitarono a guardarla, aspettando che parlasse.

Poi Heloise inspirò a fondo e cominciò dal principio. Riferì loro delle lettere e della sua prima telefonata a Ulrich dal ristorante in Kongens Nytorv. Del messaggio che gli aveva lasciato in segreteria telefonica e di come era comparso senza preavviso fuori dal giornale.

Schäfer e Lisa la ascoltarono senza interromperla mentre lei ripeteva loro tutte le riflessioni di Ulrich su Johannes Mossing. Solo quando ebbe finito di raccontare l'episodio dell'uomo con la pistola, Schäfer prese la parola.

«Le ha detto che aspetto aveva?»

Heloise alzò le spalle. «Capelli scuri, corporatura robusta.»

«Etnia?»

«Non lo so. Danese, credo.»

«Quando le ha detto che è avvenuto il fatto?»

«Nel 2013. Un paio di mesi dopo l'omicidio di Christoffer Mossing.»

«Perché non ha sporto denuncia alla polizia?»

«Ha detto che aveva paura.»

«Mmh» fece Schäfer e si morse il labbro inferiore.

«Aveva davvero paura» ripeté Heloise. «Era anche completamente diverso da come me lo ricordavo quando lavorava al giornale, sembrava profondamente paranoico.»

«Non le è passato per la mente che fosse a rischio di suicidio?» le chiese Lisa.

Heloise la guardò. Non diede peso all'insinuazione.

«Ho pensato che sembrasse un po' squilibrato, ma no, non mi è passato per la mente che potesse andare a casa e togliersi la vita.»

«Non era uno squilibrato» disse Schäfer.

Heloise rivolse lo sguardo verso di lui.

«E non siamo nemmeno sicuri che si sia tolto la vita» proseguì il poliziotto. «Non c'è nulla di ciò che ha raccontato su Johannes Mossing che non avessimo già sentito.»

«Ma...» attaccò Heloise, guardandoli a turno. «Perché accidenti è ancora a piede libero, allora?»

«Perché in tutti questi anni in cui sono circolate voci su di lui, non siamo venuti in possesso di una sola prova che dimostri che quello che si dice è vero.»

«E all'ippodromo? Ulrich mi ha detto che aveva parlato con...»

«Non abbiamo tralasciato niente» le assicurò Schäfer con tutta calma. «Abbiamo trascinato qui Mossing per interrogarlo una volta all'anno dalla fine degli anni Novanta fino alla metà degli anni Duemila, poi il suo avvocato ha messo fine alle "molestie", come le ha definite. Il fatto è che Johannes Mossing è un imprenditore di successo, che gestisce affari assolutamente legittimi e che nel tempo libero è appassionato di corse di cavalli. Ha una cerchia di conoscenze ragguardevole, una moglie deliziosa, delle belle case e un figlio morto.» Schäfer allargò le braccia. «Non c'è altro da aggiungere.»

«Fino a prova contraria, giusto?»

Schäfer annuì. «Appunto.»

Heloise guardò davanti a sé per diversi secondi. Poi disse: «Se davvero Johannes Mossing è quello che sospettate che sia, e se Ulrich è stato minacciato di morte perché ha fiutato troppo da vicino i suoi affari, e forse addirittura è stato ucciso per questo, quante probabilità ci sono che l'omicidio di Christoffer Mossing sia stato un caso?» chiese. «Forse anche Anna ha scoperto qualcosa che non doveva sapere. Forse gli scagnozzi di Mossing hanno minacciato anche lei?»

Nella stanza calò il silenzio per un attimo e Heloise ebbe la curiosa sensazione che ci fosse qualcosa che Schäfer e la sua collega non le dicevano.

«Che cosa c'è?» domandò. «Che cos'è che non vedo?»

«Forse è proprio lei» disse Lisa. Si era alzata dal tavolo e stava adesso con la schiena appoggiata alla parete di fondo del locale.

«Forse sono io cosa?» Heloise aggrottò le sopracciglia e guardò Schäfer, che rimase in silenzio.

Il suo sguardo era calmo, attento.

«Che cosa la collega a questo caso?» proseguì Lisa. «Una ricercata per omicidio le manda delle lettere e sembra conoscere fatti personali sul suo conto. E adesso Ulrich Andersson è morto, forse perché ha parlato con lei. Eppure sostiene di non aver mai incontrato Anna Kiel e di non avere idea del perché le stia tendendo la mano.»

«Sostengo?» Heloise avvertì la rabbia ribollirle in corpo. «Io *non sostengo* un bel niente. Non ho mai incontrato Anna Kiel. Inoltre, potrebbe essere stato chiunque a mandarmi quelle lettere. A rigor di logica, non ne sappiamo proprio nulla.»

«C'è il suo DNA sulle buste» la informò Schäfer.

Heloise non sapeva perché ne fu così sorpresa. Forse perché fino a quel momento era stata solo una possibilità teorica, mentre adesso era diventata realtà. Sentì il colletto stringerla alla gola e allungò la mano a prendere il bicchiere d'acqua che c'era sul tavolo.

«Abbiamo avuto un riscontro anche dall'analisi delle impronte digitali» disse il poliziotto.

Heloise lo guardò.

«Chi è Martin Duvall?»

La domanda la colpì come una palla da demolizione.

«Una delle impronte che abbiamo rilevato nel suo appartamento appartiene a lui» proseguì Schäfer.

Heloise ci mise un paio di secondi a riprendersi. «Perché avete le impronte di Martin nel vostro database?»

«Ha subìto una condanna l'anno scorso.»

«Una condanna?»

«Sì.»

«Per che cosa?»

«Aggressione.»

«Aggressione?» ripeté Heloise allibita.

«È stato condannato a trenta giorni senza sospensione condizionale per aver rotto quattro denti alla sua vittima.»

Heloise si appoggiò contro lo schienale. «Quindi ha scontato una pena in carcere? È questo che mi sta dicendo?»

Schäfer annuì piano. «Lo conosce, dunque?»

«Sì.»

«Qual è la natura del vostro rapporto?»

«L'ho impiegato come fonte per diversi pezzi, e inoltre... ci frequentiamo.»

«State insieme?»

«No, non esattamente.»

«L'ha mai visto diventare violento?»

Heloise tentennò. Pensò alla sera in cui avevano cenato al Bistro Royal. Ricordò come le avesse immobilizzato le mani dietro la schiena e l'avesse spinta con forza contro la parete della camera da letto, mentre le abbassava le mutande...

Aveva oltrepassato i limiti? A lei era piaciuto davvero? L'indomani aveva considerato i segni sui suoi polsi come il souvenir di una notte di sesso spinto oppure di una... violenza?

Schäfer continuò prima che Heloise potesse rispondere. «Martin Duvall potrebbe avere a che fare con tutto questo?»

Heloise si sentì girare la testa e chiuse gli occhi. «No, non credo...»

«Potrebbe essere stato lui a scattare quella foto dal suo balcone?»

«No.»

Heloise alzò lo sguardo. «Non lo conoscevo ancora quando è stata scattata la foto.»

«Mi scusi?» Schäfer inclinò la testa, e Lisa Augustin tornò a sedersi al tavolo.

La mano di Heloise tremava quando la infilò in tasca per prendere il telefono.

18

Quel giorno Anna aveva fatto visita a Nick. Tramite Airbnb aveva affittato un appartamentino vicino a dove si trovava lui, in Avenue de la Liberté: abbastanza ironico, considerata la situazione.

Non gli aveva annunciato che era arrivata a Parigi e quando lui l'aveva vista seduta lì, sulla panca d'acciaio, la faccia gli si era sgonfiata come un soufflé malriuscito. Aveva sperato che fosse un'altra persona e Anna aveva quasi provato pena per lui.

Quasi.

«Voglio avere accesso ai file» aveva preteso.

«No. Non ancora. Non erano questi gli accordi.»

«Se vuoi che ti aiuti, devi darmi quello che ti chiedo. Altrimenti gli accordi te li puoi scordare.»

Si era aspettata delle proteste da parte sua e aveva pronta una serie di minacce diverse con cui sfidarlo. Ma lui aveva accondisceso alle sue richieste. Anna aveva visto che si era arreso ormai da tempo. Non c'era più un briciolo di resistenza nel suo corpo.

Le aveva dato il nome del sito e una password dicendole: «Fai attenzione, okay?»

«Ormai non ci vorrà molto» aveva risposto lei e gli aveva dato il numero di una sim prepagata che si era procurata.

«Non tornerò più qui, quindi la prossima volta che avrai notizie, saranno di Heloise. Devi chiamarmi subito, hai capito?»

Lui aveva annuito.
«Credi che verrà?» le aveva chiesto.
«Verrà» aveva risposto lei.

19

Nell'ingresso dell'Istituto di Medicina legale nel palazzo Teilumbygningen in Fredrik V's Vej, tra il Rigshospital e il Fælledpark, non c'era anima viva. A volte capitava di trovare l'atrio tappezzato di studenti di Medicina. Quel giorno, invece, era tutto buio, e il silenzio era tale che Schäfer riusciva a udire il proprio respiro mentre attraversava la hall di mattoni marrone scuro diretto verso l'ascensore.

Al primo piano, oltrepassò una sfilza di tecnici di laboratorio in camice intenti a esaminare al microscopio dei prelievi tissutali. Salutò con un cenno della testa quelli che conosceva, poi attraversò il ponte in fondo al piano e spinse la porta della sala settoria dove si eseguivano le autopsie.

L'aria era fredda e, quel giorno, l'odore non mozzava il fiato. I tavoli erano quasi tutti vuoti e i cadaveri del mattino erano stati portati nelle celle frigorifere nel sotterraneo. Tuttavia, dopo che ci si era trattenuti in quei locali, persino il minimo sentore di morte restava attaccato ai vestiti e ai capelli; certe volte come un nitido odore di ruggine, altre come il fetore nauseabondo di mele troppo mature. Entrambi si potevano lavare via con acqua e sapone, ma nei giorni peggiori si puzzava come se si avesse frugato dentro un barile pieno di pesce rimasto per settimane sotto il sole, e in quel caso ci voleva ben altro che una doccia per liberarsi del lezzo di putrefazione.

Superò le prime quattro postazioni delle cinque totali nella sezione, tutte dotate di un grande lavabo di acciaio e una docking station, e si unì alla squadra in azione nell'ultima, quella più grande.

«Ciao» salutò e mosse un paio di passi verso il tavolo autoptico con le mani in tasca.

«Ah, sei tu» constatò amichevolmente il capo sezione nonché capopatologo forense John Oppermann, che si grattò i baffi con la spalla, mentre teneva davanti a sé le mani avvolte nei guanti di plastica. «Stavamo giusto per iniziare.»

Schäfer e Oppermann non erano proprio amici, poiché non si frequentavano al di fuori del lavoro, però nutrivano una grande simpatia reciproca. Il loro mestiere li aveva portati entrambi in regioni del mondo colpite da catastrofi e in zone devastate dalla guerra, lontano dall'orticello relativamente tranquillo del Nord Europa. Avevano condiviso esperienze che li avevano uniti, nel bene e – soprattutto – nel male.

Nel 2000, appena la NATO aveva sbattuto fuori i serbi, erano stati entrambi in Kosovo per conto dell'ONU, per svolgere autopsie e incarichi di identificazione sul campo. Ad attenderli c'erano state le fosse comuni di Milosevic, uno spettacolo che a volte ancora infestava l'interno delle palpebre di Schäfer a tarda notte.

Ora osservò il cadavere di Ulrich Andersson disteso sul tavolo autoptico, mentre un tecnico di patologia forense iniziò a tagliarne i vestiti e a deporre ogni oggetto in sacchetti separati. La faccia era bluastra e gonfia e la lingua che spuntava dalla bocca era talmente grossa da sembrare innaturale. I piedi, le gambe, le mani e gli avambracci presentavano delle macchie ipostatiche scure, mentre il resto del corpo era pallido.

In genere, quando assisteva a un'autopsia, Schäfer era indifferente a quale fosse la causa del decesso. Raramente il fatto che la persona distesa sul tavolo fosse morta per una caduta, per soffocamento o per un colpo partito da un fucile con la canna segata significava qualcosa per le indagini. L'unica cosa che gli interessava era *perché* fosse morta. Si era trattato di una morte naturale, di un incidente, di suicidio o di omicidio? Era nel mestiere da abbastanza tempo da sapere che non sempre la prima impressione era quella giusta.

Nell'ora successiva rimase a guardare mentre il corpo di Ulrich Andersson veniva aperto con un taglio a Y che dalle spalle scendeva fino all'osso pubico. Le costole vennero tagliate e gli organi estratti ed esaminati uno per uno.

«Il volto è cianotico, con numerose emorragie puntiformi» disse il capopatologo al tecnico di fianco a lui. Poi fece cenno a Schäfer di avvicinarsi al tavolo.

«Sul luogo del ritrovamento non le ho notate a causa della scarsa illuminazione, ma qui sono evidenti: ci sono emorragie puntiformi sia negli occhi sia sulle palpebre, e anche qui. Le vedi?»

Indicò con il mignolo dietro le orecchie.

«E anche sulle mucose orali. Se ci si impicca a una certa altezza dal pavimento, come di primo acchito ci è sembrato fosse successo in questo caso, queste petecchie non dovrebbero comparire» spiegò Oppermann. «Se, al contrario, viene legato qualcosa intorno al collo – mettiamo caso, per esempio, che la vittima venga strangolata con una corda o un cavo – le vene che portano il sangue dalla testa al cuore restano ostruite, ma non le arterie che portano il sangue alla testa. Vale a dire che la pressione nei vasi sanguigni della testa aumenta e quelli più piccoli e sottili, che chiamiamo capillari, iniziano a rompersi. E si formano queste emorragie puntiformi che vedi qui.»

Schäfer annuì.

«Se al contrario l'impiccato penzola liberamente» proseguì l'anatomopatologo, «il peso sulla corda è tale che vengono ostruiti entrambi i tipi di vasi sanguigni, e non si ha questo tipo di emorragia.»

«Quindi normalmente non si vedono in caso di impiccagione?» chiese Schäfer, grattandosi il collo.

«Be'... C'è un altro tipo di impiccagione, quella in cui il suicida si lega, per esempio, alla maniglia di una porta e resta più o meno disteso sul pavimento. In questo caso si possono formare le stesse petecchie. Ma non se il morto era impiccato in alto: in questo caso non le ho mai viste.»

Schäfer fece un passo indietro; John Oppermann praticò un'incisione da orecchio a orecchio sul cuoio capelluto di Ulrich Andersson e ripiegò la pelle sul cranio, rivoltandogli la faccia. Schäfer aveva assistito diverse volte a quella procedura: lo faceva pensare sempre a quelle bambole reversibili che da una parte raffigurano Cappuccetto Rosso, poi quando si capovolgono e si abbassa il vestito sulla loro testa, all'interno compare il lupo. Allegre da un lato, un incubo dall'altro.

Il capopatologo prese una sega Stryker, progettata apposta per non danneggiare i tessuti molli, e iniziò a tagliare il cranio. Furono rimossi e poi esaminati il cervello di Ulrich Andersson e la corda blu che aveva intorno al collo.

«Evidente solco scuro a forma di V rovesciata sul collo, nel punto in cui la corda si è tesa» disse Oppermann rivolto al dittafono che registrava i suoi commenti. «Appena sotto il solco lasciato dalla corda sembra però essere presente anche un segno orizzontale, un'abrasione.»

Prese un bisturi fine e con calma e attenzione iniziò a dissezionare, strato dopo strato, la muscolatura tracheale ed esofagea.

Schäfer attese paziente fino a che Oppermann ebbe buttato via i guanti al termine dell'autopsia.

«Allora, qual è la sentenza, doc?»

Il capopatologo si stava insaponando meticolosamente le mani sopra il lavabo.

«Non c'è dubbio» disse. «Abbiamo le emorragie puntiformi, un'abrasione orizzontale sul collo, ci sono altre emorragie nel tessuto intorno alla laringe e infine la frattura della cartilagine tiroidea e dell'osso ioide. Il defunto non se li è procurati impiccandosi in bagno.»

«Dunque è stato un omicidio.»

«Dobbiamo supporre che la morte sia avvenuta per strangolamento tramite compressione della gola. Sì, un omicidio» annuì Oppermann.

«Okay. Mandatemi il rapporto autoptico quando avrete finito di redigerlo» disse Schäfer. Diede al capopatologo una pacca amichevole sulla spalla e si avviò verso l'uscita.

Questo genere di procedure non si svolgeva come si immaginava la maggior parte delle persone. Troppi film americani avevano dato ai civili danesi l'impressione che i referti medico-legali fossero liberamente accessibili a tutti. Ogni volta che qualcuno di famoso andava all'altro mondo negli Stati Uniti, i media trattenevano il respiro in attesa del rapporto autoptico e, non appena arrivava, tutti i dettagli venivano discussi e sviscerati in prima serata. Nel settore pubblico americano c'era un'apertura diversa rispetto alla Danimarca che, al confronto, era uno dei paesi più chiusi del mondo occidentale. Ciò era dovuto a un miscuglio di politica e di morale, e così era sempre stato. Il rapporto del medico legale veniva mandato esclusivamente alla polizia che ne era l'unica proprietaria. Nessun altro aveva diritto a consultarlo. Quando Schäfer riceveva i risultati relativi a un caso, spettava unicamente a lui decidere chi potesse accedervi e chi no.

«Considerato lo sforzo compiuto dal colpevole per farlo sembrare un suicidio, quest'omicidio non è stato eseguito con molta abilità» disse Oppermann alla schiena dell'assistente di polizia. «Se si fosse impegnato un po' di più, avrebbe potuto camuffarlo meglio.»

Schäfer si guardò oltre le spalle. «Quindi stiamo parlando di un dilettante?»

«Su questo non posso esprimermi. Ma credo di poter ben dire che non sia un medico legale.»

Una volta tornato alla Centrale, Schäfer informò il commissario della valutazione del capopatologo. Fu creata una squadra investigativa che, oltre a Schäfer e Augustin, comprendeva Lars Bro e Nils Petter Bertelsen, un'altra coppia di colleghi della sezione Anticrimine 1.

«Bene» esordì Schäfer battendo un paio di volte sul bordo della grande scrivania nella sala riunioni dov'erano raccolti tutti. «Come sapete, vengo dall'Istituto di Medicina legale, dove il buon Oppermann ha parlato: ci troviamo davanti a un caso di omicidio.»

«Su cosa si basa la sua affermazione?» chiese Nils Petter Bertelsen.

«I traumi fisici riscontrati sulla vittima non corrispondono a quelli causati da un'impiccagione di questo tipo. Tutto indica che qualcuno l'abbia strangolato e solo in seguito impiccato.»

«C'è un sospettato? Un movente?»

«Se era un giornalista di quel tabloid, l'*Ekspressen*, qualcuno che aveva voglia di vederlo appeso doveva esserci» si intromise Lars Bro con un sorriso storto.

Schäfer ignorò il commento. «Sappiamo che la vittima, Ulrich Andersson, era stata a lungo in congedo dal lavoro per malattia. Sappiamo anche che aveva avuto un contatto con un'altra giornalista il giorno prima che lo trovassimo, un'ex collega del *Demokratisk Dagblad* di nome Heloise Kaldan. Secondo il capopatologo, Andersson era lì da almeno dodici ore quando lo abbiamo tirato giù, e Heloise Kaldan dice di averlo visto l'altro ieri intorno all'ora di pranzo. Quindi è stato ucciso tra le dodici e le ventidue dell'altro ieri. Stando alle dichiarazioni della Kaldan, la vittima le ha raccontato che l'anno prima si era occupato del caso di Taarbæk e che aveva ficcato il naso negli affari di Johannes Mossing all'ippodromo di Klampenborg. Pare che abbia fatto un paio di domande di troppo e sia stato minacciato in casa sua da un gorilla munito di pistola.»

Lars Bro alzò le sopracciglia. «Ma ormai è passato un po' di tempo. Come possono quei fatti avere qualche rilevanza per quello che è successo adesso?»

Schäfer li ragguagliò sul coinvolgimento di Heloise nel caso, sulle lettere con il DNA di Anna Kiel, sulle impronte digitali di Martin Duvall e sulla vecchia foto su Instagram.

«Quindi questa Kaldan è un tassello essenziale della vicenda» sottolineò Lisa Augustin. «Dobbiamo scoprire in che modo.»

«Ma non è sospettata?» domandò Nils Petter Bertelsen.

«Non al momento» rispose Schäfer e tirò fuori dalla cartellina che si era portato alla riunione le buste di plastica contenenti le lettere. «Questo pomeriggio ne è arrivata un'altra.»

Lisa lo guardò. «Una terza lettera?»

«Già» fece lui. «Heloise Kaldan mi ha chiamato mentre stavo uscendo dall'Istituto di Medicina legale e sono passato da lei a prenderla mentre tornavo alla Centrale.»

«Dammela qua» disse Lisa e schioccò fremente le dita.

Schäfer le passò la busta in mezzo.

Cara Heloise,
perché non hai figli? Io lo so perché non ne ho, ma tu? Immagino che te lo chiedano in continuazione, e che tu ormai abbia fatto il callo a rispondere, visto che non sei più giovanissima.
Non sei più giovanissima. Non sei più... tanto fertile.
TIC. TAC. TIC. TAC. TIC. TAC.
Mia mamma. Non era una brava mamma.
Forse è una cosa ereditaria. Fatto sta che il mio orologio non ha mai ticchettato.

Forse sono nata difettosa.
Forse lo sono diventata a causa sua.
Ci sono così tante cose che ti devo raccontare.
Ora che sono assente, Heloise, ti chiedo supplicando di darmi una prova di quanto sia vera la tua carità verso chi è lontano.

Anna Kiel

«Accidenti, una bella provocazione, eh?» Lisa Augustin alzò lo sguardo. «O sono solo io che sono permalosa? "Ehi, sei vecchia e arida e potresti aver perso la tua ultima chance di avere figli".»

Bertelsen chiese: «Quanti anni ha Heloise Kaldan?»

«Trentasei» rispose Schäfer. «In altre parole, una sbarbina.»

«Una sbarbina? Devi smetterla di usare questi termini da mummia» commentò Lisa.

«Hai ragione» rispose lui senza darle retta. «È una bella provocazione.»

«Che cosa ha detto Heloise degli sviluppi nel caso Andersson?» gli domandò lei.

«Del fatto che sia stato un omicidio, intendi?»

«Sì.»

«Non gliel'ho ancora detto.»

«Perché no?»

«Perché non voglio che si preoccupi prima del necessario, e anche perché...» Schäfer si strinse nelle spalle. «Questa storia non deve arrivare alla stampa prima che sappiamo qualcosa di più su quello con cui abbiamo a che fare.»

Dapprima nessuno disse niente. Poi Lars Bro ruppe il silenzio: «Chi fa cosa?»

«Voi due potete contattare i colleghi e gli amici di Ulrich Andersson e sentire se ha parlato con qualcun altro di Mossing junior e senior, oltre che con Heloise» disse Schäfer. Estrasse dalla cartellina la foto di Ulrich Andersson come compariva con il suo profilo sull'*Ekspressen* e la spinse sul tavolo.

«Prendete questa e fate una capatina all'ippodromo. Mostratela in giro e vedete se qualcuno se lo ricorda. Dobbiamo sapere con chi ha parlato e cosa gli hanno detto.»

«E noi due, invece?» gli domandò Lisa.

«Tu potresti fare di nuovo una puntata dalla sua ex moglie.»

Lisa fece una smorfia e gemette. Lei e Schäfer erano andati insieme a trovarla ad Amager il giorno prima. I due figli, una bambina di sette anni e un maschio di nove con la testa ricoperta di ricci selvaggi color ruggine, stavano mangiando fusilli al ragù mentre, davanti a uno schermo piatto troppo grande per il piccolo salotto, guardavano un vecchio episodio di Hannah Montana. Non avevano neanche alzato lo sguardo quando l'ex signora Andersson aveva fatto entrare i due poliziotti.

Li aveva invitati a seguirla in cucina, dove le avevano comunicato la tragica notizia. Lei aveva pianto silenziosamente con la bocca aperta e gli occhi impauriti, mentre le risate registrate che venivano dalla televisione in salotto e la voce affettata di Miley Cyrus facevano da assurda colonna sonora.

«Che cosa dico ai bambini?» aveva chiesto con una voce uscita dal profondo della gola, con una nota umida di saliva e muco. «Come spiego loro che il padre si è suicidato? Come possono vivere con questa consapevolezza?»

Adesso Lisa doveva tornare là e informare la donna che il padre dei suoi figli alla fine non si era suicidato. I bambini avrebbero dovuto vivere con la consapevolezza di una morte ancora più atroce.

«E tu?» volle sapere. «Che cosa fai?»

Schäfer si alzò e si aggiustò la cintura.

«Credo che farò una chiacchierata con Mossing.»

20

Se si contano i secondi che intercorrono tra il momento in cui la luce di un fulmine squarcia zigzagando il cielo e quello in cui si sente il tuono, è possibile determinare a quanti chilometri è il temporale. Heloise aveva una sua teoria simile, in base alla quale era possibile misurare la distanza alla quale ci si trovava dal centro di Copenaghen contando davanti a quanti solarium della catena Consul si passava: quanto più questi erano ravvicinati, tanto più si poteva essere certi di trovarsi lontano dal cuore pulsante della capitale.

Parcheggiò davanti a quello che doveva essere il dodicesimo centro abbronzatura che aveva incontrato da quando era partita da casa sua nel distretto centrale di Indre By. Herlev Hovedgade non era una graziosa via di provincia come si era immaginata, bensì una grande strada a doppia corsia fiancheggiata da edifici che sembravano residenze per anziani di recente costruzione e da un'infilata di classici negozi di periferia: una pizzeria, tre parrucchieri per signora, due edicole-tabaccheria, il centro abbronzatura e il pub Lanternen. Aveva cercato su Google gli orari di apertura, ma il locale non aveva un sito. La clientela non doveva essere esattamente del tipo avvezzo a navigare su iPad, smartphone o Internet. Erano quasi le due, ormai, e Heloise suppose che nei bar della città le prime birre dovevano già essere state stappate da un pezzo.

Il Lanternen si trovava all'angolo della strada e aveva uno stile alquanto confuso. Le pareti erano rivestite di assi alla tirolese, c'erano panche di legno marrone chiaro e, sui tavoli, dei vasi con dentro fiori da cimitero, al soffitto era appesa una bandiera norvegese e appena dentro la porta c'era un jukebox americano in stile rockabilly, con di fianco un cartonato di Tom Jones a grandezza naturale.

Heloise sbirciò velocemente la playlist del jukebox: Big Fat Snake, Smokey, Bonnie Taylor, Dodo and the Dodos. Sorrise un attimo per la prevedibilità della selezione, poi rivolse l'attenzione a un signore anziano con il pizzetto e la pelle grigio nicotina, seduto in fondo al bancone con la mano avvinghiata con fermezza intorno a una bottiglia di birra. Non c'era nessun altro nel locale, nemmeno dietro il banco.

«Guarda un po'...» Rivolse a Heloise un cenno del capo. «Sembri nuova.»

Lei gli sorrise. «Sto cercando la proprietaria.»

«Jonna?»

«Sì, Jonna Kiel. Sa se c'è?»

L'uomo si alzò e andò dietro il bancone. Infilò la testa nel retrobottega e tuonò: «JONNA!».

Da dietro risuonò una voce roca: «CHE C'È?».

«Ci sono clienti» gridò l'uomo e si ritrascinò al suo sgabello.

Heloise sentì rovesciarsi un bicchiere o una bottiglia.

Sulla porta comparve una donna allampanata con orecchini ad anello turchesi. Aveva i capelli corti tinti con l'henné e le cicatrici lasciate dall'acne ricordavano un paesaggio lunare.

«Ti serve qualcosa?» chiese a Pizzetto.

«Ci sono clienti» ripeté lui e indicò Heloise con la testa.

«Jonna Kiel?» le chiese lei.

La donna reclinò leggermente indietro il capo e sembrò osservarla dalle narici.

«Lei chi è?»

«Lei è Jonna Kiel?»

La donna annuì una volta e mise le braccia conserte.

«Mi chiamo Heloise Kaldan, sono una giornalista e lavoro per il *Demokratisk Dagblad.*»

«Uh, che bello» sorrise la donna. «Siamo stati nominati Locale dell'anno?»

Lei e Pizzetto si scambiarono un ghigno.

«No, volevo solo sapere se posso farle qualche domanda» disse Heloise avvicinandosi al bancone.

«Basta che ordini qualcosa e può chiedermi quello che vuole» rispose l'altra e indicò le bottiglie alle sue spalle. «Poi vediamo se io posso rispondere.»

Heloise scrollò le spalle e guardò la selezione di bevande. «Vorrei dell'acqua frizzante.»

La donna scosse la testa, emettendo un verso di disappunto. «Può fare di meglio.»

«Okay, allora mi dia… una birra piccola alla spina.»

Heloise si sedette al banco mentre la donna le spillava la birra.

«Fanno cinquecento corone» disse quella con un sorriso di incitamento e posò il bicchiere con tanta veemenza che la schiuma traboccò e colò giù.

Heloise incrociò il suo sguardo.

Lei alzò le spalle come a dire: «O paghi, o te ne puoi andare».

Heloise prese dal portafogli un biglietto da cinquecento corone e lo posò davanti a sé. «Sono qui perché vorrei farle qualche domanda su sua figlia.»

Il colore abbandonò le guance della barista. Anche il sorriso giocoso che aveva rivolto a Heloise quando le aveva chiesto i soldi era svanito.

«Mia figlia?» chiese con voce flebile.

«Sì, Anna.»

Jonna Kiel sbatté un paio di volte le palpebre. «L'hanno trovata?»

Heloise si affrettò a scuotere la testa. «No.»

La donna chiuse gli occhi ed espirò pesantemente, e Heloise non riuscì a decifrare se l'emozione che traspariva dal suo volto fosse sollievo o delusione.

Forse entrambi.

Quando riaprì gli occhi, annuì leggermente. Poi allungò piano una mano e prese la banconota. Per un attimo Heloise credette che le avrebbe chiesto di andarsene, invece non aprì bocca.

«Quando è stata l'ultima volta che l'ha sentita?»

La donna alzò incerta le spalle.

«Ha avuto contatti con lei da quando è ricercata dalla polizia?»

Poiché l'altra continuava a tacere, Heloise ci riprovò: «Non ricorda quando è stata l'ultima volta che l'ha vista?»

«No... non lo so. È passato tanto tempo.»

Heloise valutò brevemente come affrontare la questione e decise infine di dire la verità. «Sono qui perché Anna mi ha spedito delle lettere.»

Jonna Kiel alzò lo sguardo e scosse confusa la testa. «Delle lettere?»

«Esatto.»

«Che cosa scrive?»

«Che io e lei siamo legate.»

La donna scrutò Heloise come a cercare qualcosa di tangibile, un legame fisico, concreto. «In che senso?»

«È quello che speravo mi potesse aiutare a scoprire.»

«Non le assomiglia... non vi assomigliate» commentò la donna. «Lei non è il tipo di persona che le andava a genio.»

Heloise tirò fuori lo sgabello e si sedette. «E chi le andava a genio? Che genere di amici aveva?»

«Non credo che ne avesse.»

«Non passava il tempo con nessuno?»

La donna scosse la testa. «No, a parte Kenneth.»

«Chi è?»

«Un ragazzo che frequentava la sua stessa scuola. Era un paio di classi avanti a lei. Un disabile.»

«Un disabile?»

«Sì, stava sulla sedia a rotelle. Doveva aver avuto un incidente d'auto. Anna lo portava sempre in giro per la città, si vedevano quasi tutti i giorni. Leggevano libri insieme, si scrivevano biglietti segreti, cose così.»

«Stavano insieme?» chiese Heloise.

La donna si strinse nelle spalle. «Non lo so.»

«Però erano amici?»

«Sì.»

«Com'era Anna a quei tempi?»

Lo sguardo di Jonna Kiel si fece distante e per un bel po' non rispose. «I suoi insegnanti dicevano che era una bambina strana» esordì poi. «Era chiusa, arrabbiata, mi creava tanti problemi… Mi chiamavano spesso dalla scuola.»

«Perché era arrabbiata?»

La donna si girò e andò a prendere un pacchetto di sigarette appoggiato sopra il registratore di cassa. Ne accese una e fece tre tiri profondi prima di rispondere.

«Suo padre non era un bravo genitore. Ci ha lasciate quando lei era piccola.» Spinse in fuori il labbro inferiore ed espirò una colonna di fumo che saliva verso il soffitto. Poi si strinse rassegnata nelle spalle. «Forse era arrabbiata per quello.»

«E lei?»

«Che cosa?»

«Era una brava madre?»

La donna le rivolse uno sguardo annebbiato e i suoi occhi si riempirono di lacrime. «Lei ha figli?» chiese.

Heloise scosse la testa.

«Allora non può sapere quanto è difficile.» Spense la sigaretta in un bicchiere d'acqua posato sul bancone prima ancora di averne consumata metà. «Una cerca di essere la miglior madre possibile per i suoi figli, ma io ero abbastanza brava? Non lo so... Però Frank se n'è andato. Ci ha lasciate. Io almeno ho dato a nostra figlia un posto dove vivere e un letto in cui dormire.»

«Eravate molto legate?»

«Io e Anna?»

«Sì.»

La donna guardò oltre Heloise, persa nei propri pensieri. «No, non lo eravamo.»

«Perché?»

Jonna Kiel non rispose, ma disse invece: «In effetti credo di non averla più vista da quando se n'è andata di casa».

«E quando è stato?»

«Quando aveva sedici anni.»

Heloise sollevò le sopracciglia. «E non l'ha proprio più vista da allora?»

La donna scosse la testa.

«Cosa mi dice invece di Christoffer Mossing? Ha idea del perché Anna l'abbia ucciso?»

«Sì.»

Heloise la guardò attenta.

«La polizia dice che era impazzita» disse la donna. «Era matta.»

«Quindi anche lei crede che sia stato un caso» constatò Heloise. «Cioè che sia semplicemente andata fuori di testa?»

Jonna fece spallucce. «Forse.»

«Invece il fiore cadavere le dice qualcosa?»

«Il cosa?»

«Il fiore cadavere» ripeté Heloise. «In una delle sue lettere Anna scrive del fiore cadavere.»

«Intende una composizione funebre?»

Heloise lanciò istintivamente un'occhiata alle "decorazioni" che c'erano nei vasi sui tavoli.

«No, non c'entra niente con i funerali. Si tratta di un fiore che cresce a Sumatra.»»

L'espressione della donna era vuota.

«Attira gli insetti al suo interno emanando un odore di morte» proseguì Heloise. «Le dice niente?»

La donna arricciò il naso e scosse la testa.

Heloise cambiò marcia. «Da quanto tempo ha questo pub?»

«L'ho rilevato nel 1994. Era di mio padre e quando è morto io ho raccolto la fiaccola, diciamo così.» Alzò simbolicamente in alto una bottiglia di birra.

«Prima che cosa faceva?»

«Prima di prendere il Lanternen?»

«Sì.»

«Avevo un'impresa di pulizie. La Kiel Cleaning.»

«E l'ha venduta quando è subentrata qui?»

La donna alzò una spalla. «Qualcosa del genere.»

«Invece il suo ex marito che cosa faceva?»

«Frank? Di tutto. Non era mai a casa.»

«Non aveva un lavoro?»

«Sì, ne aveva tanti diversi: elettricista, cameriere, meccanico, dogsitter. Come ho detto, era raramente a casa.»

«Litigavate tanto?»

La donna azzardò un sorriso. «Solo quando eravamo nella stessa stanza.»

«Il vostro rapporto era violento?»

Jonna Kiel si accese un'altra sigaretta. «Che c'entra questo?»

«Mi domando solo se Anna possa esserne stata influenzata. Vi ha mai visti alzare le mani tra di voi? O la picchiavate? Magari le davate uno schiaffo di quando in quando, finendo però qualche volta per spingervi troppo oltre?»

Gli angoli della bocca della donna si abbassarono e lei scosse brevemente la testa.

«C'era qualcosa nel vostro rapporto che potrebbe essere stato rilevante per come è diventata Anna?» proseguì Heloise. «Per farla diventare così *difficile*?»

«Non lo so...» rispose la donna. «Lei stava male e basta, credo.»

«Ha fatto qualcosa per aiutarla?»

Ci fu un lungo silenzio e Pizzetto cominciò a muoversi a disagio sullo sgabello scricchiolante.

«Mi preoccupavo di riuscire a pagare le bollette» ripeté la donna. «Mi preoccupavo che avesse dei vestiti per coprirsi e un posto dove vivere.»

«Sì, l'ha già detto» disse Heloise impassibile.

La donna la fissò per diversi secondi. «Anna non ha avuto una vita facile, e allora? Non è stato facile nemmeno per noi.» Indicò con un cenno della testa l'uomo in fondo al bancone. «Abbiamo anche noi le nostre preoccupazioni, ma non andiamo in giro ad ammazzare la gente, no? Anna non è normale. È malata, lo capisce?»

Heloise non ribatté.

Quando la donna parlò di nuovo, la sua voce risuonò come un'eco sorda in un appartamento vuoto.

«Sono stata una brava madre?» Dalle labbra le scappò uno sbuffo. «Forse no. Ma ho fatto del mio meglio.»

*

Una volta risalita in macchina, Heloise cercò su Google il numero della Herlev Skole e telefonò.

«Herlev Skole, segreteria. Sono Marianne, come posso esserle utile?»

«Sì, buongiorno, mi chiamo Heloise Kaldan. Vorrei sapere se mi può aiutare. Sto cercando un vostro vecchio allievo.»

«Sì?»

«Purtroppo non ho né il cognome né un anno preciso, ma so che si chiama Kenneth.»

«Kenneth?»

«Sì. Deve aver fatto gli esami intorno al 1998, anno più, anno meno.»

«Uh, sarà un bel problema trovarlo.»

«Non ha un database in cui cercarlo?»

«Sì, ma quello digitale arriva solo fino al 2002. Tutti gli allievi degli anni precedenti sono schedati in un archivio fisico, in ordine alfabetico per cognome. Quindi dovrei passare in rassegna tutti gli elenchi delle classi delle annate che le interessano per trovare il Kenneth che dice lei. Inoltre ce ne saranno senz'altro diversi con quel nome, e come facciamo a sapere se è quello giusto?»

«Sì, suppongo che abbia ragione» disse Heloise. «Naturalmente non può occuparsi di un compito così gravoso.»

La donna fece una risata concorde, un po' imbarazzata.

«Ha qualcosa in contrario se vengo io a cercare fra gli elenchi?» chiese Heloise.

«Oh.» La donna tossicchiò. «Non credo di essere autorizzata a...»

«Non ci vorrà tanto. Le prometto che nessuno si accorgerà della mia presenza.»

«Be', non credo che sia possibile. Se avesse altre informazioni su questo ragazzo oltre al suo nome, forse potrei...»

Heloise ricordò quello che le aveva detto Jonna Kiel.

«So che era sulla sedia a rotelle. O comunque era disabile.»

«Ah» fece la donna, e a Heloise sembrò quasi di sentirla unire le mani per l'entusiasmo. «Allora dev'essere Kenneth Vallø quello che cerca.»

«Lo conosce?»

«Sì, ovvio. Lei no?»

«No, io...»

«Kenneth Vallø è l'uomo dietro la ScanCope.»

«Non mi dice niente.»

«La ScanCope» ripeté la donna, come se fosse la rivelazione più ovvia del mondo. «L'azienda informatica.»

«Ah, ecco» disse Heloise. «Non l'ho mai sentita.»

«Non è di Herlev?»

«No, sono di Copenaghen.»

«Allora dev'essere per questo. Kenneth Vallø è una specie di eroe locale qui in città.»

«Addirittura?»

«Sì, sa il nuovo impianto sportivo scolastico che è stato costruito qualche anno fa? L'ha donato lui. E la grande scultura di bronzo in piazza e le decorazioni della nuova biblioteca? Ha pagato Kenneth Vallø per entrambi.»

«Ma non mi dica» commentò Heloise. «Davvero generoso da parte sua. Come può essere?»

«Lui è così.»

«Già, sembra davvero una persona di gran cuore. Ma dove ha preso tutti quei soldi?»

«Qualche anno fa ha venduto la ScanCope a una compagnia straniera, credo che fosse cinese. Non ricordo quanto gli abbiano dato, ma erano tanti, tanti soldi. Nell'ordine delle centinaia di milioni, da quel che mi ricordo.»

Heloise fischiò impressionata.

«E poi credo che sia semplicemente orgoglioso della sua città» proseguì la segretaria al telefono. «Kenneth Vallø non ha dimenticato da dove viene» concluse in un modo che sottintendeva: «Perché lui è uno di noi».

«Be', dev'essere bello poter restituire qualcosa alla città che ci ha dato i natali» commentò Heloise. «Lei da quanto lavora alla scuola?»

«Da quasi sei anni.»

«Forse in ufficio c'è qualcuno che ci lavora da più tempo? Magari qualcuno che ricorda Kenneth da quando era uno studente?»

«Purtroppo no. La vecchia segretaria ci ha lasciati l'anno scorso, e anche il resto del personale è stato cambiato nel corso dell'ultimo paio d'anni. Che cosa ha bisogno di sapere su di lui? Magari so qualcosa.»

«C'era una ragazzina di cui Kenneth era amico» iniziò Heloise. «A quanto pare trascorrevano molto tempo insieme.»

«Purtroppo di questo non so niente» si scusò la donna. «Ma sono sicura che lui la potrà aiutare. È un uomo molto cortese.»

«Lo conosce di persona?»

«No, ma conosco delle persone che lo hanno incontrato e una che abita nel suo stesso quartiere. Dicono tutti che è gentilissimo.»

«Nello stesso quartiere?»

«Sì, possiede una grande casa proprio qui a Herlev.»

Heloise aggrottò la fronte. Quell'uomo possedeva una fortuna da centinaia di milioni di corone e aveva deciso tuttavia di continuare a vivere a Herlev? Evidentemente era davvero il ragazzo della porta accanto.

«Come le dicevo, Kenneth aveva un'amica che frequentava la stessa scuola» disse Heloise. «Immagino che anche lei abbia fatto parlare di sé. Si chiama Anna Kiel. Il nome le dice qualcosa?»

All'altro capo della linea ci fu silenzio.

«Pronto?» chiese Heloise. «È ancora lì?»

«Sì» rispose la donna. Per un attimo la sua voce non fu più in sincrono con quella della protagonista di *La donna perfetta*.

«Conosce Anna Kiel?»

«No, però ne ho sentito parlare, naturalmente.»

«Dunque sa che è ricercata per omicidio?»

«Sì.»

«Suppongo che non sia considerata esattamente un'eroina locale qui a Herlev?»

«Quella donna non ha niente a che fare con la nostra città.»

«No, ovvio» commentò Heloise ridacchiando sotto i baffi per la tendenza della gente ad attaccarsi ai successi altrui e, allo stesso modo, prendere le distanze dagli altrui casini. «Il motivo per cui le parlo di Anna Kiel, è che lei e Kenneth Vallø erano ottimi amici. Andavano a scuola insieme.»

«Mi sta dicendo che Kenneth Vallø era amico di… di *quella donna*?»

«Proprio così. Lo so che ai tempi lei non lavorava a scuola, ma immagino che la storia di Anna Kiel sia stata comunque tramandata.»

«Può ben dirlo.»

«E…?»

«Che cosa vuole sapere?»

«Che cosa si dice di lei?»

La donna rimase per un attimo in silenzio. Poi chiese: «Mi scusi, ma chi ha detto che era?»

«Mi chiamo Heloise Kaldan, lavoro come giornalista al *Demokratisk Dagblad.*»

«Giornalista?» La voce della donna si alzò di due ottave e a Heloise parve quasi di percepire nel telefono il suo battito che accelerava. «Ah, non credo di potermi esprimere su…»

«Stia tranquilla» disse Heloise. «Non ho intenzione di citarla in un articolo, né di riferire in alcun modo la nostra conversazione. Sto lavorando a un'inchiesta e la chiamo semplicemente perché mi servono delle informazioni…»

Non fece in tempo a dire altro che si rese conto che non c'era più nessuno al telefono.

Represse un sospiro e premette "richiama". Attese paziente per un minuto buono mentre l'apparecchio suonava senza che nessuno rispondesse.

Poi rinunciò.

Cercò invece su Google "ScanCope" e "Kenneth Vallø". Comparve una serie di articoli i cui titoli rivelavano che quell'uomo era diventato paurosamente ricco da un giorno all'altro.

Heloise cliccò sul primo link e lesse l'articolo datato sei anni prima. Era stata proprio un'azienda cinese ad acquisire tutte le azioni dell'impresa che Vallø aveva costruito da zero.

Scorse il testo fino in fondo, era lungo e pieno di informazioni tecniche sull'azienda. Sotto all'articolo c'era una foto scattata in occasione dell'offerta pubblica iniziale della ScanCope. Al centro dell'immagine compariva un uomo che Heloise suppose essere Kenneth Vallø. Se si tralasciava la sedia a rotelle sulla quale sedeva, non sembrava affatto una persona con dei problemi fisici. Sedeva eretto come un ballerino del Balletto Reale Danese, il suo busto appariva sano e muscoloso e il suo sguardo era forte e sicuro di sé. Intorno a lui c'erano diverse persone, per lo più uomini in giacca e cravatta che sorridevano e gli tendevano la mano in segno di augurio, e appena dietro di lui, proprio dietro la sua spalla destra, c'era Anna Kiel.

Heloise dovette sorridere quando la vide.

I biondi capelli sciolti le incorniciavano il volto sottile dai grandi occhi azzurri, una bocca dalle labbra carnose e un bel nasino all'insù che le dava un'espressione giovane, quasi infantile, anche se, stando alla data, all'epoca della foto doveva avere almeno venticinque anni.

Quella era l'unica immagine in cui Heloise era incappata durante le sue ricerche in cui Anna Kiel non apparisse apatica. La sua bocca era aperta in un sorriso e gli occhi azzurri luccicavano, fissi su Kenneth.

Sembrava orgogliosa, quasi felice.

Bene, quindi lei e Vallø erano amici d'infanzia. La loro amicizia si era protratta fino all'età adulta. *Ma c'era stato altro?*, si domandò Heloise. Erano amanti? Sempre che un uomo semiparalizzato potesse avere una relazione di quel tipo.

Chiamò Morten Munk della sezione Ricerche, che rispose dopo un solo squillo con un teatrale: «Parli pure».

«Ciao, sono io» disse Heloise. «Mi serve l'indirizzo di un tizio.»

«Hai provato a chiamare il Servizio informazioni?»

«Ah ah, divertente. Si chiama Kenneth Vallø e abita a Herlev. Puoi trovarmi un recapito?»

«Dammi un istante» disse il collega e riattaccò senza salutare.

Heloise rimase seduta in auto con il motore spento, fino a quando arrivò un SMS da Munk.

21

La casa era la classica villetta che poteva possedere una qualsiasi persona agiata: del genere in cui, nelle città di provincia danesi un po' grandicelle, abitava chi aveva un lavoro ben retribuito, come un dentista di Vejle Fjord o un avvocato di Sønderborg. Bella, curata e costosa, almeno in confronto alle altre unifamiliari del quartiere. Tuttavia, pensò Heloise, non era il genere di villa in cui si viveva se si avevano in banca trecento milioni di corone o forse più.

Durante la sua carriera di giornalista aveva intervistato diversi industriali del calibro di Kenneth Vallø e quando era una teenager era anche uscita qualche volta con un paio di tizi il cui nome era seguito da un *von* o da un numero romano, ragazzi le cui famiglie dimoravano nelle lussuose residenze lungo la costa. L'esperienza le diceva chiaramente che anche le persone che vantavano la metà del patrimonio di Kenneth Vallø il più delle volte preferivano una casa dotata sia di campo da tennis che di pontile privato.

Ma lì non c'era né l'uno né l'altro.

Svoltò sul vialetto d'accesso lastricato che conduceva fino alla villetta di muratura su un piano e vi parcheggiò davanti.

Andò alla porta d'ingresso e, quando suonò il campanello, un forte cinguettio elettrico trillò all'interno, finché una giovane donna venne ad aprire. «Sì?»

«Buongiorno, sto cercando Kenneth Vallø. È in casa?»

La donna non chiese a Heloise chi fosse o cosa volesse, ma aprì sorridente la porta e la invitò a entrare.

«È in cucina, da questa parte» disse e le fece strada.

Trovarono Kenneth Vallø seduto a tavola: era imbandita con un tipico pranzo danese a base di aringhe marinate, uova sode e qualcosa che sembrava paté di fegato fatto in casa dentro una ciotola di ceramica smaltata.

Di colpo Heloise si rese conto di avere l'acquolina in bocca e il suo stomaco reagì al profumo del paté caldo e del pane fresco di forno torcendosi per la fame.

«Oh, mi scusi, la disturbo all'ora di pranzo» disse e si fermò.

Kenneth Vallø alzò lo sguardo e sorrise. «Salve.»

«Buongiorno. Mi chiamo Heloise...»

«Kaldan» terminò lui e allungò la mano. «Lo so. Io sono Kenneth.»

Lei lo guardò stupita e prese esitante la sua mano. «Ci siamo già incontrati?»

L'uomo scosse la testa. «L'ho riconosciuta dalla foto del suo profilo sul giornale.»

«La foto del profilo?»

«È giornalista, no?»

«Sì.»

«Prego, venga.» Indicò il posto vuoto davanti a sé e le fece segno di accomodarsi.

«La disturbo?» chiese lei e fece il gesto di volersene andare. «Potrei tornare più tardi, magari.»

Heloise si stupì della propria solerzia nel non voler apparire invadente. Normalmente non aveva remore a disturbare le sue fonti, né mentre mangiavano, né quando erano in vacanza o assistevano a un funerale. Faceva parte del suo lavoro – era per questo che molti giornalisti si erano meritati una cattiva reputazione – e per lei non aveva mai rappresentato un problema.

Quindi, perché adesso doveva essere diverso?

Era stata la sedia a rotelle a rammollirla? Era stato il riguardo per un "disabile"? E non era un riguardo sbagliato? Qualunque fosse il motivo c'era qualcosa in Kenneth Vallø che la rendeva remissiva.

«Non dica sciocchezze» rispose lui. «Non vuole tenermi compagnia?»

Heloise vide che la tavola era apparecchiata per due. Guardò la donna che le aveva aperto.

«Be', ma non voglio prendere il suo posto...»

«Non si preoccupi, si sieda» disse la donna e la spinse verso la sedia libera. «Io ho comunque delle faccende da sbrigare.»

Tirò fuori la sedia per Heloise, che ringraziò e si sedette.

La donna uscì dalla cucina lasciandola sola con Kenneth Vallø.

«È la sua compagna?» gli chiese Heloise indicandola con il capo.

Kenneth Vallø mosse la testa su e giù, quindi da una parte all'altra come a dire: "Sì e no".

«Miriam è la mia aiutante» rispose poi. Si concentrò sulla sua ospite e rimase in silenzio per un paio di secondi. Poi le domandò: «A che cosa pensa?»

«A niente. O meglio, in realtà mi domando come mai un uomo come lei sia rimasto qui a Herlev.»

«Invece di trasferirmi dove?» le domandò lui. «In Lussemburgo? In Provenza?»

«Bah, o a Rungsted...»

Lui rise. «A Rungsted? Perché mai dovrei andare a vivere a Rungsted?»

«Non lo so» rispose Heloise e prese il cestino del pane che lui le stava porgendo. «Non è lì che abitano i veri ricchi?»

Prese una fetta dal cestino. Al centro era ancora un po' umida e tiepida ed emanava un meraviglioso profumo di malto.

«Sono nato e cresciuto qui» spiegò Kenneth Vallø. «La mia famiglia abita proprio dietro l'angolo, così come la maggior parte delle persone a cui tengo. Prenda, provi le aringhe, sono buone» disse spingendo verso di lei la ciotola di ceramica. «Non vedo il motivo di lasciare tutto questo. Lei sì?»

Heloise si strinse nelle spalle. «Se la mette così, no. Però la maggior parte delle persone che conosco sogna di vincere al lotto – o, in alternativa, di fondare un'azienda informatica che possano poi vendere ai cinesi per un fantastilione – per potersene andare via. Via dalla vita che vivono, dalla città in cui sono nati.»

Tagliò la tartina che si era preparata.

«Mmh. È davvero buona.»

«Sì, vero? È il pane. Miriam è panettiera qualificata. Dovrebbe assaggiare le sue frolle ai lamponi.»

Heloise sorrise. Frolle ai lamponi? Che Vallø l'avesse scelta come aiutante perché era brava a cucinare? Doveva essere così.

«Le dovrò provare» commentò lei e mangiò un altro boccone di aringa.

«Bene, cosa la porta qui, Heloise Kaldan?» chiese Kenneth Vallø appoggiandosi contro lo schienale. «Immagino che non sia venuta per fare ricerche per un articolo sul settore dell'informatica.»

«Cosa glielo fa pensare?»

Lui sorrise e si strinse nelle spalle. «È solo una supposizione» rispose e allungò una mano per prendere una birra senza toglierle gli occhi di dosso.

Quando aprì la linguetta della lattina, si sentì un rumoroso *frizz*.

Heloise tacque per un istante. Poi disse: «Sono qui perché sto scrivendo una storia su Anna Kiel».

Vallø tentennò. Non mutò espressione; il suo sguardo era sempre aperto, conciliante.

Heloise strinse gli occhi e lo osservò diffidente.

«Perché ho la sensazione che la cosa non la colga alla sprovvista?»

«Immagino perché ha ragione: non mi ha colto alla sprovvista. Qualunque giornalista che nutra rispetto per se stesso e per il proprio mestiere dovrebbe interessarsi alla storia di Anna. Vale la pena scriverla.»

«Ma sapeva che l'avrei contattata?»

«Non ne sono stupito.»

«Perché no?»

«Gliel'ho appena detto.»

«Sì, qualunque giornalista che nutra rispetto per il proprio mestiere, ha detto. Ma adesso io le chiedo: sapeva che l'avrei contattata *io*?»

Lui bevve un sorso di birra e si asciugò la schiuma dalle labbra con il dorso della mano, prima di posare di nuovo la lattina.

«No. Ma lo ritenevo possibile.»

«Perché?»

«Perché voleva parlare con lei.»

«Anna Kiel?»

«Sì.»

«Come fa a saperlo?»

Lui sorrise, ma non rispose.

«Perché io?»

«A questa domanda non posso rispondere.»

«Non può o non vuole?»

Kenneth Vallø fece una risatina e alzò leggermente le spalle. «Fa differenza?»

Heloise mise giù le posate e spinse il piatto verso il centro del tavolo. «Dunque lei e Anna eravate amici?»

«Lo siamo ancora. Amici del cuore.»

Lei sollevò un sopracciglio. «È amico di un'assassina, come se niente fosse?»

«Anna non è un'assassina, lei è… incompresa.»

«È un'omicida.»

«Da un punto di vista semantico.»

«No, non è questione di semantica. Quello che ha commesso non contempla declinazioni, né lo si può giudicare in base all'angolatura dalla quale lo si guarda. Anna Kiel ha ucciso Christoffer Mossing a sangue freddo. È un'assassina. Punto.»

«Credo che un giorno la vedrà diversamente.»

«Ha parlato con la polizia?»

«Naturalmente. Diverse volte. Erik Schäfer, un brav'uomo.»

«Che cosa le ha chiesto?»

«Qual è la natura del rapporto tra me e Anna. Quando è stata l'ultima volta che l'ho vista. Se abbia finanziato la sua fuga. Cose così.»

«E...?»

«E cosa?»

«Ha finanziato la sua fuga?»

«La smetta» sorrise lui con condiscendenza. «Ritiene davvero che potrebbe saltarmi in mente di aiutare un'assassina – è così che l'ha chiamata, vero? – ricercata dalla polizia a sfuggire all'arresto?»

«Sì.»

Lui soffocò un sorriso. «E crede davvero che se così fosse, lo direi a qualcuno?»

Heloise giunse le mani in grembo. «Dunque è in contatto con lei?»

Lui non rispose. Si limitò a un sorrisino caloroso mentre scrutava sul tavolo, come se stesse cercando di decidere cosa scegliere dalle ciotole.

«Bene, allora la prossima volta che la sente, le dica che se vuole qualcosa da me, prenda in mano il telefono. Sono stufa di queste lettere sibilline che mi manda. Presumo che sappia anche lei che Anna mi scrive.»

Lui sorrise. «Perché dice così?»

«Che cosa?»

«Che sono sibilline.»

«Perché sono incomprensibili.»

Lui sorrise. «Può essere. O forse è lei che le legge nel modo sbagliato.»

«Nel modo sbagliato? In che senso?»

«Boh, non lo so» rispose lui e scosse leggermente la testa. Premette un pulsante sul bracciolo e la grossa sedia a rotelle foderata di tessuto si allontanò dal tavolo. Fece segno a Heloise di alzarsi.

Il pranzo era ufficialmente concluso.

«Però forse ha ragione» disse Kenneth quando si congedò da lei sulla porta. «Anna dovrebbe chiamarla invece di mandarle delle lettere, e chissà, magari si farà viva prima che passi troppo tempo.»

22

Heloise aveva consegnato la terza lettera a Schäfer prima di mettersi in viaggio per Herlev.

Adesso, seduta alla sua scrivania, in redazione, stava guardando la foto che aveva scattato alla lettera con l'iPhone. Si sentiva stranamente urtata dalle parole scelte da Anna Kiel, come se la volesse deridere. Al contempo, dopo aver incontrato sua madre e Kenneth Vallø, provava in un certo senso simpatia per lei.

Simpatia per un'omicida?

Non era da Heloise.

Il suo senso della giustizia veniva offeso quando vedeva che a persone violente venivano comminate pene troppo leggere. Da un lato, sapeva che l'unica via che funzionava era la riabilitazione. Il metodo americano "tre colpi e sei fuori" per molti versi non faceva altro che originare ulteriore violenza e più insensibilità tra i criminali. D'altro canto, però, riteneva che le pene inflitte in Danimarca fossero ridicole: ai criminali era riservato un buffetto di rimprovero sul dorso della mano e li si premiava con brevissimi soggiorni in stile college in condizioni a dir poco confortevoli. Era uno spregio nei confronti delle vittime, che troppo spesso venivano dimenticate nella foga di migliorare l'esistenza dei condannati. Una parte di Heloise avrebbe preferito gettare tutti gli assassini, i pedofili e gli stupratori dentro una profonda buca insonorizzata, richiuderla con un pesante coperchio di metallo e scordarsi che fossero mai esistiti. Non era una posizione particolarmente *politically correct*, ma l'indignazione la sopraffaceva e la riempiva d'odio.

Tuttavia in Anna c'era qualcosa che le faceva provare… dell'altro. Un'inspiegabile compassione, nonché il desiderio di comprendere cosa l'avesse condotta a sentirsi costretta a togliere la vita a un'altra persona.

Prese l'iPhone e cercò il numero di Schäfer.

«Sì pronto?»

«Pronto, sono Heloise.»

«Allora?»

«Chiamo solo per un aggiornamento… Ha presente Kenneth Vallø…?»

«Sì.»

«Sono andata da lui oggi.»

«Cosa? E perché mai?»

«Per avvicinarmi ad Anna. Ho parlato anche con sua madre.»

«Mi spiace dirglielo» la interruppe Schäfer, «ma credo che stia sprecando il suo tempo calcando i miei passi».

«Sì, lo so che ha già parlato con lui, ma la cosa strana è che sembrava che mi stesse aspettando.»

«Che cosa vuol dire?»

«Era come se sapesse che sarei arrivata. Credo che sia ancora in contatto con Anna.»

«So che loro due erano molto uniti. Però abbiamo esaminato tutte le sue transazioni bancarie, le telefonate in entrata e in uscita, la sua posta elettronica, abbiamo anche perquisito casa sua, ma non abbiamo trovato nulla.»

«Sono ancora in contatto» ripeté Heloise.

«Sì, è molto probabile. Ma come le ho detto, non siamo stati in grado di provarlo.»

«Come paga i conti?»

«Mi scusi?»

«Le spese di Anna. Dovrà pur dormire da qualche parte, e mangiare qualcosa. Come paga?»

«Ormai è in fuga da diversi anni. E sì, a meno che non chieda l'elemosina insieme agli zingari all'angolo di qualche strada, ha dei soldi con cui mantenersi. Però potrebbe anche essersi trovata un lavoro. Succede. I ricercati si tagliano i capelli, cambiano nome prendendone uno internazionale come Maria o Michelle e trovano un'occupazione in nero in un bar sulla spiaggia di Umba Umba.»

«Oppure ha un amico ricco sfondato che le manda dei soldi.»

«Oppure ha un amico ricco sfondato che le manda dei soldi» ammise Schäfer. «Se hanno stabilito di usare una cassetta postale, un determinato indirizzo, un orario di ritiro, allora sì. In questo caso lui potrebbe facilmente mandarle una busta o un pacco con dentro dei contanti.»

«Ma lei non dovrebbe mostrare un documento di riconoscimento per ritirare una spedizione di questo tipo?»

«Sì, è probabile. Ma mettere le mani su una patente falsa è più facile di quanto non si creda. Difficile che una persona qualunque riesca a vedere la differenza tra un documento vero e uno contraffatto.»

Il telefono fisso suonò sulla scrivania davanti a Heloise e lei vide dal numero che la chiamata veniva dalla reception.

«Resti in linea un attimo» disse.

Mise la conversazione con Schäfer in attesa e rispose all'altra chiamata.

«Sono Kaldan.»

«Centralino, ho una chiamata per te.»

«Grazie, passamela pure.»

Nella cornetta ci fu silenzio per un paio di secondi.

«Pronto?» disse una voce d'uomo.

«Sì, pronto» rispose Heloise. «Sono Heloise Kaldan. Con chi parlo?»

«È lei che è andata a Herlev oggi?»

«Scusi?»

«Oggi è stata al Lanternen.»

«E lei è…?»

«Mi chiamo Frank Kiel.»

Heloise sbatté un paio di volte le palpebre. «Il padre di Anna?»

«Sì.»

Scostò veloce le carte che occupavano la scrivania, trovò una penna in mezzo al disordine e aprì un taccuino. «Come posso aiutarla, Frank?»

«Oggi ha parlato con la mia ex moglie.»

«Gliel'ha detto lei?»

Lui fece per ridere, ma la risata si trasformò in un colpo di tosse. «No. Noi non ci parliamo più.»

«E allora come ha avuto il mio nome?»

«Me l'ha riferito un uccellino.»

Pizzetto, pensò Heloise.

«Che cosa posso fare per lei, Frank?»

«Può dirmi di che cosa voleva parlare con Jonna.»

«Di Anna.»

«Perché?»

«Perché sto cercando di farmi un'idea di lei.»

«Ha detto a Jonna che Anna le manda delle lettere.»

«Sì, è esatto.»

«Perché lo fa?»

«Non lo so» rispose Heloise. «È questo che sto cercando di scoprire.»

Nel telefono ci fu silenzio per un momento. «Io penso di saperlo.»

Heloise posò la penna. «Sa perché mi scrive?»

«Credo di poterla aiutare.»

«Okay, Frank, mi dica quello che sa.»

«No, non così» disse. «Non al telefono. Possiamo incontrarci?»

«È in Danimarca?» chiese Heloise. «Credevo che stesse in Groenlandia.»

«No, non ci abito più da tanti anni.» L'uomo tacque un istante. «Possiamo vederci questa sera?»

Heloise confermò e scribacchiò l'indirizzo che lui le diede. Terminò la chiamata e riattivò il collegamento con Schäfer.

«Indovini chi mi ha appena chiamato!... Pronto? Schäfer?»

Ma all'altro capo della linea non c'era nessuno in attesa.

23

Schäfer calpestò inavvertitamente una chela di granchio secca che un gabbiano aveva perso sul molo più esterno del porto di Rungsted. Stava percorrendo il pontile leggermente ondeggiante diretto verso un Bavaria Yacht ormeggiato in fondo: una barca a vela di quelle estremamente costose, una vera bellezza. Fino a qualche anno prima veleggiava lui stesso, e quando l'odore dell'acqua salata e dell'aria di mare gli colpiva le narici, sentiva quasi la mancanza della sua vecchia barchetta a vela ammaccata. Richiedeva però talmente tanto lavoro che infine aveva dovuto seguire il motto preferito di suo nonno: *Non c'è niente che faccia sentire meglio rispetto a procurarsi cose nuove, che liberarsi di tutta la merda che si è accumulata.*

Johannes Mossing era accovacciato sul ponte dello yacht e, siccome dava le spalle al molo, non aveva visto Schäfer avvicinarsi. Era intento a sciogliere o ad annodare una cima. Il poliziotto non si lasciò sfuggire la sua uniforme da snob: una polo gialla, pantaloni di tela chiari e un paio di scarpe da vela color caramello. Sorrise tra sé e scosse la testa. *Pregiudizi*, pensò. *Non mancano mai di rivelarsi corretti.*

«Sta per prendere il largo o ha appena attraccato?» chiese.

Johannes Mossing fece mezzo giro in direzione della voce e alzò di un paio di centimetri gli occhiali da sole sulla fronte.

«Ho appena attraccato» disse e voltò di nuovo le spalle a Schäfer.

«Be', porca miseria, è proprio una bella barca» disse questi parandosi davanti al panfilo con le gambe leggermente divaricate e i pugni saldamente piantati sui fianchi. «Questo glielo devo concedere.»

«Che cosa la porta qui, ispettore Schäfer?» chiese Mossing, sempre senza guardarlo.

«Adesso sono assistente di polizia di primo grado. Non sono più ispettore.»

«Davvero?» Mossing si girò e rivolse a Schäfer un sorriso caustico. «È stato degradato?»

«No, niente affatto. È per via della riforma della polizia e menate varie. Nuovi reparti, nuove qualifiche, ma il lavoro è sempre lo stesso: i pezzi di merda infrangono la legge e io li sbatto in galera.»

I due uomini si fissarono a lungo.

«Che cosa ci fa qui?» chiese di nuovo Mossing e salì sul pontile, davanti a lui.

«Ho un problema e forse lei mi può aiutare. Vede, l'altro ieri è stato ucciso un uomo. Un giornalista.»

Mossing non disse niente.

«Ulrich Andersson. Il nome le dice qualcosa?»

«Dovrebbe?»

«È stato strangolato e in seguito impiccato nel suo bagno. Un omicidio camuffato da suicidio.»

«Be', sembra una bella grana.»

«Già» concordò Schäfer e si grattò dietro l'orecchio. «Ma la cosa interessante è che un paio d'ore prima la vittima ha rivelato di aver ricevuto minacce da lei.»

Johannes Mossing rise. «Che scemate.»

«Ha detto che l'anno scorso un uomo l'aveva intimorito con una pistola in casa sua, mentre stava scrivendo un articolo su Christoffer.»

Il sorriso scomparve dalla bocca di Mossing quando fu nominato suo figlio.

«Pensi, il giornalista aveva sentito le stesse storie che ho sentito io sulle sue beghe all'ippodromo» proseguì Schäfer, «e quando ha iniziato a indagare più a fondo, è stato minacciato con le brutte.»

«Sembra una storia molto eccitante» disse Mossing e si incamminò lungo il pontile. «Ma temo che abbiate visto entrambi troppi film.»

Schäfer lo seguì fino al parcheggio. «Quindi presumo di non poterla convincere a venire alla Centrale per fare due chiacchiere?»

«Può chiamare il mio avvocato dello studio Orleff & Plessner, se ha altre domande da farmi» disse Mossing e si sedette al volante di un Range Rover Sentinel nero. «Suppongo che abbia ancora il suo numero.»

Schäfer posò una mano sulla portiera aperta e si protese in avanti verso Mossing.

«Lo sai che prima o poi scoprirò in quali loschi affari sei invischiato, vero?» L'espressione gioviale da semplice chiacchierata era scomparsa dalla faccia del poliziotto. «Crederai forse di essertela cavata, quali che siano gli intrallazzi che hai in ballo. Ma prima o poi qualcosa farà crollare il tuo castello di carte. Qualcuno parlerà troppo, e quando accadrà, finirai dentro, per tanto tempo. E per uno della tua età... potrebbe significare per il resto della vita.»

Mossing lo fissò negli occhi, privo d'espressione. Poi gli angoli della bocca gli si arricciarono verso l'alto in un sorrisino e per un istante il suo sguardo sfidò Schäfer. Non durò che un secondo, due forse, ma fu quanto di più prossimo a una confessione Schäfer avesse mai ottenuto da lui.

Mossing emise un verso di disappunto e scosse la testa, simile a un professore sadico che sgrida un alunno mezzo ritardato davanti a tutta la classe.

«Come al solito si sbaglia, *assistente di polizia* Schäfer.» Girò la chiave e il motore dell'auto andò su di giri. «Il mio castello di carte si regge ben saldo, e adesso mi deve scusare. Voglio andare a casa a godermi il resto della giornata con mia moglie.»

Afferrò la maniglia per chiudere la portiera, ma poi si bloccò. «A proposito, come sta la sua signora dalla pelle del colore del cioccolato? Si chiama Connie, vero?»

Sentire pronunciare il suo nome fece saltare un battito al cuore di Schäfer.

«È una vera bellezza esotica, quella che ha» proseguì Mossing con un fischio di approvazione. «Farebbe meglio a badare a lei. Potrebbe capitare che qualcuno gliela porti via, un giorno.»

Una rabbia da uomo delle caverne ribollì in Schäfer. «Come cazzo fai a conoscere il nome di mia moglie?»

Mossing si strinse con noncuranza nelle spalle. «Mi tengo informato.»

«Stai alla larga da lei, hai capito?» Schäfer pestò con forza le nocche della mano destra sulla portiera posteriore, una reazione che fece scoppiare Johannes Mossing in una risata.

«Di nuovo buona giornata, Schäfer.» Mossing sbatté la portiera e premette l'acceleratore.

L'auto partì talmente in fretta che la ghiaia sulla strada rimbalzò sulla vernice di una Porsche Cayenne rossa posteggiata di fianco, mentre la polvere si alzò turbinando e avvolse Schäfer.

Lui rimase a guardarla fino a quando svoltò a sinistra su Rungsted Strandvej e accelerò.

Poi imprecò a voce alta e diede un calcio rabbioso a una lattina vuota di Cola che rotolò via rimbalzando lungo la strada.

24

Il cielo, fino a quella mattina azzurrissimo, nel corso della giornata si era ricoperto di uno strato di nubi nere degne del giorno del giudizio, che si aprirono sopra Copenaghen inondando molte strade basse della città in meno di venti minuti. L'acquazzone fu così violento e abbondante che persino l'ateo più ostinato dovette prendere in considerazione l'idea di conficcare qualche chiodo dentro un paio di assi per costruirsi un'arca, o quantomeno una zattera.

Era il terzo nubifragio nel giro di due mesi e il sistema fognario della città non era tarato per le imponenti masse d'acqua che costringevano i periti delle compagnie assicurative agli straordinari nei negozi ai piani seminterrati.

Fuori, nelle aiuole, l'acqua aveva perforato i petali e spezzato i gambi dei fiori. Ma il resto dell'Orto botanico non faceva che apparire ancora più sano e rigoglioso sotto la pioggia scrosciante: bagnato, verde e bello.

Le gocce tambureggiavano sul tetto di vetro della serra, mentre all'interno la temperatura era vicina ai 35 gradi. Heloise si levò la giacca di jeans bagnata mentre si aggirava alla ricerca di ciò per cui era lì: l'*Amorphophallus Titanum*.

Il fiore cadavere.

Le sue ricerche avevano rivelato che non solo ne esisteva un esemplare in pieno centro a Copenaghen, ma anche che era in fiore proprio in quei giorni, per nientemeno che la terza volta nel giro di quattro anni. Un miracolo botanico, lo avevano definito gli esperti, dato che in genere la pianta fioriva all'incirca solo una volta ogni dieci anni. Doveva trovarsi bene al nord, lontano dalla sua casa indonesiana, visto che continuava a sbocciare. O forse, pensò Heloise, lì c'erano semplicemente più insettini che si eccitavano quando sentivano l'odore di morte.

Aveva visto delle foto della pianta su Internet: era enorme, alta dei metri, con una grossa foglia viola scuro e un gigantesco coso giallo dritto in aria come un'asta portabandiera. Aveva capito perché veniva chiamata anche "fiore pene" e, quando la scorse nella serra, l'appellativo divenne ancora più chiaro: il gambo giallo non era più eretto, ma assomigliava a un bruco sovradimensionato che pendeva dalla pianta.

Piatto, moscio e senza *sex appeal*.

«È arrivata un po' tardi.»

Heloise si voltò verso la voce nasale e vide un giovane allampanato dai capelli lunghi, con indosso la maglia verde scuro del personale dell'Orto botanico.

Il ragazzo indicò la pianta con un cenno del capo. «Ormai è sfiorito.»

«Già, lo vedo» sorrise Heloise. «Sembra abbastanza andato.»

«Avrebbe dovuto vederlo la settimana scorsa. Era una meraviglia.»

Una meraviglia?

Non era esattamente la parola che si era materializzata nei pensieri di Heloise quando aveva visto le foto. Affascinante, sì. Grande, brutale e pazzesco, okay. Ma meraviglia? Quella specie di mostro di Frankenstein vegetale? Niente affatto!

Avanzò di un paio di passi sulla rampa posizionata accanto alla pianta, si allungò per avvicinarsi e inspirò cauta dal naso. Aggrottò la fronte, inspirò più a fondo e poi guardò il ragazzo.

«Ma non ha odore.»

«No, non più» rispose lui. «È solo quando il fiore si apre e la temperatura interna raggiunge quella del corpo umano che odora di decomposizione.»

«La temperatura del corpo umano?»

«Sì, intorno ai trentasette gradi. I composti chimici sulfurei evaporano dalla pianta e si diffondono nella foresta pluviale, attirando silfidi e mosche che si posano sullo spadice caldo e scendono verso la brattea color carne, in direzione dell'odore e del calore.»

Heloise fece una smorfia. «È disgustoso.»

«No, non è disgustoso. È geniale.»

«Geniale?»

«Sì, ci pensi: dimostra che il fiore è intelligente. È astuto, scaltro. Non si può che ammirarlo per questo, non trova?»

«Mmh.» Heloise scese di nuovo dalla pedana. «Io lo trovo un po' macabro.»

«Sì, ma non è colpa della pianta se ha certi bisogni. Non ha scelto lei di puzzare di obitorio. Gioca solo le carte che la natura le ha fornito, e le gioca bene. È questione di sopravvivenza.»

«Okay, diciamo così.» Heloise gli rivolse un sorriso di condiscendenza. «Io sono più per i tulipani, ma i gusti sono gusti.»

Il giovane si piazzò tra lei e la pianta. Si spinse una lunga ciocca dietro l'orecchio e Heloise vide il gancio di un apparecchio acustico appoggiato sulla parte superiore del padiglione auricolare.

«I tulipani sono belli, ma sono fiori semplici» disse lui.

Heloise si stupì di poter intuire dalla sua voce che era rimasto ferito.

«Esistono a miliardi e fioriscono tutti gli anni. Non sono niente di speciale. Mentre lui...» Posò una mano carezzevole sul salsicciotto molle che pendeva floscio dalla pianta. «Lui è unico.»

Heloise strizzò gli occhi e pensò che a quanto pareva non erano solo i coleotteri saprofagi a rimanere ammaliati dagli effluvi del fiore cadavere. Il ragazzo che le stava di fronte aveva davvero bisogno di una boccata d'aria fresca. E anche di una ragazza.

Lo ringraziò per il tempo che le aveva dedicato e infilò l'uscita che conduceva sotto la pioggia.

Accanto alla scala che portava al prato era posteggiato un piccolo coffee-truck a tre ruote e Heloise comprò un cappuccino. Scese al laghetto e si fermò a metà del ponte di legno bianco, da dove rimase a osservare le gocce di pioggia che saltellavano e ballavano sulle foglie di ninfea come chicchi di mais in una padella calda, mentre i capelli e i vestiti le si incollavano al corpo.

La smorfia sul viso di Ulrich continuava a baluginarle sulla retina e lei sbatté un paio di volte le palpebre per cacciarla via. Schäfer le aveva detto che il referto dell'autopsia non era ancora pronto; che non sapevano ancora con che cosa avessero a che fare. Ma lei avvertiva una sensazione di inquietudine nel corpo.

Perché un uomo che aveva così tanta paura di morire avrebbe dovuto suicidarsi? Non era come se un claustrofobico si fosse fatto seppellire vivo? E perché mai Ulrich avrebbe dovuto contattarla, per poi andarsene dritto a casa a impiccarsi?

No, non ci credeva, non aveva senso. Dovevano averlo fatto fuori perché aveva fiutato qualcosa... Ma che cosa? E perché Anna Kiel aveva assassinato Christoffer Mossing? Si era trattato davvero di un caso, come la polizia le aveva fatto credere? No che non lo era, non ci credeva più. Doveva esserci qualcos'altro che li legava, oltre a Johannes Mossing.

Che cosa pensare di Martin, invece?

Heloise non lo conosceva ancora abbastanza bene per escludere che potesse essere coinvolto. Gli eventi delle ultime due settimane non avevano fatto altro che dimostrare che non sapeva niente di lui. Era come se la sua vita di colpo si fosse riempita di criminali.

Il suo sguardo cadde su una mamma anatra che aveva fatto rotta verso il ponte per cercare riparo dalla pioggia insieme ai suoi anatroccoli. Una delle piccole palle di piume giallo-marrone era rimasta indietro e adesso arrancava sull'acqua del lago per raggiungere il gruppo.

Che cosa stava cercando di dirle Anna?

Che cosa voleva farle vedere?

Tutte le tessere sembravano appartenere in qualche modo allo stesso puzzle, ma nessuna di quelle che Heloise aveva trovato finora si univa alle altre.

Rimase lì fino a quando l'anatroccolo fu arrivato al sicuro dalla sua mamma. Poi si girò e si diresse verso l'uscita orientale dell'Orto botanico.

*

Alla Centrale di Polizia, Schäfer trovò Lisa Augustin da sola in ufficio. Sedeva sul pavimento appoggiata alla carta da parati ruvida che rivestiva la parete alle sue spalle, impegnata a studiare un documento che teneva in mano. Davanti a lei c'erano diversi fogli sparsi e Schäfer vide che aveva sottolineato, aggiunto commenti e disegnato ghirigori su varie pagine.

«Dove sono Bro e Bertelsen?» chiese.

Lei alzò brevemente lo sguardo, poi lo rivolse di nuovo ai documenti che aveva in mano. «Sono andati alla Scientifica.»

«A fare cosa?» Schäfer si levò la giacca scamosciata bagnata e la buttò sullo schienale della sedia. Si sedette pesantemente e ruotò la sedia da una parte e dall'altra, mentre guardava la collega in attesa che rispondesse.

«Hai presente le impronte di calzatura rilevate sulla tavoletta del water in Amager Strandvej?»

«Sì, che cos'hanno?»

«Non coincidono con la misura della vittima.»

Lui annuì. «Non mi stupisce. Che cos'altro dicono?»

«Che si tratta di una sneaker Puma taglia 41. Ulrich Andersson calzava il 45. Non ho sentito altro.»

Schäfer non commentò.

«Stai bene?» gli chiese Lisa alzandosi gli occhiali sulla fronte. «Sembri un po' di cattivo umore.»

Per tutta risposta lui si limitò a borbottare.

«Hai trovato Mossing?»

«Mh-mh.»

«Era a casa?»

«No, alla marina. Diamine, ne hanno di divertimenti, i ricchi.»

Lisa annuì. «Che cosa ha detto?»

«Il solito, cioè niente. Ha negato di sapere alcunché e mi ha rimandato al suo avvocato. Però mente. Lo so che mente.»

Per un attimo ci fu silenzio. Poi Schäfer rivolse un cenno della testa alla collega. «E tu che cosa stai facendo?»

«Sto guardando le lettere di Anna Kiel.» Indicò le copie che aveva davanti a sé.

«Ne hai cavato qualcosa?»

«No. Non hanno senso. Che cos'è che vuole che faccia questa Kaldan? Perché è tutto così fottutamente vago?» Sembrava quasi arrabbiata. «Perché non scrive direttamente che cosa vuole, invece di mandare tutte queste stronzate senza senso?»

«La domanda è: perché Heloise?» disse Schäfer. «Che cos'è che Anna Kiel vuole che faccia proprio *lei*?»

Lisa fece spallucce. «È una giornalista relativamente conosciuta e lavora per una testata influente.»

«Quindi è una potenziale portavoce per Anna Kiel? È tutto qua?»

Lisa alzò di nuovo le spalle.

«Controlla ancora» disse lui. «Esaminale meglio. Eventualmente convoca di nuovo Heloise per farci due chiacchiere. A proposito, hai trovato l'ex moglie di Andersson?»

«Sì.»

«Che cosa ha detto?»

«Non molto» rispose Lisa e si alzò dal pavimento gemendo per lo sforzo. «Un sacco di lacrime. Parole, poche.»

25

Nella credenza del piccolo appartamento di Avenue de la Liberté c'erano delle bustine di tè, così Anna riempì d'acqua il bollitore e accese il fornello a gas. Si sedette al piccolo tavolo da pranzo della cucina e sfogliò i documenti che aveva stampato quel giorno in biblioteca.

La pila di fogli era spessa due dita.

Anna aveva preparato per la giornalista una panoramica con date, dettagli, nomi.

Erano dodici in tutto, ma solo nove quelli che conosceva.

Nove che riusciva a ricordare.

Aveva usato il link e la password che le aveva dato Nick e aveva vomitato due volte. Ma adesso era tutto pronto. Ora non poteva fare altro che aspettare e, se non fosse successo nulla, avrebbe solo dovuto gridare più forte, più chiaro.

Però Nick le aveva detto che il segnale doveva essere "sottile". Era quella la parola che aveva usato. Era necessario che fosse un'allusione raffinata, piuttosto che un'insegna al neon lampeggiante. Che la giornalista non sarebbe mai venuta se avesse saputo perché era stata chiamata.

Comunque ormai sarebbe dovuta arrivare presto.

La fine doveva essere vicina.

Radunò tutti i documenti in una cartellina gialla che infilò nello zaino appeso in corridoio, mentre in cucina il bollitore iniziò a fischiare.

Si sedette alla finestra della cucina con una tazza di tè in mano, guardando l'autostrada che correva dietro il palazzo.

«La fine dev'essere vicina» si disse a voce alta, e in un certo senso era vero.

Al contempo sapeva che non sarebbe mai arrivata davvero.

26

Tutto nel corpo di quella donna puntava verso il basso. Era sicuramente più giovane di quanto non sembrasse, ma la sua pelle flaccida aveva rinunciato da un pezzo alla speranza di potersi mai tendere su della vera massa muscolare.

Heloise la osservò dondolarsi un paio di volte intorno all'asta di metallo irradiando la stessa energia di un cadavere sospinto a riva dalla corrente. Gli stivali di vernice alti fino al ginocchio erano consunti sulle punte, lo smalto sulle unghie sfaldato e lo sguardo nei suoi occhi si poteva descrivere nel migliore dei casi come apatico.

Heloise non era mai stata in uno strip-club, però negli anni Novanta, quando era ancora una ragazzina, aveva visto il film *Showgirls*. Parlava delle rivalità tra alcune spogliarelliste di Las Vegas e dei loro perfetti corpi da ballerine, che splendevano e luccicavano cosparsi di glitter mentre si contorcevano sensuali sul palco. Ipersessualizzato, certo, ma a tratti anche provocante.

Non si aspettava certo che un go-go bar chiamato Beverly Hills, situato in Kongens Nytorv tra un McDonald's e un negozio di telefonia, potesse essere all'altezza di una produzione hollywoodiana molto ritoccata. Però rimase lo stesso un po' a bocca aperta.

Al bar sedevano solo tre persone: una donna, che con il suo

fisico sciupato e il make-up vecchio di settimane dava l'aria di lavorare lì, e due uomini, entrambi dall'aspetto grigio e incavato. Stavano ognuno per conto proprio a una distanza sufficiente perché Heloise presumesse che fossero andati lì da soli.

Il resto del nightclub era vuoto.

Quella fu forse l'unica cosa che non la scioccò. Erano ancora solo le sei e mezza, infatti, e al di là delle tende oscuranti era ancora chiaro; inoltre l'atmosfera di quel posto era eccitante più o meno quanto un panetto di lievito. Non costituiva esattamente quella che si sarebbe potuta definire un'attrazione per il pubblico.

Uno dei due uomini seduti al bar guardò verso l'ingresso e la scorse. I loro sguardi si incrociarono per un paio di secondi, poi lui la chiamò a sé con un cenno della mano.

Quando lei si avvicinò, si alzò dallo sgabello. Era un ometto magro e di bassa statura, e accanto a lui Heloise provò la bizzarra sensazione di sentirsi ben piazzata.

«Frank Kiel?» gli chiese e allungò la mano.

Lui la strinse con una presa molle e sudata. «E lei è Louise?»

«Heloise. Sì.»

«Si sieda» la invitò battendo la mano sulla pelle rossa della sedia di fianco a lui.

Heloise tenne su la giacca bagnata. Si sedette e andò dritta al sodo. «Cosa può dirmi di sua figlia?»

«Ehi, tranquilla» rispose lui indicando con la testa la sua borsetta. «Prendiamoci qualcosa da bere. Ho la gola un po' asciutta.»

Heloise colse il suo sguardo.

Lui sorrise amichevole e allargò le braccia. «Un drink solo. Il suo giornale lo potrà ben finanziare, no?»

Lei girò la testa verso il bar. Non c'era nessuno.

«Sembra che non ci sia nessuno per servirci» commentò.

Frank Kiel si girò sulla sedia e alzò la voce. «Ehi, June!»

La donna in fondo al bancone guardò in su.

«Abbiamo sete.»

La donna sospirò e si alzò lentamente dal suo posto. Trascinò i piedi dietro il bar e andò da loro.

«Che cosa volete ordinare?»

Il suo accento sembrava polacco, pensò Heloise. O forse ucraino.

«Vorremmo due Rum & cola» disse Frank Kiel. «Con doppio rum, e dev'essere scuro.»

«No, grazie, solo uno. Io non prendo niente» disse Heloise.

«Ne prendiamo due» ripeté lui e aggiunse, rivolto a lei: «Così non dovrà rialzarsi tra poco».

La donna versò i cocktail e li mise sul bancone. Frank Kiel li tirò a sé come un croupier di casinò che arraffa le vincite del banco.

«Trecentottanta corone» fece la donna.

Frank Kiel guardò Heloise.

Lei scosse lievemente la testa mentre tirava fuori la sua VISA e la spingeva verso la donna.

«Solo contanti» annunciò quella indicando la parete alle sue spalle, dove lo stesso messaggio era riportato in pennarello su un foglio di quaderno a righe attaccato con lo scotch allo specchio. «Se non ha contanti c'è un bancomat sulla via.»

Heloise prese dal portafogli una banconota sgualcita da cinquecento corone e la diede alla donna, che la ficcò nel registratore di cassa senza battere l'importo.

«Allora, Frank, è stato lei a chiamarmi. Cosa può dirmi di Anna?» gli chiese Heloise.

«Che cosa vuole sapere?»

«Quando è stata l'ultima volta che l'ha vista?»

Lui si strinse nelle spalle e bevve un grosso sorso. «La data non me la ricordo.»

«La sua ex moglie dice di non aver più visto Anna dopo che

se n'è andata di casa. Sono passati diciassette anni, quindi non ha potuto rivelarmi molto.»

«Mi sembra corretto.»

«Stando alle informazioni in mio possesso, lei si è trasferito in Groenlandia quando Anna aveva otto anni. È esatto?»

«Sì.»

«L'ha più rivista da allora?»

«Sì, certo.»

«Quando?»

«L'anno scorso.»

Heloise lo guardò per diversi secondi senza dire niente. «Ha incontrato Anna *dopo* l'omicidio di Christoffer Mossing?»

«Mmh... È stato prima o dopo? Non mi ricordo bene.»

«Mossing è stato ucciso nell'aprile del 2013.»

«Be', allora è come dice» commentò lui e svuotò il bicchiere.

«Dove vi siete incontrati?»

«In un bar.»

«A Copenaghen?»

«Mh-mh.»

«Come si chiamava questo bar?»

«Credo che fosse... Doveva essere l'Andy's.»

«Il pub in Gothersgade?»

Heloise ripensò a quello che le aveva detto Ulrich sulla sua fonte all'ippodromo: era una persona che aveva conosciuto all'Andy's.

«Sì.»

«Ci va spesso?»

«Bah. Forse un paio di volte alla settimana.»

«Il nome Ulrich Andersson le dice niente?»

Frank Kiel reclinò la testa all'indietro mentre pensava. «È uno degli ABBA?»

Heloise chiuse gli occhi per evitare di alzarli al cielo.

«No, è un giornalista. Lavora all'*Ekspressen.*» Lo guardò con fare inquisitorio.

«Ha i capelli rossi, le lentiggini...»

«Forse» disse Frank Kiel. «Conosco così tante persone, avrò senz'altro conosciuto anche lui.»

«Okay. Ma mi diceva dunque che ha incontrato Anna all'Andy's l'anno scorso?»

«Sì.»

«Quando?»

«Ah, non me lo ricordo» disse Frank Kiel, e diede addosso al secondo drink.

«Quel giorno faceva caldo fuori? Nevicava? Provi a pensarci.»

«Sì, doveva esserci la neve, proprio così.»

«Quindi era inverno.»

«Credo di sì.»

«Come avete concordato l'incontro? È stata Anna a contattarla?»

«Sì.»

«Come?»

Lo sguardo dell'uomo era distratto e vagava in ogni direzione tranne che in quella di Heloise.

«Io... Lei mi ha spedito una lettera.»

«Una lettera?»

«Sì, come quelle che scrive a lei.»

«Cosa diceva?»

«Be', era qualcosa tipo: ciao papà, da quanto tempo, che ne dici di vederci. Sa, cose così.»

«E poi vi siete dati appuntamento all'Andy's?» ripeté Heloise.

«Sì.»

«Ha proposto lei di vedervi lì?»

«Sì.»

«Come gliel'ha comunicato?»

«Cosa?»

«Come ha risposto alla lettera di Anna?»

Frank Kiel cambiò posizione sulla sedia e bevve il resto del cocktail numero due. Nel giro di neanche cinque minuti aveva svuotato entrambi i bicchieri.

«Non me lo ricordo proprio.»

Heloise lo osservò senza dire niente.

«Che cosa c'è?» chiese lui.

«Non ha ricevuto nessuna lettera di Anna, è vero?»

«Certo che sì.»

«No, io non credo.»

«Ehi, posso raccontarle un sacco di cose» protestò lui.

Heloise scosse la testa. «E non credo nemmeno che vi siate incontrati.»

«Sì invece!» Gli occhi sbarrati di Frank Kiel correvano di qua e di là. «Basta che mi dà cinquecento corone e le racconto tutto quello che so.»

«No, grazie» disse Heloise e si alzò.

«Be', ma lei ha un mucchio di soldi. Lo so. Ha pagato anche Jonna perché parlasse con lei.»

Adesso Heloise capiva. Pizzetto doveva avergli riferito dell'incontro al Lanternen e c'era solo un motivo per cui Frank Kiel le aveva telefonato: voleva guadagnare qualcosa dalla storia di sua figlia.

Quell'uomo le dava il voltastomaco. Non sapeva ancora dire con certezza se Jonna avesse fallito nel suo ruolo di genitore, ma *lui*? Non riusciva a decidersi su cosa fosse peggio: che avesse lasciato in difficoltà la figlia quando se n'era andato, anni prima, oppure che adesso cercasse di lucrare sulla sua situazione.

Si alzò e fece per andarsene. «Purtroppo non mi è di alcuna utilità.»

Frank Kiel sbuffò dal naso, con tanta foga che gli uscì del muco. «Perché no? Di cosa cazzo sta parlando?»

«Ha lasciato la sua famiglia» disse Heloise. La sua voce era disinteressata, fredda. «Se n'è andato quando Anna era una bambina, quindi non è una fonte interessante.»

«Ma ci sono stato costretto, che cazzo! Jonna, quella stronza isterica, ci ha ridotti sul lastrico. Dovevo fare sette lavori diversi per riuscire a sbarcare il lunario, poi è arrivata quell'offerta dalla Groenlandia, e all'inizio mandavo i soldi a casa, ma poi...»

La vena sul suo collo pulsava forte e la sua faccia da grigia diventò viola. «A un certo punto ne ho avuto abbastanza di quella vita di merda con lei. Quindi non voglio che mi si rinfacci che me ne sono andato. L'avrebbe fatto chiunque, con quella stronza che perdeva tutti i soldi al gioco.»

Heloise avvertì un formicolio propagarsi nel petto. Tornò indietro di un paio di passi verso il bancone.

«Che cosa ha detto?»

«Ho detto che non voglio che mi si rinfacci che me ne sono andato» biascicò. «Non era lei che era sposata con quella stronza, quindi chi cazzo crede di essere per giudicare?»

«No, ha ragione» concordò Heloise e gli posò una mano sulla spalla in segno di riconciliazione. «Che cosa ha detto sul fatto che perdeva tutti i vostri soldi al gioco?»

«Ci ritrovavamo sempre al verde almeno una settimana prima della fine del mese. I soldi sparivano. Una cazzo di ludopatica, quella.»

«A che cosa giocava?»

«A tutto.»

«Per esempio?»

Heloise gli si sedette vicino.

«Al lotto e alle carte. Stava sempre attaccata a quelle slot machine di merda al Lanternen, quando era proprietario suo padre.»

«E delle corse dei cavalli cosa mi dice?»

Lui piegò la testa all'indietro e aspirò tra i cubetti di ghiaccio per sorbire le ultime gocce prima di mettere giù il bicchiere.

«Sì.»

«Scommetteva anche su quelle?»

«Le ho detto di sì. Non era mica colpa mia, quella non si sapeva controllare.»

Heloise prese il taccuino dalla borsa e lo aprì. «Frank, sa se Jonna è mai stata all'ippodromo di Klampenborg?»

L'uomo guardò la penna che Heloise teneva pronta sulla pagina bianca ed esitò un istante. Si asciugò il naso con una manica e sorrise brevemente.

«A Jonna ha dato cinquecento corone?»

Heloise sospirò e aprì il portafogli. «Me ne restano solo centoventi in contanti.»

«Va bene» disse lui e allungò la mano.

Heloise gli diede i soldi.

«Jonna andava mai alla pista di galoppo?»

«Se con "mai" intende "sempre", la risposta è sì.»

La spogliarellista sul palco dietro al bar adocchiò il denaro e si avvicinò. Fece una piroetta sgraziata e si sganciò il reggiseno di pizzo viola lasciando ricadere due seni pesanti.

Frank Kiel la guardò e sorrise, ma non mollò la banconota da cento che aveva in mano.

Heloise ignorò la spogliarellista e proseguì: «Jonna vinceva alle corse?».

«Qualche volta. Ma per lo più perdeva.»

«Di quali cifre stiamo parlando?»

Lui fece spallucce. «Certe volte perdeva cinquemila corone, diecimila. Altre volte di più. Molto di più.»

«Quanto di più?»

«Che ne so. Ma ricordo l'ultimo importo che le ho spedito dalla Groenlandia: trentottomila corone. Era lo stipendio di due mesi, l'avevo risparmiato per lei e Anna perché potessero pagare la casa e programmare qualcosa per l'estate.»

«E invece lei li ha persi tutti al gioco?»

«L'aveva già fatto, cazzo.» Scatarrò rumorosamente e sputò nel bicchiere vuoto. «I soldi che le mandavo finivano nella buca che aveva scavato.»

«Le ha mai parlato di un uomo di nome Johannes Mossing?»

«Chi è?»

«Il padre di Christoffer Mossing.»

Frank Kiel scosse la testa. «Non mi ricordo se l'abbia mai nominato. È da più di ventidue anni che non stiamo insieme.»

«Però ricorda esattamente quanto le ha mandato quella volta?»

«Mi creda, se avesse risparmiato trentottomila corone per darle a qualcuno, se lo ricorderebbe anche lei se poi quei soldi fossero stati usati per pagare un debito di gioco.» Cercò con gli occhi la barista e la chiamò di nuovo con un cenno della mano. «Anche se lei non l'ha fatto.»

Heloise aggrottò la fronte. «Non ha fatto che cosa?»

«Non ha pagato il debito. Almeno, non *tutto*.»

«Che cosa intende dire?»

«Dopo quella volta ho interrotto i contatti, ma mi sono arrivate storie da casa secondo cui doveva dei soldi. Tanti soldi. Non so davvero come abbia fatto a perderne così tanti, noi mica avevamo quelle cifre. Quindi deve esserseli fatta prestare da qualche parte.»

Quando le persone non riuscivano a restituirgli quello che gli dovevano, sparivano. Le persone sparivano, Heloise. Capisci quello che ti sto dicendo?

Heloise si morse il labbro inferiore. «Tutti i debiti che aveva… Sa come li ha estinti?»

Frank Kiel scosse la testa. «Non ne ho idea e non mi interessa neanche.»

Heloise gli si avvicinò un poco. «Frank, ha idea del perché Anna abbia ucciso Christoffer Mossing?»

Lui scosse di nuovo la testa.

«Jonna ha detto che era matta. Malata di mente» disse Heloise. «Lei ci crede?»

Frank non rispose.

«Ha detto anche che Anna era piena di rabbia e introversa da bambina...»

«No» ribatté lui, e per una frazione di secondo Heloise scorse della tenerezza nel suo sguardo velato dall'alcol. «Era una bambina molto dolce. Sempre tenera e affettuosa.»

«E poi che cosa è successo?»

Lui si strinse nelle spalle. «Come ha detto lei, me ne sono andato. Non ho idea di che cosa sia successo in seguito nella sua vita.»

Heloise si congedò da Frank Kiel e si incamminò verso l'uscita mentre la barista si mise all'opera per tramutare come per incantesimo la banconota che lui si era appena procacciato in un Bacardi juice.

Quando Heloise fu di nuovo su Kongens Nytorv, fuori dallo strip-club, chiamò Schäfer, ma partì la segreteria telefonica. Gli lasciò un messaggio chiedendogli di richiamarla il prima possibile.

Riattaccò e si guardò intorno.

Aveva smesso di piovere.

Si avviò lungo Bredgade con il sottofondo delle ruote delle auto che sfrecciavano sull'asfalto bagnato, mentre il suo subconscio provava a reprimere quella lieve sensazione di angoscia che lentamente stava iniziando a prendere forma dentro di lei.

27

Un gruppetto di teenager asiatiche con pettinature da Playmobil e munite di reflex illuminava la chiesa ogni qual volta una di loro premeva l'otturatore. Sussurravano tra di loro e, di quando in quando, rompevano il silenzio con risatine adolescenziali soffocate, con la mano davanti alla bocca e un'aria birichina. *Mancavano solo i codini e la gonna plissettata*, pensò Heloise.

Riconobbe due visitatori abituali seduti ai lati del corridoio, con i volti chini in avanti e quella particolare aura di sofferenza riservata alle persone in agonia spirituale.

A parte loro, la Marmorkirke era vuota.

Il custode all'ingresso della cupola era lo stesso di quando Heloise era bambina. Si chiamava Bobo e lei aveva sempre trovato che sembrasse un nome preso da Tolkien. Aveva anche l'aspetto di un personaggio di Tolkien e non era cambiato affatto dai tempi del loro primo incontro: era la versione umana e pallida di una uvetta felice con il parrucchino bianco.

Ogni anno, per Natale, Heloise gli regalava una bottiglia di buon Porto e per questo lui chiudeva sempre un occhio quando lei, come ora, compariva fuori dagli orari di apertura della cupola e le permetteva di sparire dietro la pesante porta di quercia senza che gli altri visitatori la notassero.

Quando passò davanti alla scrivania dove lui sedeva sempre,

Heloise gli sorrise e Bobo ricambiò il saluto con una calorosa espressione da cospiratore.

«È tutto bagnato su, questa sera» la informò.

Heloise annuì e passò oltre.

Conosceva il percorso come le linee del proprio volto. Sapeva esattamente quale gradino scricchiolasse, in quale punto la scala fosse irregolare e quanti passi dovesse fare per attraversare il sottotetto sopra ai dodici dipinti degli apostoli che ornavano l'interno della cupola.

E poi, quando uscì sullo stretto balcone che girava intorno alla lanterna, Copenaghen si rivelò sotto di lei.

Luccicante nel crepuscolo appena sceso. Familiare. E sicura.

Asciugò una panca con la manica della giacca e si sedette nel punto da cui si vedevano il Palazzo di Amalienborg e il Teatro dell'Opera sull'isola di Holmen. Normalmente, a quell'ora del giorno avrebbe scelto il lato opposto della cupola per vedere il sole calare dietro i tetti della città, ma a ovest il cielo era ancora coperto. Era più bello dall'altra parte.

Rimase seduta a lungo a seguire il traffico aereo sopra l'orizzonte urbano di Amager. Non passava molto tempo tra l'arrivo di un aereo e l'altro. I velivoli comparivano nel cielo indaco della sera simili a perle su un filo, diretti verso l'asfalto dell'aeroporto di Kastrup.

Heloise aveva bisogno della calma che si godeva lassù per riuscire a concentrarsi, per digerire le impressioni della giornata. Nel giro di poco tempo aveva quasi perso il lavoro, era diventata il chiodo fisso di un'assassina ricercata e malata di mente, aveva scoperto che Jonna Kiel aveva, o comunque aveva avuto, seri problemi di dipendenza dal gioco d'azzardo. Aveva trovato il cadavere di Ulrich Andersson e, come se non bastasse, qualcuno si era introdotto nel suo appartamento.

O forse no?

Ancora non riusciva a incastrare gli avvenimenti tra loro. Chi aveva scattato la foto dal suo balcone per poi pubblicarla su Instagram?

Da qualunque angolatura provasse a valutare la vicenda, i suoi pensieri tornavano sempre allo stesso enigma.

Martin.

Era stato lui a fornirle i documenti per il caso Skriver, che aveva causato dei problemi al giornale. Era stato lui ad arrivare a casa sua la medesima sera in cui Anna aveva postato la foto su Instagram, adesso la polizia le aveva rivelato che aveva alle spalle una condanna per aggressione. Più ci pensava, più si convinceva che di lui non conosceva altro che il guscio esterno, la facciata liscia che mostrava al mondo.

Allungò la mano per prendere il telefono.

Lui rispose al primo squillo: «Pronto!»

C'era una freschezza scoppiettante nella sua voce che provocò un formicolio nel petto di Heloise. Capì che si trovava all'aperto, in movimento.

«Ciao, dove sei?»

«Sto tornando a casa. E tu?»

Heloise andò dritta al punto: «Perché sulla tua fedina penale compare una condanna per aggressione?»

Sentì che lui si fermò.

«Scusa?»

«La polizia ha rilevato le tue impronte digitali nel mio appartamento dopo l'effrazione e tu sei schedato nei loro archivi.»

Martin rispose dopo una breve pausa. «Sì.»

«Sì? È tutto quello che hai da dire?»

«Che cosa vuoi che ti dica?»

«Voglio che mi spieghi perché hai scontato una pena in carcere.»

Lui rimase in silenzio un istante. Poi ammise: «Ho messo un tizio ko. Non ne sono orgoglioso, ma devi credermi se ti dico che se l'era meritato».

Heloise aggrottò la fronte. «Se l'era *meritato*? Chi si è meritato di farsi rompere quattro denti? Mi devi una spiegazione, Martin.»

«Non è importante chi...»

«Lo è per *me*.»

Lo sentì espirare pesantemente. Poi lui disse: «Era uno che si chiama Thomas Berggren».

«È chi è Thomas Berggren?»

«È stato il mio migliore amico per ventiquattro anni. Fino a quando ho scoperto che scopava con mia moglie.»

Ogni parola le calò addosso come un'ascia intenta a spaccare legna da ardere.

Zac, zac, zac.

Heloise tacque.

«Ascoltami» proseguì lui. «Non te ne ho mai parlato perché non è rilevante per noi due. Ho infranto la legge, ma è passato diverso tempo ormai e ho pagato. Mia moglie è diventata la mia ex moglie e il mio amico è il mio ex amico. Per me non significa niente, anzi, *meno* che niente. Sono passato oltre. Ma ti mentirei se ti dicessi che mi sono sentito in colpa. Che ho nutrito rimorsi. Come ho già detto, se l'era meritato.»

Heloise non sapeva cosa credere. Stava dicendo la verità, o era una menzogna inventata su due piedi? Ormai c'era così poca fiducia tra loro; troppo spesso lei aveva avuto ragione di dubitare di lui. Ogni volta che esigeva delle risposte, dalla bocca di Martin uscivano delle giustificazioni fin troppo facili, fin troppo convenienti. Si sarebbe mai potuta fidare di un uomo il cui lavoro negli ultimi anni era consistito innanzitutto nel riformulare, manipolare e fuorviare?

«Perché ti hanno concesso di tenere il tuo posto di lavoro?» gli chiese. «Perché non ti hanno licenziato quando sei finito dentro?»

«Perché sono il migliore in quello che faccio.» Non tentò nemmeno di simulare un pizzico di modestia.

Heloise si appoggiò all'indietro e posò la testa contro il rame verde della lanterna con gli occhi chiusi. Valutò come affrontare la situazione.

«Dove sei?» le domandò lui.

Heloise non rispose.

«Perché non ci vediamo e ne parliamo a quattr'occhi? Ti raggiungo, dimmi solo dove ti trovi.»

«Credo...» iniziò a dire lei, mentre cercava di mobilitare della risolutezza dentro il suo animo. «Credo che sia meglio se non ci vediamo più.»

«Che cosa? No, senti...»

«Credo sia meglio che io stia da sola, adesso. Stanno succedendo un sacco di cose al lavoro e...»

«Heloise» disse lui. La sua voce era ridotta a un cupo sussurro. «Dovrai pur iniziare a fidarti di me. Io penso... penso di essere innamorato di te.»

Lei sorrise triste.

«Vorrei tanto crederti» disse, e guardò i tetti della città. «Ma non ci riesco.»

Dopo aver riattaccato, rimase seduta ancora a lungo. Aveva completamente perso la cognizione del tempo mentre cercava di districare i nodi che le avevano ingarbugliato i pensieri. Quando la porticina sulla parete di fianco alla panca si aprì con decisione, sobbalzò.

La faccia raggrinzita di Bobo fece capolino.

«Heloise» la chiamò, indicando con un dito ossuto e con fare esortativo la lanterna alle sue spalle. «Devi scendere subito se non vuoi diventare sorda. Sono quasi le otto.»

Heloise balzò in piedi e guardò terrorizzata l'enorme campana di bronzo dietro di lei.

«Scusa, ero soprappensiero.»

Il vecchio scosse la testa in segno di disapprovazione e le tenne la porta aperta, così poté sgattaiolare veloce giù per la scaletta di quercia.

Il meccanismo iniziò a cigolare e a scricchiolare quando avevano appena attraversato il sottotetto. Le ruote dentate girarono con un rombo profondo e di colpo il locale si riempì della cacofonia assordante delle campane polifoniche.

Heloise e Bobo si coprirono le orecchie con le mani mentre correvano giù per la scala a chiocciola imbiancata a calce, talmente stretta che lei si graffiò un gomito con un chiodo che spuntava dal muro.

Quando furono a distanza di sicurezza dal baccano, il vecchio le prese il braccio.

«Stai sanguinando» le disse.

Heloise girò il braccio e guardò la ferita. Non era che un graffio superficiale, tuttavia il sangue le colava lungo l'avambraccio gocciolando sul pavimento bianco di pietra.

«Vieni» disse il custode facendole segno di seguirlo. «Entra qui.»

Scostò un arazzo e Heloise lo seguì dentro una porta che si apriva nella parete e conduceva in uno stanzino.

Sbatté un paio di volte le palpebre. «Ma… non sono mai stata qui dentro!»

«No» confermò lui, mentre rovistava in un piccolo cassettone. «Ci sono ancora zone della chiesa che non hai mai visto.»

«Davvero?» Heloise era sorpresa. «Credevo di essere stata dappertutto, qui dentro.»

Bobo scosse la testa con aria misteriosa. Poi sorrise. «No, non dappertutto.»

«Be'...» Heloise si guardò intorno. «Che cosa mi manca? Posso vedere i posti che non conosco?»

Si sentiva come se avesse appena origliato un segreto su un amico fidato che credeva di conoscere benissimo. Era una sensazione che non le piaceva.

Bobo indicò la sedia davanti a lei. «Siediti, Heloise.»

Lei si accomodò sulla sedia foderata di velluto verde muschio di fianco a una vecchia scrivania di mogano.

«Allunga il braccio» le ordinò lui amichevolmente.

Lei obbedì.

Con le sue capsule dentarie giallognole, Bobo morse l'angolo di una piccola busta di plastica quadrata e ne strappò fuori una salviettina umidificata. Asciugò via con cura il sangue, poi mise un cerotto sulla ferita e vi batté sopra piano con la mano un paio di volte.

«Ecco!» esclamò. «Come nuova.»

Heloise ringraziò automaticamente, ma non era tanto il graffio a preoccuparla. «Quali angoli mi mancano da vedere qui dentro?»

Bobo ridacchiò. «Come mai sei così curiosa?»

Lei scosse debolmente la testa. «È solo che per me è importante.»

«Perché?»

Heloise non rispose.

Lui la guardò attraverso i cristallini totalmente opachi a causa della cataratta. Uno dei due occhi era talmente bianco che Heloise si domandava se riuscisse a vederci.

«Che cos'è che ti lega tanto alla cupola?»

Heloise si strinse nelle spalle. «Mi fa sentire al sicuro.»

«La maggior parte delle persone quando arriva in cima ha le vertigini o paura dell'altezza.»

«Io no» disse lei scuotendo la testa. «Quello è il mio posto speciale.»

Il vecchio si alzò e le fece segno di imitarlo. Si avviarono verso l'uscita e sul vano della pesante porta poggiò le mani sulle spalle di Heloise, di modo che si trovassero faccia a faccia.

«Molte persone vengono in chiesa per trovare pace, Heloise. Consolazione. Però qualcuno viene anche per ottenere la remissione dei peccati.»

Lei non ribatté.

«Ti vedo venire in chiesa fin da quando eri una bambina, e ormai è da tanto che non sembri più felice...» La osservò attentamente. «Quello che sto cercando di chiederti è: hai fatto qualcosa per cui hai bisogno di perdono? Perché se è così, sono sicuro che il pastore sarebbe contento di parlare con te. Puoi fidarti di lui, di qualunque cosa si tratti. Lo sai, vero?»

Heloise incrociò il suo sguardo.

Per un attimo prese in considerazione l'idea di raccontargli tutto, di abbandonarsi singhiozzante al suo abbraccio paterno. Ma le parole le bruciavano dentro la bocca e non volevano uscire.

Invece disse: «No, Bobo. Il perdono non è ciò di cui ho bisogno. È quello che ho difficoltà a concedere».

28

Heloise non aveva mangiato niente dopo le due tartine di pane integrale che le aveva offerto Kenneth Vallø intorno alle tre di quel pomeriggio. Adesso il suo stomaco borbottava, eppure non aveva fame. Aveva solo voglia di andare a casa, sdraiarsi nel suo letto, chiudere gli occhi e per qualche ora sprofondare in un mondo dove tutto era ancora possibile. Un mondo in cui non esistevano uomini come Johannes Mossing, dove la gente intorno a lei non veniva assassinata e non si impiccava, e dove l'unica posta che riceveva erano cartoline delle vacanze, auguri di Natale e saluti da parte di amici e famigliari.

Dove tutto era uguale a com'era una volta.

Scese lungo Bredgade, svoltò a sinistra su Fredericiagade e si avviò verso casa in Olfert Fischers Gade. Il cespuglio di rose che incorniciava il portone era ancora in fiore. Si fermò e infilò il naso fin quasi al centro di una grossa rosa color cipria. Inspirò a fondo e un paio di petali delicati caddero a terra. Poi inserì la chiave nella serratura e imboccò le scale fino all'ultimo piano.

Quando fu giunta al quarto piano, il telefono che aveva in tasca emise un *bip*.

Era un SMS di Karen Aagaard:

Ciao!
Sembra che Scavo abbia deciso di perdonarti l'articolo su Skriver e, come punizione, suggerisce di accontentarci di darti un

buffetto di rimprovero sul dorso della mano. Gira anche voce che Mikkelsen non voglia assolutamente liberarsi di te, qualunque cosa accada. Congratulazioni! Per il resto, la storia di Bøttger sul ministro dell'economia e degli affari esce martedì. Evviva!

Heloise sorrise.

Almeno quella faccenda se l'era lasciata alle spalle.

Si levò le scarpe sullo zerbino davanti alla porta e fece appena in tempo a girare la chiave e afferrare la maniglia, che l'uomo apparve dal nulla.

Successe tutto molto in fretta.

Heloise non riuscì nemmeno a guardarsi alle spalle che lui le si scagliò addosso da dietro. Le gettò con forza il braccio destro intorno al collo e lo agganciò stretto con il sinistro, mentre la spingeva con violenza nell'ingresso. Heloise perse la borsa e iniziò istintivamente a combattere e a graffiargli le braccia con entrambe le mani, ma i suoi colpi non gli facevano niente.

L'uomo si reclinò all'indietro e la sollevò, facendola dondolare per un momento in aria. Un dolore ardente le trafisse la gola, mentre l'adrenalina le pompava in tutto il corpo. Le sembrò che il tempo si fosse fermato, di essere sospesa in aria a dimenare le gambe al rallentatore, mentre tutti i rumori intorno a lei si erano zittiti.

L'uomo la riabbassò fino a farle toccare il pavimento con i piedi e allentò un filo la presa, abbastanza perché lei, boccheggiando, potesse aspirare una boccata d'aria fin giù nei polmoni.

Poi strinse di nuovo.

«Heloise» disse, annusandole il collo. «Vorrei non esservi costretto, ma tu non hai ascoltato.»

Tutto gridava nel corpo di lei; la sua pelle, il suo sangue, i suoi muscoli strillavano per il dolore e la disperazione.

Aprì la bocca, ma non ne uscì niente.

L'uomo la spinse dentro l'appartamento.

Heloise cadde sulla soglia del salotto e le sue gambe la seguirono molli mentre lui la trascinava verso il divano e la sdraiava a pancia in giù sui cuscini di cotone grigio chiari senza mollare la presa al collo.

Le mise un ginocchio sulla schiena e un dolore penetrante la trafisse dalla testa ai piedi. Provò a scalciare, a levarselo di dosso, ma a ogni suo colpo lui stringeva più forte, più saldo.

«Avresti dovuto fare attenzione, Heloise.»

«Basta» farfugliò lei. Dalla sua voce sembrava che parlasse da dentro un sacchetto di plastica sottovuoto.

L'uomo non si fermò.

Le mise invece una mano sulla nuca e le premette con forza la faccia sul tessuto del divano, mentre portava tutto il proprio peso sopra di lei. I polmoni le bruciavano e sentiva che la testa stava per staccarsi dal corpo. Come se non fosse più collegata alla spina dorsale.

Poi sentì un suono: un rumore strano, che dapprima non riuscì a identificare. Sembrava un urlo protratto di gabbiano, uno schiamazzo gorgogliante, e si rese conto che era una risata. L'uomo stava *ridendo*. Le schiacciò la faccia contro il divano e strinse la presa al collo mentre rideva.

In quell'istante Heloise seppe che la sua vita era finita.

Non le passò davanti agli occhi l'esistenza. Sul suo proiettore interno non esplose nessuna sequenza di immagini patinate, nessuna istantanea dell'infanzia che la ritraesse mentre beveva il succo di rabarbaro fatto in casa, giocava a swingball o passava le vacanze in campeggio sul mare del Nord. Nessun rimpianto per sogni mai realizzati o sentieri che aveva scelto di non percorrere.

C'era solo un silenzio assoluto.

Sto morendo, pensò.

Poi divenne tutto nero.

29

Heloise dovette fare uno sforzo per riscuotersi dal sonno. Socchiuse lentamente gli occhi e tentò di orientarsi, ma non vedeva altro che dei contorni offuscati nel buio. La sua lingua era asciutta e ruvida e, quando cercò di deglutire, il movimento le lacerò la trachea e la muscolatura del collo come un coltello.

Dove mi trovo?

Le palpebre pesanti continuavano a richiudersi e lei si sfregò la faccia per svegliarsi del tutto. La sua mano aveva uno strano odore acre di etanolo che le provocò una sensazione crescente di nausea.

Provò ad alzarsi. Poi percepì qualcosa che la indusse a trattenere il fiato, mentre piccole scariche di adrenalina le pompavano nelle vene.

Non era sola.

C'era qualcuno da qualche parte, nel buio; un respiro lento dietro di lei.

Si voltò piano.

«Chi è?»

Sentì dei passi. Poi si accorse di una mano sulla sua spalla. Una voce che riconobbe. Profonda, roca.

«Heloise.»

Si scostò veloce dalla mano, provò di nuovo ad alzarsi, ma il movimento repentino le fece girare la testa.

«Martin? Che cosa… che cosa hai fatto?»

Si sentiva drogata. Avvelenata.

«Che cosa mi hai dato?»

Cercò a tentoni qualcosa a cui appoggiarsi, e lui l'afferrò per il braccio destro.

Poi tutto intorno a lei svanì, e lei precipitò di nuovo nell'oscurità profonda.

30

Quando si risvegliò, nella stanza c'era luce. Erano passate diverse ore, aveva dormito e le nubi della notte si erano diradate, così come la nebbia che le offuscava la mente. Adesso era tutto chiaro; la stanza nella quale si trovava, così riconoscibile illuminata dal sole mattutino.

Accanto alla testa del letto c'era un macchinario, al quale era collegata tramite degli elettrodi, che emetteva dei lenti *bip* cadenzati. Una cannula fissata alle narici le mandava ossigeno ai polmoni e del liquido le entrava nella mano sinistra da una flebo di fianco a lei tramite un tubicino morbido di gomma.

Martin le teneva stretta la mano destra.

Era appoggiato al letto con gli occhi chiusi. Doveva essersi accorto che Heloise lo stava fissando, perché alzò la testa e la guardò.

Quando vide che era sveglia, sussultò.

«Ciao» le disse piano e lasciò andare la mano, per paura di spaventarla di nuovo. «Come ti senti?»

«Ho sete» sussurrò Heloise.

Lui si alzò e prese un bicchiere dal comodino vicino al letto. Glielo avvicinò al viso e le portò la cannuccia bianca alle labbra.

Heloise succhiò l'acqua, deglutì e fece una smorfia.

«Stai male?» le chiese Martin.

Lei annuì e provò a mettersi a sedere. «Che cosa è successo?»

«Prima suoniamo il campanello» disse lui e tirò il filo sopra il letto. «Vorrei che ti vedesse il dottore.»

«Come sono finita qui?» volle sapere Heloise. «Dov'è quell'uomo, quello che mi ha aggredita?»

Martin le fece dolcemente segno di tacere e le carezzò piano i capelli.

«Non ti devi più preoccupare di lui» disse. «La polizia l'ha arrestato. Non può più farti niente.»

Heloise allungò la mano a prendere quella di Martin. Le sue nocche erano rosse, escoriate.

«Che cosa ti è successo?»

Lui non fece in tempo a rispondere, che la porta si aprì ed entrò Gerda. Heloise vide che aveva pianto. Le sue guance erano rosse e lucide e le palpebre gonfie. Le lacrime cominciarono a sgorgare di nuovo non appena vide l'amica.

«Sei sveglia!» esclamò sollevata e si sedette sul bordo del letto.

Heloise mollò la mano di Martin e prese la sua. «Come sapevi che ero qui?»

«Martin mi ha telefonato e mi ha detto cosa è successo.»

Heloise lo guardò. «Ma come...?»

Lui accennò brevemente un sorriso. «Non sono in tanti a chiamarsi Gerda nella Difesa, e così...»

Gerda iniziò a singhiozzare a dirotto e le parole le uscirono alla rinfusa in frasi sconnesse.

«Tu eri... E io credevo di dover... Pensa se fossi...»

Si strinse all'amica piangendo come una bambina. Heloise la cinse con un braccio e la tirò a sé, ma non riusciva a piangere anche lei. Si sentiva prosciugata e vuota dentro.

«Chi era quell'uomo?» chiese a Martin, dopo che Gerda si fu calmata. «Che cosa è successo?»

«Non so come si chiami, la polizia verrà a parlarne con te.»

«Come sapevi che ero qui?» gli chiese.

Lui e Gerda si scambiarono un'occhiata e Martin era in procinto di rispondere, quando la porta si aprì di nuovo. Entrò una donna in là con gli anni, con un camice bianco e uno stetoscopio appeso al collo come fosse un enorme monile.

«Bene, è sveglia» constatò, come aveva fatto Gerda. Sorrise con empatia distaccata e professionale.

Andò al bordo del letto e si sistemò vicino alla faccia di Heloise. Tirò fuori dalla tasca un oggetto che assomigliava a una penna, lo premette a un'estremità e le illuminò gli occhi.

«Mi può dire come si chiama e qual è il suo numero di identificazione personale?»

Heloise le rispose.

«E dove abita, Heloise?»

«In Olfert Fischers Gade, a Copenaghen.»

«Sa dove si trova adesso?»

Heloise guardò in direzione della finestra e vide sotto di sé i prati verdi del Fælledspark.

«Al Rigshospital?»

«Esatto.» La dottoressa spense la luce e si rimise in tasca la torcia. «Heloise, ha riportato delle ferite al collo, quindi per un paio di giorni le farà male. L'abbiamo sottoposta a una TAC, che per fortuna non ha evidenziato emorragie cerebrali o lesioni alle parti molli del collo. Però è probabile che abbia una commozione cerebrale. Ha nausea? Mal di testa?»

Heloise ci pensò. «Sì.»

«Si sente ancora annebbiata e ha capogiri?»

Lei scosse il capo. «No. Sono solo stanca.»

«Ricorda che cosa è successo?»

Heloise ci rifletté un attimo, cercò di ricordare. Tutti i suoi pensieri erano come eco strane all'interno del suo cranio. Che cosa era successo? Da dove era arrivato quell'uomo? Era accaduto tutto così in fretta.

«C'era un uomo. Stavo entrando in casa e lui… mi ha afferrata qui.» Si portò una mano alla gola e si spaventò quando si accorse della fasciatura. «Ha premuto, e mi faceva male, e io… Non so come sia riuscita a liberarmi. Non ricordo nient'altro.»

Li guardò a turno.

«Non è neanche certo che riuscirà mai a ricordarlo» disse la dottoressa. «È svenuta ed è rimasta priva di conoscenza per diverse ore. Ma tornerà a star bene. Dovrà solo rimanere a riposo per un po' di tempo.»

«Quando posso tornare a casa?»

«Vediamo come sta domani. Vorrei che restasse qui come minimo questa notte. Torno stasera a vedere come si sente, va bene?»

Heloise annuì.

La porta non aveva ancora fatto in tempo a richiudersi dopo che la dottoressa fu uscita, che da fuori si sentì bussare piano.

Heloise alzò gli occhi.

L'assistente di polizia Erik Schäfer infilò prudente la testa dentro la stanza. Quando la scorse, sorrise.

«Che bello vederla in piedi.»

«Non sono ancora propriamente in piedi» rispose Heloise. Si sentiva a disagio a trovarsi a letto seminuda circondata da altre persone.

«Sa cosa intendo: sveglia!» disse lui. «Sta bene?»

Lei si strinse nelle spalle.

Schäfer guardò Gerda e Martin. «Posso parlarle da solo?»

«Sono qui fuori» disse Gerda e strinse la mano dell'amica prima di uscire. Martin le rivolse un sorriso preoccupato e un cenno del capo, poi seguì Gerda.

Schäfer avvicinò una sedia al letto e si sedette vicino a Heloise.

«Allora… Come sta veramente?»

«Da schifo.»

«È comunque bellissima.»

Heloise azzardò una risatina, ma le faceva male la gola. «L'uomo che mi ha aggredita… L'avete preso?»

Schäfer annuì.

«Chi è?»

«Si chiama Stefan Nielsen. Un vero avanzo di galera. La sua fedina penale è più lunga del mio… È lunghissima! Violenza aggravata, minacce di morte, sequestro di persona…»

«Sequestro di persona?»

«Sì, l'anno scorso per divertimento ha rinchiuso un ragazzo di sedici anni in una rimessa per barche per tre giorni.»

Tirò fuori una foto che aveva trovato nel database della polizia e la mostrò a Heloise.

«È lui. Se lo ricorda?»

Lei si tirò su a sedere e studiò da vicino la faccia dell'uomo. Aveva la mascella larga e il volto quadrato sotto i capelli neri.

«Ulrich ha detto che era stato aggredito da un uomo robusto dai capelli scuri» commentò.

Schäfer annuì. «Lo riconosce?»

Lei scosse la testa. «No. Non l'ho visto. Mi ha assalita da dietro.»

L'investigatore si rimise la foto in tasca. «Non fa niente. Forse è meglio se non è riuscita a vederlo. Così almeno non le è rimasta la sua immagine impressa nella mente.»

«Ma come fate a sapere con certezza che è lui il mio aggressore? Come l'avete trovato?»

Schäfer aggrottò la fronte. «Non lo sa?»

Lei lo guardò con aria interrogativa.

«Il suo amico, Duvall… È stato lui a salvarla.»

Heloise sbatté le palpebre un paio di volte.

«È entrato nel suo appartamento e l'ha trovata prima che fosse troppo tardi. Avrebbe dovuto vedere quello Stefan dopo che Duvall aveva finito con lui. È stato al pronto soccorso a farsi rattoppare la faccia, così adesso possiamo interrogarlo. Non che prima fosse un fotomodello, ma adesso, puttana la miseria, è davvero inguardabile» ghignò soddisfatto Schäfer.

Una lacrima scese sulla guancia di Heloise.

«Martin mi ha salvato la vita?»

«Già» annuì Schäfer.

31

C'erano voluti ottantuno punti per ricucire lo squarcio che dalla fronte scendeva sul dorso del naso e proseguiva fino allo zigomo destro. Si era anche procurato un incisivo rotto e un bulbo oculare nero per le emorragie interne.

«Guarda guarda come sta bene.» Schäfer indicò la faccia maciullata e si sedette al tavolo di fronte all'uomo. «Le fanno male le ferite? Oltre a quella nell'orgoglio maschile, intendo.»

L'uomo non disse niente.

«Dev'essere abbastanza umiliante, per un ragazzo di strada come lei, essere ridotto a un'insalata di aringhe da uno *yuppie* con le unghie curate e la piega ai pantaloni.»

Schäfer sbatté con forza una cartelletta sul tavolo.

«Umiliante!» ripeté con una smorfia simpatizzante.

Tirò fuori una sedia e si accomodò di fronte all'uomo.

«Si chiama Stefan, vero? Stefan Nielsen? Noi due non ci siamo mai incontrati prima d'ora, ma vedo che è un'ospite abituale qui da noi, quindi conosce il posto e sa come funziona. Naturalmente la informo che ha diritto a un avvocato e che non è tenuto a parlare con la polizia. Ma se mi racconta qualcosa di ciò che mi interessa sapere, potrebbe darsi che saremo un filo disponibili a collaborare tra un paio d'ore, quando comparirà davanti al giudice per l'interrogatorio di garanzia.»

L'uomo si lasciò andare contro lo schienale della sedia e sorrise compiaciuto. «Non mi serve niente di quello che mi offre.»

«Dunque non le interessa vedersi ridurre la pena?»

«Per me non fa nessuna differenza. Tanto presto sarò di nuovo fuori.»

«Io non ne sarei tanto sicuro» disse Schäfer. «La pena per un reato di questo calibro può variare da cinque anni all'ergastolo. Non la scampa. Ci sono testimoni per quello che ha fatto. Finirà dentro, sicuro come l'oro. E dopo che l'avremo inchiodata anche per l'assassinio di Ulrich Andersson, la pena raddoppierà. A meno che noi due non troviamo prima un compromesso.»

Schäfer aprì la cartellina che aveva davanti e ne estrasse una foto del cadavere di Ulrich Andersson disteso sul tavolo autoptico. La cassa toracica era aperta come uno scatolone nel momento in cui veniva svuotato; gli organi rosso scuro, il grasso giallognolo, gli intestini e i tendini, tutto in bella vista.

Il poliziotto spinse sul tavolo la fotografia, che si fermò a un paio di centimetri dalla mano destra dell'incriminato.

«Quest'uomo» disse. «Se lo ricorda? È quello che ha minacciato con la pistola qualche anno fa, lo stesso che ha strangolato e impiccato nel suo appartamento in Amager Strandvej l'altro giorno.»

«Non me lo ricordo.»

Lo sguardo negli occhi di Stefan Nilsen era scherzoso, insolente. A parte la faccia, non aveva l'aspetto di uno che le aveva prese di santa ragione il giorno prima. Sembrava piuttosto che si stesse divertendo.

«Dove si trovava giovedì?»

Quello alzò le spalle. «In giro.»

«Dove si trovava, nello specifico, giovedì tra le dodici e le ventidue?»

L'uomo si appoggiò all'indietro. Unì le mani dietro la nuca e incrociò le gambe allungate. «Passo.»

Lo sguardo di Schäfer scivolò sul suo corpo e si fermò sui suoi piedi.

«Che belle scarpe da tennis» disse indicando con la testa le scarpe da ginnastica rosse che spuntavano da sotto il tavolo.

L'uomo alzò gli occhi al soffitto ed espirò pesantemente, ma restò zitto.

«Quando ero giovane questo tipo di calzature costava molto di più» proseguì Schäfer. «Oggi per un paio di scarpe alla moda come queste ci lasci quasi un giorno di stipendio» Sfogliò un po' tra i suoi documenti. Poi alzò lo sguardo. «A proposito, dalle mie carte non risulta in che modo si guadagni da vivere.»

Nulla.

«Quando è stato arrestato aveva addosso quasi ottomila corone in contanti.»

«Quindi?»

«Dove le ha prese?»

«Me le ha date la fatina dei denti» sorrise l'uomo, mettendo in bella mostra davanti a Schäfer l'incisivo rotto.

«Di che cosa si occupa?»

«Di tutto un po'.»

«Ah sì? E per chi?»

«Per me stesso.»

«Dunque è un lavoratore autonomo?»

L'uomo annuì, come se gli piacesse quel titolo. «Autonomo… sì.»

«E che cos'è che fa… nella sua attività autonoma?»

«Risolvo problemi.»

«E Heloise Kaldan era un problema da risolvere? Anche Ulrich Andersson?»

L'uomo si guardò intorno, come se si stesse annoiando.

Erik Schäfer si protese oltre il tavolo. «È stato Johannes Mossing a pagarla per toglierli di mezzo?»

L'uomo incontrò lo sguardo di Schäfer. Sorrise, ma non disse niente.

«Che affari loschi ha in ballo? Che cos'è che nasconde?» proseguì Schäfer. «Se mi consegna Johannes Mossing… se mi dà qualcosa che abbia un po' di sostanza, qualcosa che possa usare contro di lui, allora il tempo che passerà qui da noi sarà nettamente inferiore e ben più piacevole di quanto non lo sarà se non sta al gioco.»

Era un bluff. Schäfer non aveva l'autorità per proporre uno scambio del genere ed ebbe la chiara sensazione che l'uomo seduto al di là del tavolo lo sapesse.

Quando quello lo guardò con aria interrogativa, le sue sopracciglia quasi si incontrarono sopra gli occhi. «Johannes… chi?»

Lui e Schäfer si scambiarono una lunga occhiata. Poi l'uomo si aprì in un ghigno, una lunga risata stridula.

«Okay» disse il poliziotto e annuì. «Ci tocca passare alle maniere forti.»

La porta alle sue spalle si aprì e un uomo dalle gambe corte che riconobbe come l'avvocato difensore Marcus Plessner entrò di fretta. Indossava un completo color grigio chiaro che Schäfer suppose fosse fatto su misura, perché nessun negozio al mondo, per quanto ne sapeva, vendeva vestiti adatti a un corpo delle misure di Plessner: la sua larghezza era identica all'altezza e allo spessore, sembrava un cubo di Rubik con i piedi.

Con stupore di Schäfer, l'attaccatura dei capelli gli era scesa più in basso sulla fronte rispetto all'ultima volta che l'aveva visto, e adesso sulle sue tempie un tempo nude crescevano come mazzi di crescione diversi ciuffetti trapiantati di capelli castano scuro.

«Si allontani dal mio cliente» disse e andò a pararsi dall'altra parte del tavolo.

Posò una mano sulla spalla di Stefan e osservò le ferite sul suo volto.

«Spero vivamente che non c'entri niente con queste.» Parlava veloce, lo faceva sempre, come un campione olimpionico di maratona parlata; guardò Schäfer con sospetto.

«No, purtroppo non posso prendermi questo merito.»

Erik Schäfer si era trovato seduto di fronte a Marcus Plessner varie volte. Quell'uomo era rinomato per il suo talento nel far apparire teppisti, pedofili, criminali violenti e trafficanti come povere vittime e, quel che era peggio, era bravo a convincere giudici popolari e giurati del fatto che le cose stessero proprio così.

Schäfer aveva avuto il discutibile piacere di godere della sua compagnia soprattutto in relazione agli interrogatori di Johannes Mossing e quando lui, dopo l'ennesima serie di domande da parte dell'ispettore, aveva deciso di denunciarlo per molestia, era stato Plessner a sbraitare:

«Per un cittadino onesto e rispettabile come Johannes Mossing è traumatico venire molestato in questo modo da un rappresentante delle istituzioni. Non esistono prove in grado di incriminare il mio cliente, nemmeno una! Queste sono molestie belle e buone, e se il signor Schäfer non la smette immediatamente, saremo costretti a chiedere che venga emesso un ordine restrittivo nei suoi confronti.»

«Non dire una sola parola di più, siamo intesi?» intimò Plessner guardando Stefan. «Non una sola parola senza il mio consenso.»

Schäfer guardò prima uno, poi l'altro. «Qualunque sia la sua attività lavorativa, Stefan, deve andarle proprio bene se si può permettere l'assistenza legale nientemeno che di Orleff & Plessner.»

«Non dire niente» ripeté l'avvocato al suo cliente.

«Comunque è abbastanza buffo che siano gli avvocati di Johannes Mossing a rappresentarla, non trova? I vecchi colleghi di Christoffer Mossing.»

«Sì, c'è da morir dal ridere» commentò il legale ironico. «Adesso vorrebbe essere così gentile da lasciare la stanza? Devo parlare con il mio cliente da solo.»

«Con lui ho finito.» Erik Schäfer si alzò. «La informo che il suo cliente è accusato del tentato omicidio della giornalista Heloise Kaldan, e anche dell'omicidio del giornalista Ulrich Andersson.»

«Grazie per le informazioni. E addio.» Plessner fece cenno con la testa verso la porta.

Quando mise la mano sulla maniglia, Schäfer si voltò: «A proposito, adesso vi mando subito un tecnico della Scientifica».

L'avvocato gli rivolse un'occhiata scettica. «Per quale motivo?»

«Ci serve un'impronta di quelle scarpe» rispose indicando le Puma di Stefan. «Sembrerebbero proprio un 41, e questo è un problema per il suo cliente, per due motivi. Per prima cosa, sulla scena del crimine dove è stato ucciso Ulrich Andersson è stata trovata l'impronta di una calzatura simile...»

Plessner emise uno sbuffo irritato. «E la seconda ragione?»

Schäfer aprì la porta. «Be', sapete cosa si dice degli uomini con i piedi piccoli...»

32

Quel mattino Gerda era passata a casa di Heloise a prendere una borsa con dei vestiti puliti. Un paio di mutande, una felpa con cappuccio, dei pantaloni della tuta, le sneakers verdi – le preferite di Heloise – e un giubbino di jeans. Gliel'aveva portata all'ospedale e le aveva chiesto se voleva che restasse.

«No, no, vai pure. Sto bene» aveva risposto Heloise, ed era solo in parte una menzogna.

Dal punto di vista fisico, stava tutto sommato abbastanza bene. Non si sentiva più come se la sua gola fosse stata passata in un frullatore e il cranio non pesava più come una palla da bowling. Il primario l'aveva dimessa perché aveva promesso di trascorrere i due giorni successivi in casa, a letto.

Però aveva paura di tornarci da sola. O meglio, non voleva che nessuno pensasse che aveva paura. Tuttavia non se la sentiva di entrare nel suo appartamento da sola.

Non quel giorno. Non ancora.

Schäfer le aveva telefonato dicendole che l'uomo che l'aveva aggredita era stato incriminato anche per l'omicidio di Ulrich.

Omicidio.

La sensazione di Heloise era giusta. Ulrich era stato assassinato. Dalla stessa persona che aveva aggredito lei.

Il pensiero la turbò.

Schäfer aveva detto che l'uomo era stato sottoposto a interrogatorio di garanzia e che il giudice aveva disposto la custodia cautelare. Ma era l'unico a volerla morta? C'erano altre persone nascoste nell'ombra pronte ad attaccarla non appena si fosse girata di spalle? Avrebbe mai potuto sentirsi di nuovo al sicuro?

Doveva rinunciare a quell'inchiesta?

Andò in bagno con la borsa che le aveva portato Gerda e fu felice di liberarsi del camice dell'ospedale. Unì le mani sotto il rubinetto e si buttò l'acqua fredda in faccia. Poi si guardò allo specchio.

Tieni la testa alta, si disse. *Raddrizza la schiena, fatti forza!*

Una volta in ascensore, premette il tasto per scendere al piano terra e quando il meccanismo si mise in moto sentì un senso di vuoto allo stomaco. Ogni volta che le porte si aprivano durante la discesa, in quella claustrofobica scatola di metallo salivano nuovi pazienti, tutti nelle loro uniformi da malato. Alcuni con appresso una bombola di ossigeno o un'asta portaflebo, altri con evidenti tumori alla gola e sul viso, pazienti nefropatici dalla pelle giallognola e le gambe gonfie di liquidi e anche una bambinetta senza capelli che le rivolse un sorriso caloroso.

Lei lo ricambiò, ma quando uscì dall'ascensore provava la sensazione di non aver mai creduto di meno nell'esistenza di un Dio.

Attraversò veloce l'atrio d'ingresso e uscì da una grande porta girevole, per trovare un grigio cielo mattutino e un forte vento che le spazzava via i capelli dalla faccia.

Martin la stava aspettando lì, come promesso. Heloise raggiunse l'auto e si sedette al posto del passeggero.

«Ciao!»

Lui si sporse verso di lei e la baciò. «Pronta per tornare a casa?»

«Sì» rispose Heloise. «Cinque minuti fa non lo ero, ma adesso sì.»

Si diressero verso casa sua con i finestrini aperti, attraversando la diga di Fredensbro. Nel giro di pochi giorni appena le foglie degli alberi erano diventate arancioni e l'aria era più fresca rispetto all'ultima settimana, più frizzante.

Ormai era autunno.

Parcheggiarono davanti al cespuglio di rose vicino al portone di Heloise e Martin la tenne per mano mentre salivano le scale.

Heloise aprì la porta e si guardò intorno.

«Non si direbbe che sia successo qualcosa qui dentro, vero?» constatò. «Anzi, sembra più bello del solito.»

«Gerda è passata a pulire e riordinare.»

Heloise notò un grosso mazzo di fiori viola sul tavolo da pranzo in soggiorno. Si avvicinò e lesse il biglietto. Erano auguri di buona guarigione da parte della redazione, firmati da Karen Aagaard, Bøttger e gli altri colleghi.

Heloise sorrise tra sé. Poi appoggiò il biglietto e si guardò intorno.

«Il mio tappeto non c'è più.» Indicò il pavimento di legno spoglio sotto il tavolino davanti al divano, dove prima c'era un tappeto berbero con un motivo a quadri blu.

«No.» Martin la cinse con un braccio. «Purtroppo era diventato inutilizzabile.»

«È stato buttato via?»

«Sì.»

«Perché?»

Lui si grattò la guancia mentre la osservava. «Davvero lo vuoi sapere?»

«Sì» rispose Heloise. Non ricordava niente dell'intervallo di tempo trascorso da quando era finita sul divano con il ginocchio dell'uomo premuto contro la schiena a quando si era risvegliata all'ospedale con la mano di Martin nella sua. «Devo saperlo. Devo sapere che cosa è successo.»

«Okay» disse Martin e la condusse in cucina. «C'era sopra del sangue, quindi è stato buttato.»

«Di quell'uomo?»

«Sì.»

«Come sei entrato? E perché eri qui?» Heloise si sedette al tavolo della cucina.

«Ho deciso di venire da te dopo che avevamo parlato al telefono.»

Martin aprì il frigorifero e prese una bottiglia di acqua frizzante. Afferrò un bicchiere dalla mensola sopra il lavandino e lo riempì.

«Tieni, bevi. Devi assumere un po' di liquidi.»

Heloise ne bevve un goccio controvoglia, mentre lui si sedeva davanti a lei.

«Hai detto che sei venuto qui?»

«Sì, perché… Lo so che hai paura di lasciar entrare le persone nella tua vita e che ti è difficile fidarti di me. Però c'è qualcosa tra noi, no? Qualcosa di sincero.»

Lei non rispose.

«Quindi, anche se mi hai detto che non dovevamo vederci più, sono venuto perché sapevo che l'avresti pensata diversamente se ci fossimo trovati faccia a faccia.»

Heloise annuì leggermente.

«Quando sono arrivato il portone era socchiuso, così sono entrato senza suonare e quando sono salito in casa l'ho visto. La porta era aperta e lui…» Martin si fermò. Si passò una mano aperta sulla bocca e deglutì un paio di volte. «Era seduto sopra di te, tu eri distesa con la faccia premuta contro il divano e lui… sorrideva.»

Heloise lo guardò, ma non disse niente.

«Quel figlio di puttana sorrideva, e io non ci ho visto più. Te l'ho tolto di dosso e ho iniziato a picchiarlo. L'ho colpito fino a non poterne più. In effetti… non ricordo bene che cosa sia successo poi. Ma dopo averlo legato ho chiamato la polizia. Ho strappato un cavo dallo stereo e gli ho legato le mani dietro la schiena. Poi sono arrivati quell'Erik Schäfer e tanti altri poliziotti. Anche un'ambulanza, anzi, due, credo… A ogni modo c'erano un sacco di paramedici. Ti hanno portata via, hanno ammanettato quell'uomo e mi hanno interrogato seduti a questo tavolo.»

Heloise vide che era scosso, anche se cercava di nasconderlo. Si morse il labbro inferiore. «Stai bene?»

«Io? Tu sei stata aggredita, e chiedi *a me* se sto bene?»

«Dev'essere stata un'esperienza sconvolgente anche per te.»

Martin annuì. «Ci sono un mucchio di domande che continuano ad assillarmi. Ho riferito agli inquirenti tutto quello che so sull'altra sera, ma nessuno mi ha detto niente.»

Heloise deglutì e sentì male alla gola. «Che cosa vorresti sapere?»

«Chi era quell'uomo?»

«Si chiama Stefan Nielsen.»

«Lo conoscevi?»

Lei scosse la testa. «No. Ma Schäfer mi ha detto che oltre alle accuse di aggressione nei miei confronti, è accusato anche dell'omicidio di un giornalista che si chiamava Ulrich Andersson.»

Martin batté un paio di volte le palpebre. «Quello dell'*Ekspressen*?»

Heloise fece segno di sì con la testa. «Lo conoscevi?»

«No, ma ieri sul giornale c'era scritto che è stato ucciso in casa sua.»

«Sono stata io a trovarlo.»

Martin sbarrò gli occhi.

«La polizia crede che il colpevole sia lo stesso» proseguì Heloise.

«Dannazione, Heloise, ma è assurdo! Perché uno psicopatico simile ce l'ha con te?»

«Credo che sia perché sto facendo delle ricerche…»

Furono interrotti dal telefono di Heloise. Sul display non compariva alcun numero e lei rispose con un semplice: «Pronto?».

Si sentiva solo del rumore statico. Un silenzio, un ritardo. E poi: «Heloise?».

Per qualche motivo il suo corpo fu attraversato dai brividi nell'udire quella roca voce di donna, e il suo sguardo trovò quello di Martin.

«Con chi parlo?»

«Lo sai bene con chi stai parlando.»

«... Anna?»

«Esatto.»

«Anna Kiel?»

«Te l'ho detto che lo sapevi.»

Heloise sentì la collera montarle dentro. Ne aveva avuto abbastanza. «Perché continui a contattarmi? Che cosa vuoi?»

La voce al telefono era affabile, quasi cortese: «Non sono io a volere qualcosa da te».

«Di che cazzo stai parlando? Perché continui a cercarmi?»

«Te lo spiegherei volentieri. Però se vuoi saperne di più devi venire da me.»

«Venire da te? Non so dove ti trovi. Non ho nemmeno idea di chi tu sia.»

«Sono da lui.»

«Da lui chi?» Heloise gridò frustrata nel ricevitore. «Con chi ce l'hai?»

«Se vuoi sapere tutto, devi prima parlare con lui. Sei l'unica che può scrivere la storia, l'unica a cui lui voglia raccontarla.»

«La sai una cosa?» Heloise scosse la testa. «Credo di non essere più interessata alla tua storia. Trovati qualcun altro da importunare. Io ho chiuso.»

La voce all'altro capo della linea era immutata, tranquilla. «Non sto parlando solo della *mia* storia. È anche la tua. La *tua*, Heloise. Se vuoi mettere fine alla tua storia, devi venire subito da me.»

Heloise aggrottò la fronte. «Non capisco...»

«Lui ti aspetta.»

«Lui chi? Mossing?»

«Non resta più tanto tempo, quindi ti devi sbrigare.»

Si sentì un *clic*. Poi il segnale ripetuto di occupato.

Heloise guardò sbigottita il telefono che aveva in mano. «Ha riattaccato?!»

«Chi era?» Martin si era alzato e le si era avvicinato.

Lei lo guardò. «Quello che ti ho detto l'altro giorno al telefono...»

Martin annuì. «Del fatto che pensi che non dobbiamo più vederci?»

«Sì» rispose lei. «Non lo pensavo davvero.»

Lui la guardò e sorrise leggermente. «Lo so.»

Poi Heloise gli raccontò tutto quello che era successo da quando aveva ricevuto la prima lettera di Anna Kiel.

33

«Devi sentire questa storia.»

Quando Lisa Augustin posò rumorosamente la pila di libri, urtò una tazza di plastica con dentro del caffè freddo che si rovesciò, bagnando in fretta tutta la scrivania.

«Merda!»

«Quale storia?» Schäfer alzò gli occhi dal fascicolo. Era impegnato a studiare le vecchie foto della gola aperta di Christoffer Mossing scattate sulla scena del crimine.

Lisa agitò febbrilmente le mani davanti al dispenser automatico di carta appeso alla parete, ma l'aggeggio sputava fuori un foglio alla volta con una lentezza snervante.

«Un aneddoto dai secoli bui del Medioevo» spiegò mentre asciugava la scrivania. Gli rivolse un sorriso compiaciuto che lo indusse a unire le mani dietro la nuca e rilassarsi all'indietro sulla sedia.

«Bene, ti ascolto.»

«Okay, la vicenda ha inizio a Parigi al principio del dodicesimo secolo.» Gettò la pallottola di carta usata nel cestino dei rifiuti e si raccolse i capelli in una crocchia disordinata in cima alla testa. «Qui incontriamo una giovane fanciulla, nientemeno che la nipote di Fulberto, canonico di Notre Dame.»

«Canonico?»

«Sì, significa...» Lisa aprì i suoi appunti e lesse a voce alta. «Con "canonico" si indicavano tutti gli ecclesiastici a servizio in una diocesi, a eccezione di preti e cappellani, qualunque cosa siano.» Spinse via il taccuino. «Comunque, la giovane nipote del canonico è alla ricerca di una risposta alla domanda sull'esistenza umana...»

«Com'è normale che uno faccia» annuì Schäfer.

«... e assilla la sua famiglia per avere il permesso di prendere lezioni. Diventa ben presto chiaro che c'è un solo insegnante in città che possa darle l'istruzione che cerca, vale a dire un filosofo e teologo di nome Pietro Abelardo.»

Lisa andava avanti e indietro davanti alla scrivania mentre parlava.

«Okay. Dunque, la fanciulla inizia a prendere lezioni da questo Abelardo, che si accorge in fretta che è tremendamente dotata; cioè, è quasi al livello intellettuale dei dotti della chiesa. Così, anche se ha vent'anni più di lei, ne resta terribilmente affascinato e attratto.»

«Ahia, promette male.»

«Esatto. Infatti: uno, due, *bum*! Intraprendono una relazione appassionata e, ogni volta che la madre e il padre di lei credono che si trovi nelle stanze di Abelardo intenta a rimuginare su grosse questioni esistenziali e a stimolare l'intelletto, loro due invece stanno scopando.»

«Ma non mi dire.»

«E a quei tempi era una cosa assolutamente *off limits*, perché non erano sposati.»

«Scusa...» Schäfer alzò la mano. «Dura ancora tanto la storia? Perché in questo caso vado a prendermi un cestello di pop corn e una birra fredda.»

Lisa lo ignorò e continuò a parlare: «Be', la coppia tiene segreta la relazione, ma quando lei resta incinta, la sua famiglia scopre che hanno trombato e la buttano fuori a calci per aver vissuto nel peccato. Lei e Abelardo decidono di fuggire in Bretagna, dove lei partorisce un maschio, ma a un certo punto, non ricordo quando, tornano a Parigi per sposarsi.»

«E vissero felici e contenti?»

«Non esattamente, no. Infatti, una notte, la famiglia della fanciulla fa irruzione in casa di Abelardo e lo assale nel sonno. Non gli hanno ancora perdonato di aver gettato onta sulla famiglia, e così *zac*, lo castrano: via il pisello.»

Schäfer fece una smorfia e si portò una mano a proteggersi l'inguine.

«Abelardo sopravvive e fugge in un monastero a nord di Parigi per diventare monaco e vivere nel celibato – non che gli restasse più molta scelta – e convince la fanciulla a farsi suora in un convento nelle vicinanze.»

«E poi?»

«E poi iniziano un carteggio amoroso durato vent'anni.»

«Un che cosa?»

«Un carteggio amoroso. Si scrivono lunghe e intense lettere da innamorati, e in questo modo il loro amore continua a fiorire malgrado la separazione, finché entrambi muoiono molti anni dopo. Sono sepolti fianco a fianco in un cimitero da qualche parte a Parigi, e le loro lettere sono pubblicate, analizzate e studiate da eruditi e romantici da centinaia d'anni.»

Lisa prese un libro dalla scrivania e lo sventolò davanti a Schäfer. Da una pagina al centro spuntava un post-it rosa.

«E ora…» disse «ora arriva la domanda da un milione di corone: come credi che si chiamasse la giovane allieva?»

Schäfer incrociò il suo sguardo. Si strinse nelle spalle.

«Eloisa» rivelò lei. «Si chiamava Eloisa, in francese Héloïse.»

Schäfer alzò un sopracciglio, ma continuò a tacere.

«Sono stati scritti un sacco di libri sul loro amore proibito,» proseguì la collega «però sono riuscita a trovarne solo uno che contenga la traduzione danese delle loro lettere più famose.»

Aprì il volume che teneva in mano e sfogliò fino alla pagina con il post-it.

Lo mise davanti a Schäfer.

«Questa è una lettera che Pietro Abelardo ha scritto a Eloisa. Leggi le righe sottolineate!»

Lui si allungò sul tavolo e lesse: «Ora che sono assente, vi chiedo supplicando, chiedendo vi supplico, di darmi una prova di quanto sia vera la vostra carità verso chi è lontano».

Lui la guardò stupito. «Come l'hai trovata?»

Lisa si sedette pesantemente sulla sua sedia e piazzò soddisfatta i piedi sulla scrivania.

«Ho provato ad analizzare le lettere di Anna Kiel in cento modi diversi, ma non avevano alcun cavolo di senso e nei motori di ricerca non ho trovato riscontri per quella frase. Poi però ho provato con Google Translate. Prima in tedesco. *Nichts.* Poi in spagnolo. *Nada!* Ma infine ho cercato la versione francese, *et voilà*!»

Schäfer le sorrise. «Ottimo lavoro, cazzo.»

Rilesse la frase sul libro. «E come hai trovato poi la versione danese?»

«Sono andata a prendere tutti i libri che avevano alla Biblioteca centrale e ho iniziato a leggerli dalla prima pagina» spiegò Lisa stringendosi nelle spalle.

Schäfer si abbandonò contro lo schienale. «Quindi Anna Kiel conclude le tre lettere indirizzate a Heloise con un riferimento a questo amore proibito del Medioevo.»

«Già.»

«Perché?»

«È proprio questo che dobbiamo chiedere alla giornalista.»

«Ma quante probabilità ci sono che conosca le vicissitudini di questi amanti? Non è una vicenda nota solo ai nerd appassionati di storia?»

«Non lo so» rispose la collega. «Fatto sta che è un nome particolare: Heloise. Devono chiedergliene conto in continuazione. Nella mia classe, per esempio, c'era una ragazza che si chiamava Isolde e tutti nominavano sempre Tristano quando sentivano il suo nome.»

Schäfer la guardò con occhi inespressivi.

«Isolde» ripeté Lisa. «Sai, come Tristan e Isolde, Tristano e Isotta.»

Ancora niente.

«Santo cielo» disse lei alzando gli occhi al cielo. «Tristano e Isotta sono come Abelardo ed Eloisa, una famosa coppia di amanti del Medioevo.»

«Forse per te sarà uno shock» disse Schäfer, «ma io a quei tempi non ero ancora nato. Non conosco questi squinternati di cui vai blaterando.»

«Intendo solo dire che Heloise deve aver sentito parlare della sua omonima. Deve conoscere la sua storia. Prima o poi qualcuno deve avergliene parlato.»

Schäfer prese il cellulare dalla tasca. «Be', c'è solo un modo per scoprirlo.»

*

Quando suonò il telefono, Heloise trasalì.

Sebbene i medici le avessero sconsigliato di assumere alcol con gli antidolorifici che le avevano prescritto, mentre raccontava a Martin di Anna Kiel avevano bevuto una bottiglia di vino bianco. Si erano appisolati sul divano, avvinghiati ed esausti, e lei era sprofondata in un sonno comatoso. Il cuscino di seta chiaro sul quale era appoggiata era bagnato di saliva e lei si sentiva come se qualcuno le avesse schiaffato una pesante calamita da frigorifero sulla testa.

Trovò il cellulare nella fessura tra i cuscini del divano.

«Pronto?» rispose piano per non svegliare Martin.

«Salve! Stava dormendo?» chiese Schäfer.

«No. Be', sì, un pochino.»

«Come si sente?»

«Un po' intontita, mi fa male la gola. In generale, mi sento a pezzi.»

«Mi spiace, ma vedrà che passa. Glielo assicuro.»

«Bah, forse. Non lo so... Che cosa c'è?»

«Stiamo esaminando il caso alla ricerca di un filo rosso di qualche tipo. Qualcosa che la colleghi ad Anna Kiel.»

«Sì?»

A Heloise venne in mente di colpo la telefonata di Anna di poco prima.

«Non è che per caso è laureata in storia, eh?» le chiese il poliziotto.

Heloise sentì che stava sfogliando dei documenti.

«No, ho una laurea triennale in Scienze dell'organizzazione economica e sociale e una laurea di magistrale in Giornalismo. Perché?»

Si tirò a sedere e iniziò a sfregarsi un occhio.

«I nomi "Abelardo" ed "Eloisa" le dicono niente?»

La mano di Heloise si fermò e lei fissò con l'occhio libero la fiamma gialla e blu della candela che ardeva ancora sul tavolino davanti al divano. Un dolore le si propagò nel petto, come se con le sue parole Schäfer l'avesse appena marchiata a fuoco.

«Abelardo ed Eloisa?» ripeté.

«Esatto. Ho fatto analizzare le lettere di Anna Kiel alla mia collega e pare che la frase di congedo – "ti chiedo di darmi una prova di quanto sia vera la tua carità" – sia una citazione presa da una vecchia lettera d'amore scritta da un teologo alla sua giovane amante. Si chiamava Héloïse, proprio come lei, solo con la dieresi. Come Schäfer, no?» Rimase poi in silenzio per diversi secondi in attesa di una risposta. «Pronto?»

«No» rispose Heloise.
«No cosa?»
«Non mi dicono niente.»
«Non conosce la loro storia?»
«No.»
«Ah, okay.» Il poliziotto sembrò deluso. «Però è davvero bizzarro che Anna Kiel ficchi nella lettera un riferimento simile, scritto nel mille e qualcosa a una donna di nome Héloïse.»
«Già...»
«Ed è sicura di non aver mai sentito parlare di questi due tizi?»
«Sì.»
«Va bene. Ma dovrà pur significare qualcosa. Dobbiamo solo guardarla dalla giusta angolatura. Provi a darci un'occhiata, okay?»
«D'accordo. C'è altro?»
«Per ora no. E per quanto riguarda lei? È successo qualcosa di nuovo?»
«No» mentì Heloise. La sua voce risuonò stranamente cava alle sue stesse orecchie, come se si sentisse parlare dal fondo di un pozzo prosciugato.
«Ne è sicura?»
«Sì, possiamo risentirci in un altro momento?»
«Certo. Quindi va tutto bene?»
«Sì.»
«Sicura? Sembra un po'...»
«Sto bene, okay? Ci sentiamo.»
Heloise riattaccò e lasciò cadere il telefono mentre dal divano scivolava sul pavimento, dove si accasciò e rimase distesa a lungo a boccheggiare con il respiro affannoso.
Stava male. Si sentiva distrutta, squarciata dentro in mille pezzi.
Non poteva essere vero.
Non *doveva* essere vero.

Con una chiarezza che la riempì di paura, capì con che cosa avevano a che fare quelle lettere, che cos'era a legarla ad Anna, e non sapeva cosa fosse peggio: se la storia che Anna Kiel voleva condividere con lei, oppure quello che avrebbe dovuto fare per sentirla.

34

«Baby?»

«Mmh...» Erik Schäfer si scosse dai suoi pensieri e guardò Connie, seduta all'altra estremità del divano di velluto bordeaux. «Scusa, tesoro, hai detto qualcosa?»

Lei rise. «È la terza volta nel giro di dieci minuti che scompari. Dov'eri?»

«Sono solo scocciature di lavoro.» Strinse un po' più saldamente il piede di lei posato sulle sue gambe e lo massaggiò. «Mi sto occupando di un caso di cui non riesco a venire a capo.»

«Raccontami» lo invitò Connie.

E così lui fece.

La maggior parte dei poliziotti che Schäfer conosceva non condivideva le questioni di lavoro con le mogli. Quando timbravano il cartellino, alla sera, richiudevano gli eventi della giornata dentro una scatoletta mentale che lasciavano alla Centrale. Poi tornavano a casa, nei sobborghi, dove mangiavano polpette con cavolo stufato e parlavano del più e del meno, dopodiché guardavano qualche serie su Netflix con le loro signore. L'indomani tornavano in ufficio e riaprivano la scatola.

Schäfer non era così.

Lui non era capace di separarsi dal lavoro. Né tantomeno sapeva o voleva separarsi da Connie, che lo doveva dunque prendere così com'era: pacchetto completo, con tutte le ferite e cicatrici che lavoro e indagini comportavano.

Le raccontò tutto quello che gli venne in mente sul caso, tuttavia gli restò la sensazione logorante di aver trascurato qualcosa.

«Mi sento come se ci fosse un piccolo verme infame che mi scava gallerie nel cervello e non riesco a liberarmene. È come se mi fossi dimenticato di fare qualcosa. Oppure come se ci fosse un'angolatura dalla quale non ho considerato la vicenda» disse e si grattò irritato dietro l'orecchio. «Capisci cosa intendo?»

«Forse ti serve soltanto una bella notte di riposo» consigliò Connie. «Hai lavorato per tutto il weekend e sono notti che ti rigiri nel letto. Stasera vai a dormire presto e domani riuscirai a vedere tutto con occhi nuovi.»

Schäfer ridacchiò. «L'apostolo della salute ha parlato: ricordati di dormire otto ore per notte! Bevi più acqua! Non fumare! Mangia meno burro!»

«Sì, ridi pure, però aiuta» protestò Connie.

Guardò il proprio piede tra le mani di lui e sospirò. «Come fai ad amare una donna con quei bozzi sugli alluci e le dita così brutte e storte?»

«È la parte di te che mi piace di più» rispose lui.

Le alzò una gamba e la tenne davanti a sé a mo' di chitarra, mentre girava le dita dei piedi come per accordarla.

Connie rise e Schäfer si sentì felice fin dentro il midollo. Quando si coricarono, però, dormì un sonno inquieto, svegliandosi ripetutamente e rimanendo disteso al buio a pensare. Seguiva il verme nelle gallerie, riesaminava ogni dettaglio del caso, si appisolava, si risvegliava e ricominciava da capo.

Alle 6:20 si alzò e andò in bagno.

«Che cosa fai?» gli chiese Connie assonnata, guardando l'orologio da polso.

«Shh…» sussurrò lui e la baciò. «Continua a dormire. Io devo andare alla Centrale.»

*

Nei pressi dell'aeroporto di Copenaghen, le auto erano imbottigliate nel traffico mattutino fitte come le scaglie sul corpo di un pesce. La coda per il check-in al banco della Norwegian si allungava oltre la metà della lunghezza dell'atrio dell'area partenze e Heloise fu grata di aver acquistato un biglietto Premium che le dava accesso al check-in rapido e al servizio fast-track ai controlli di sicurezza.

Era l'ultimo biglietto rimasto per il volo del mattino per Parigi Orly.

Fu tra i primi a imbarcarsi e si accomodò al posto 3A, mentre gli altri passeggeri entravano rumorosamente nella cabina con bagagli a mano e bambini.

Normalmente non amava volare. Ai tempi in cui lavorava alla cronaca, si era occupata di troppi incidenti aerei. Aveva visto troppi sedili divelti sparsi su versanti delle montagne e su campi di barbabietole ucraini, con piedi scalzi che spuntavano da sotto. Troppe nubi a fungo levarsi dalle aree dell'impatto simili a infausti segnali di fumo da parte dei morti.

Una volta aveva letto che la maggior parte degli incidenti aerei avviene entro i primi tre minuti dal decollo, e da allora non era più riuscita a rilassarsi prima che l'apparecchio raggiungesse una certa quota e il segnale luminoso che invitava ad allacciare le cinture di sicurezza fosse spento. E anche a quel punto, con il velivolo ormai sulla sua rotta e il personale di bordo intento a distribuire bevande e noccioline, avvertiva sempre un'inquietudine di fondo.

Quel giorno non provava niente.

La sera prima aveva ceduto alle emozioni e senza opporre resistenza si era lasciata trasportare dalla schiuma dell'onda che si era infranta. Per un attimo aveva permesso alla rabbia e alla vergogna di ritrarsi sullo sfondo e aveva aperto quello spazio dentro di sé che era rimasto chiuso per anni. Ne aveva parlato con Martin e si era concessa di provare il dolore così com'era, puro e atroce, e quella sensazione l'aveva quasi uccisa.

Ma quando il volo Norwegian DY3638 decollò dall'aeroporto di Kastrup, la facciata era stata ripristinata.

Impassibile all'esterno, distrutta dentro.

Quando l'aereo attraversò la coltre di nubi e il cielo mattutino si rivelò, prese il computer dalla borsa e cominciò a scrivere la prima parte della storia.

*

Erik Schäfer trovò parcheggio davanti alla Glyptoteket e si avviò a passo lento verso la Centrale. Si infilò una sigaretta in bocca e l'accese.

Ormai non fumava più tanto come una volta. Fino a dieci anni prima, la sua vita da fumatore era stata completamente diversa. A quei tempi, iniziava sempre la giornata con caffè e sigaretta leggendo il giornale seduto al tavolo della cucina, e solo occasionalmente Connie protestava per l'odore di fumo. Sulla sua scrivania in Centrale c'era sempre un cimitero di mozziconi che traboccava dal posacenere e la fine di ogni pasto veniva sottolineata dallo scatto cigolante dell'accendino. Ma poi era arrivata la legge antifumo e con essa l'avanzata dei missionari della salute: in men che non si dica il fumatore era stato ridotto a un essere immondo che veniva sbattuto fuori, sotto la pioggia, come un cane disobbediente. Doveva starsene sotto una tettoia con il bavero alzato intorno alle orecchie a tirare come un qualsiasi tossico, prima di poter rientrare al caldo.

Ma Schäfer non ci stava! Nessuno poteva decidere dove e quando poteva fumare. Così, invece di farsi venti sigarette al giorno nelle microscopiche cabine per fumatori della Centrale dotate di impianto di aspirazione con motore a jet, o di trattenersi entro le linee dell'area riservata sul marciapiede davanti all'edificio, aveva ridotto il consumo di tabacco. Drasticamente. Ora fumava solo un paio di sigarette al giorno, a volte tre o quattro, ma mai come un animale sottomesso e mai nelle "aree riservate". Le accendeva invece nel tragitto dal punto A al punto B negli spazi che, almeno fino a nuove disposizioni, erano da considerarsi liberi: per strada, nella natura e sul terrazzo di casa.

Quando passò davanti alle guardie della security alla reception, alzò un cappello immaginario, poi prese l'ascensore per salire al suo ufficio al secondo piano.

«Bene!» Quando entrò, batté risoluto le mani parlando da solo. «Cosa cazzo è che non riesco a vedere?»

Cominciò dal principio.

Rilesse ogni singola parola di tutti i fascicoli; si trovava a metà del rapporto autoptico di Christoffer Mossing quando entrò Lisa Augustin.

«Ehi, sei già qui?»

«Mh-mh» rispose Schäfer senza alzare lo sguardo.

«Che cosa fai?»

Lui si tolse gli occhiali da lettura dal naso e li sbatté sulla scrivania. «Sto impazzendo, porco mondo.»

Augustin sorrise e raggiunse il suo lato della scrivania.

«C'è qualcosa» disse Schäfer sfregandosi gli occhi.

«Che cosa vuoi dire?»

«Qualcosa che mi sfugge. Un po' come quando non riesci a ricordare un nome anche se ce l'hai sulla punta della lingua, hai presente? Ecco, mi sento così. Cosa diamine è che sto cercando di afferrare?»

«Non lo so» disse Lisa. «Ma quando lo scopri fammi un fischio, okay?»

Il telefono suonò e lei rispose. Dopo una breve conversazione, riattaccò e si rivolse al collega: «Era Bertelsen. Hanno trovato un riscontro per l'impronta del palmo di una mano rilevata sul lato interno della porta dell'appartamento di Ulrich Andersson.»

Schäfer alzò gli occhi. «A chi appartiene?»

«Indovina!»

«A Stefan Nielsen?»

«Bingo!»

Schäfer annuì soddisfatto. «Bene, almeno questo è appurato.»

«Adesso abbiamo qualcosa da usare per fargli pressione.»

«No, ce lo possiamo scordare. Non ha intenzione di dire una sola parola su Mossing.»

«Credi davvero che preferirebbe accettare una condanna piuttosto che consegnarci Johannes Mossing?»

Schäfer annuì. «E non credo che sia una questione d'onore. Non è perché non vuole essere uno sporco infame, e non credo nemmeno che abbia minimamente paura di eventuali rappresaglie.»

«E allora perché?»

«Non lo so. Ma c'era qualcosa nel modo in cui mi guardava. Il suo sguardo. Il sorriso. Era come se ci godesse.»

«Per che cosa? Per l'interrogatorio?»

«Per tutta la situazione.»

«Mmh.» Lisa andò verso la porta. «Vuoi qualcosa?»

Schäfer la guardò. «Di che tipo?»

«Caffè. Faccio un salto giù a prenderlo. Lo vuoi anche tu?»

Schäfer scosse la testa e lei lasciò l'ufficio. Lui giunse le mani dietro la nuca mentre il suo sguardo scansionava la bacheca dietro la postazione della collega.

Vi erano appese foto della scena del crimine a Taarbæk, del letto insanguinato nella stanza di Christoffer Mossing e dell'arma del delitto: un coltello da filetto conficcato con forza in una copia di

Vanity Fair con George Clooney in copertina. C'erano fotografie di chiazze di sangue cerchiate sulla testiera del letto e sulla parete. Foto del cartone di succo di frutta da cui Anna Kiel aveva bevuto dopo l'omicidio e su cui aveva lasciato il proprio DNA.

Al centro della bacheca c'era la sua foto, la stessa che tutti i giornali avevano pubblicato nelle settimane successive al delitto. Si trovava talmente vicina al bordo di uno strapiombo che sembrava sospesa in aria. Dietro di lei, un precipizio che pareva essere di centinaia di metri: chiunque nutrisse appena un pizzico di paura della morte sarebbe apparso a disagio in quella situazione. In alternativa, l'adrenalina avrebbe scatenato un qualche tipo di reazione al pensiero della caduta libera: un ghigno di panico, gli occhi sbarrati, le mani strette a pugno, la fronte imperlata di sudore.

Il volto di Anna Kiel, invece, ricordava più che altro il monoscopio della televisione: possedeva tutti gli strumenti giusti per esprimere i suoi sentimenti, ma era come se fosse stata messa in stand-by. Le braccia le pendevano molli lungo i fianchi, il suo sorriso era meccanico, addomesticato, e gli occhi... Erano proprio come li aveva descritti la donnina con la borsetta.

Spenti.

Schäfer andò alla bacheca e fissò la foto. Poi staccò le puntine dalle lettere di Anna Kiel che vi erano affisse e le prese.

Che cos'era che non vedeva?

Con un pennarello fluorescente sottolineò alcune frasi.

Forse sono nata difettosa.
Forse lo sono diventata a causa sua.
Lui ci lega, adesso lo capisco.
Se dico Amorphophallus Titanum...
Lo vedi? Lo vedi adesso?

Schäfer osservò quelle parole mentre il verme scavava nei suoi pensieri.

«Cosa diamine è che non vedo?» mormorò tra sé.

Guardò di nuovo la bacheca e fece un passo indietro per avere una migliore visione d'insieme. Per poco non inciampò nel cestino della carta alle sue spalle e imprecò dentro di sé. Poi gli diede un calcio.

Il cestino attraversò in volo l'ufficio e fece cadere la felce che c'era sul davanzale. Il vaso colpì il pavimento e andò in frantumi, mentre la terra finì sparsa sul linoleum grigio chiaro.

Un collega si fermò in corridoio e fece capolino dalla porta.

«Tutto bene qui dentro?»

Schäfer bofonchiò qualcosa e cercò di cacciarlo via agitando la mano.

«Che caratteraccio, vecchio mio. Occhio a non fare a pezzi tutto l'ufficio. Ti conviene dare una bella pulita.»

Vecchio mio.

Schäfer lo guardò torvo e valutò per un attimo l'idea di usare *lui* per raccogliere i cocci del vaso e la pianta. Invece diede le spalle alla porta, mentre l'uomo proseguì fischiettando lungo il corridoio.

Cercò stizzito qualcosa con cui spazzare via la terra. Sapeva che c'era una scopa nel cucinino in fondo al reparto, ma non aveva voglia di andare fin là. Trovò invece due pezzi di cartone e ne usò uno come paletta, mentre con l'altro ci spingeva sopra la terra.

Alzò lo sguardo e scansionò il locale per vedere dove fosse finito il cestino.

I suoi occhi caddero sulla scrivania della collega e un solletico gli si propagò all'istante nel torace.

Mollò il cartone che aveva in mano facendo di nuovo cadere il terriccio. Quella strana sensazione di liberazione gli si diffuse nelle braccia fino alla punta delle dita.

Si alzò e raggiunse la scrivania.

Dal volume in cima a tutti gli altri spuntava ancora il post-it rosa, ma era stato il libro più in basso ad attirare la sua attenzione. Spinse da parte la torre di testi di storia che caddero a terra con un gran baccano. Agguantò il libro sotto e guardò la copertina.

Si intitolava *Abélard et Héloïse – Lettres d'amour*. Era in francese e Schäfer non capiva una sola parola del contenuto. Ma il nome dell'autore impresso sul dorso aveva scatenato quella sensazione spumeggiante di adrenalina che l'aveva pervaso tutto.

Kaldan, c'era scritto.

Nick Kaldan.

35

L'autista di colore di Uber, vestito con un completo blu scuro fresco di stiratura, aprì la portiera a Heloise, che scese sul vialetto di ghiaia in Place des Vosges. Ringraziò per il viaggio e attraversò la strada tirandosi dietro il piccolo trolley color argento.

Dalla piazza il palazzo non si vedeva, nascosto com'era dietro i portici, ma lei lo conosceva. Ci aveva già pernottato in passato.

Aprì la grande porta di vetro ed entrò nel cortile, dove le si rivelò la facciata. Era ricoperta di edera di un color verde malachite, che era stata potata solo intorno alle piccole finestre all'inglese e alle imposte bianche e si innalzava bella e rigogliosa davanti a lei. Tutto l'edificio emanava innocenza e bellezza, simile a una giovane fanciulla che aspettava di venire invitata a ballare.

«Benvenuta a Paris, *mademoiselle*» disse una receptionist che indossava una marsina gessata. Parlava inglese con un insistente accento francese, tanto che il nome della città suonò più come "Bari" che "Paris", e le consegnò la chiave elettronica della piccola camera al terzo piano.

Heloise prese un ascensore grande quanto una scatoletta per conserve ed entrò nella stanza 311, dove si lasciò cadere sul copriletto bianco frusciante.

Rimase distesa un attimo a guardarsi intorno. La stanza era piccola. Una stanza piccola in un albergo bello e costoso. Il materasso quasi toccava la tappezzeria ornata di fili d'oro su entrambi i lati del letto e il bagno, subito a ridosso del comodino, invece della vasca conteneva una piccola cabina doccia. La finestra a doppio battente era aperta su un cortile con un grosso nocciolo, i cui rami arrivavano fino alla cima del tetto. Chi ne avesse avuto voglia, avrebbe potuto raccoglierne i frutti direttamente dal letto.

Ma a Heloise non andavano.

Allungò invece una gamba fino a toccare il minibar accanto alla testata e lo aprì con un movimento rapido. Lo sportello sbatté rumorosamente contro il telaio della porta, facendo tintinnare le bottigliette di liquore sulle mensole. Si tirò su a sedere, allungò la mano a prenderne una a caso e la guardò.

Black Rum.

Quando ruppe il sigillo sotto la capsula si sentì uno scricchiolio metallico. Si portò la bottiglia alla bocca e reclinò la testa all'indietro. Il liquido le bruciò in gola e le scaldò in modo bizzarro e piacevole lo stomaco.

Afferrò la cornetta del vecchio telefono a disco color ebano posato sul comodino e compose lentamente il numero di cellulare di Gerda, una cifra dopo l'altra, mentre la rotella del telefono antiquato ronzava a ogni giro.

«Pronto?»

«Ciao, sono io.»

«Ciao!» La voce di Gerda sembrò sorpresa, felice. «Da dove chiami? Sul display è comparso un numero strano. Non sei più in ospedale, vero?»

«Sono a Parigi.»

Gerda rimase in silenzio per un momento. «A Parigi?» domandò poi.

«Sì» disse piano Heloise. «Ho pensato che fosse ora di chiudere la questione una volta per tutte.»

«Ma... Perché non mi hai detto niente? Sarei venuta con te se...»

«Lo so. Sei una buona amica, Gerda, la migliore al mondo. Ma questa è una cosa che devo fare da sola.»

«Okay. Lo capisco. Ma perché proprio adesso?»

«Credo... Credo che sia questo quello che Anna Kiel vuole che faccia. Sta cercando di dirmi qualcosa su di lui.»

«Anna Kiel?» Gerda sembrava scettica.

«Sì.»

Heloise le riferì della telefonata di Schäfer del giorno prima. Della citazione contenuta nelle lettere e del suo significato.

«Non ci possono essere altre spiegazioni. È con lui che vuole che mi metta in contatto. È di lui che trattano le lettere che mi ha spedito. Adesso tutto ha senso: i dettagli privati di cui è a conoscenza sul mio conto, l'accenno a un fiore cadavere che finge di essere qualcosa che non è, come un molestatore di bambini che se ne va in giro con un sacchetto di caramelle facendo credere ai piccoli di essere un vecchio zio gentile e affettuoso. Il mio indirizzo: lui lo conosce. E la foto su Instagram. Dev'essere stato lui a scattarla prima di finire in prigione. Non capisci?»

Gerda cercò di farsi sentire calma quando chiese: «Hai intenzione di fargli visita?».

«Sì.»

«Quando? Oggi?»

«Non lo so ancora. Chiamerò il carcere appena avrò riattaccato con te. Poi vedremo quando mi daranno il permesso di andare.»

«Promettimi una cosa» disse Gerda. «Quando vi troverete faccia a faccia... Considera la possibilità di perdonarlo. Non per lui, ma per te. Magari riesci a considerarlo come la persona che era una volta. Come uno che amavi.»

Heloise non rispose.

«Fallo per te stessa» ripeté Gerda.

«Ti richiamo più tardi.»

«Heloise» si affrettò a dire Gerda. «Stai attenta, okay?»

Lei glielo promise. Dopo che si furono salutate, trovò il numero della prigione sul suo taccuino.

Quando risposero, si presentò educatamente in un francese scolastico e chiese all'uomo all'altro capo della linea se parlasse inglese.

Lui assentì.

«Vorrei chiedere il permesso per visitare uno dei vostri detenuti» disse.

«Di chi si tratta?»

«Nick Kaldan, numero di matricola 819-11.»

«Motivo della visita?» La voce era professionale, impassibile.

«È una visita privata.»

«Qual è la sua relazione con il detenuto?»

Heloise deglutì.

«Sono sua figlia.»

36

«Porca puttana!»

Schäfer sbatté con forza il libro sulla scrivania davanti a Lisa e indicò la copertina.

Lei posò il caffè e aggrottò le sopracciglia. «Che cosa c'è?»

«Guarda lì! Il nome dell'autore!»

Lisa guardò a bocca aperta prima il libro, poi il collega.

«L'ha scritto il padre di Heloise» disse lui. «Lo storico e scrittore Nick Kaldan.»

«Ne sei sicuro?»

«Al cento per cento.»

«Ma dai...» Lisa si portò una mano alla bocca. «Quindi lei deve aver riconosciuto la citazione!»

«Esatto.»

«E dunque ci ha mentito.»

«Non mi dire.»

«Ma...» Lisa si sedette sul bordo della scrivania e si rialzò subito. «Perché?»

«Non ne ho idea. Mentre tu eri via non ho avuto tempo di documentarmi bene, ma da quanto sono riuscito a capire, Nick Kaldan è in prigione a Parigi.»

«In prigione?»

«Sì, a Fresnes, alle porte di Parigi. Un carcere di quelli brutti.»

«Perché? Per cosa è stato condannato?»

«Pedopornografia.»

Lisa chiuse gli occhi, come se il collega le avesse sputato in faccia. Quando li riaprì, ripeté riluttante: «Pedopornografia?».

«Esatto.»

«Dio mio… Racconta!»

Schäfer si sedette al computer e scorse l'articolo di giornale che era uscito quando aveva cercato il nome di Nick Kaldan. «Pare che abbia vissuto per diversi anni a Parigi e che insegnasse Storia della letteratura e Storia medievale alla Sorbona.»

Senza distogliere lo sguardo, Lisa allungò la mano a prendere il caffè e ne bevve un sorso mentre ascoltava.

«Lui e tre uomini sono stati arrestati dopo che la polizia ha fatto irruzione in un appartamento di proprietà di un altro pedofilo della zona. Quando hanno buttato giù la porta hanno trovato due minorenni, e sia loro che alcuni degli uomini erano nudi.»

«Psicopatici di merda!» La voce di Lisa era cupa e piena d'odio.

«Uno dei presenti era Nick Kaldan. La sua casa è stata perquisita, il computer confiscato e lui interrogato.»

«Che cosa è successo poi?»

«I bambini che hanno trovato nell'appartamento presentavano chiari segni di violenza, e nel computer di Nick Kaldan è stata rinvenuta un'enorme quantità di materiale pedopornografico. Foto, film… un vero schifo.»

«E così l'hanno sbattuto dentro?»

Schäfer annuì. «E così l'hanno sbattuto dentro.»

Lisa si prese la testa tra le mani ed espirò pesantemente. «Allora capisco perché Heloise non vada proprio in giro a vantarsene.»

«Già. Non è una storia rose e fiori.»

«Quando è successo?»

Schäfer guardò di nuovo lo schermo.

«Quattro anni fa.» Cliccò su "indietro" e tornò alla pagina di ricerca di Google. «C'è dell'altro...»

Aprì un secondo articolo di giornale.

«Questo sembrerebbe un resoconto del processo, ma è in francese. Guarda, c'è un suo ritratto.»

Lisa andò a posizionarsi dietro di lui.

Il disegno a carboncino sul monitor raffigurava un uomo robusto dalle sopracciglia folte e unite, un naso marcato e una barba scura che si univa ai ricci neri dietro le orecchie.

«È lui?» chiese. «È Nick Kaldan?»

«Sì.»

«Non assomiglia a Heloise. O meglio: *lei* non gli assomiglia. Sei sicuro che siano parenti?»

«Sì, ho controllato nell'Archivio anagrafico centrale. Sono padre e figlia.»

«Okay.» Lisa indicò lo schermo con un cenno del capo. «Cosa c'è scritto?»

«Non lo so. Non parlo francese.»

«Be', allora traducilo con Google.» Si allungò oltre Schäfer e copiò il testo sulla pagina del traduttore automatico. «Le traduzioni non sono mai corrette, ma almeno possiamo farci un'idea a grandi linee.»

Cliccò su "traduci" e il testo in francese sulla parte sinistra dello schermo comparve a destra in un danese un po' approssimativo.

Lisa lesse ad alta voce: «C'è scritto: "Era pesante l'atmosfera al Palazzo di giustizia di Parigi oggi, quando il signor Nick Kaldan, danese di origine, ha ricevuto il giudizio. Davanti all'assemblea era un uomo tormentato, per tutto il processo ha dimostrato pentimento, ha anche pianto"... Ma guarda, che bravo. Lui e le sue lacrime di merda! Ehm... "Il giudice non sembra essere stato influenzato dallo stato d'animo e dal rimorso dell'imputato, il signor Kaldan è stato ritenuto colpevole dei capi d'imputazione 1 e 3 ed è condannato a otto anni di reclusione senza sospensione condizionale della pena." Ecco!»

«Otto anni» ripeté Schäfer. «Ahi!»

«Non è niente per quello che ha fatto.»

«No, ma otto anni a Fresnes devono sembrare almeno cento. Non è una prigione come quelle di Vridsløselille o di Nyborg, in cella non c'è il lettore dvd né sono previste uscite di piacere per il compleanno di zia Ketty. È un carcere davvero duro. Personalmente preferirei beccarmi un proiettile piuttosto che trascorrere otto anni lì dentro.»

«Be', allora ha avuto quello che si merita, quel porco pedofilo schifoso.»

Schäfer si strinse nelle spalle. «Non posso che essere d'accordo.»

Lisa mise giù il caffè e raggiunse la lavagna bianca in fondo all'ufficio. Prese un pennarello blu e iniziò a disegnare una linea del tempo.

«Dunque, Anna Kiel uccide Christoffer Mossing nell'aprile del 2013. Dopodiché scompare nel nulla.»

Il pennarello strideva mentre lei lo passava energicamente sulla superficie lucida della lavagna, e Schäfer non riuscì a decifrare una sola parola di quelle che aveva scribacchiato.

«Fa perdere le sue tracce per anni,» proseguì «fino a quando una testimone ci dice che si trova in Francia, esatto?»

«Sì.»

«Poi comincia a scrivere alla nostra giovane giornalista...»

«Heloise ha quasi otto anni più di te.»

«Ma è ancora un bel bocconcino, e l'amore non ha età.»

Schäfer alzò le spalle, concorde.

«Come dicevo, Anna Kiel scrive delle lettere alla nostra giovane giornalista e dai timbri postali vediamo che se ne va in giro per la Francia: da Cannes si sposta a nord verso Lione, e l'ultima lettera da dove è stata spedita?»

Schäfer annuì. Sapeva dove voleva andare a parare. «Dalla Gare du Nord a Parigi.»

«Che non è lontana dal posto dove si trova il padre di Heloise.»

«Esatto.»

«E Anna conclude tutte le lettere con un riferimento a una coppia di amanti del Medioevo...»

«... su cui Nick Kaldan ha pubblicato un intero libro.»

«Appunto!»

«La seconda lettera che ha mandato...» Schäfer si alzò e indicò la bacheca dov'era appesa. «Scrive: "So così tante cose su di te. Tu ne sai un po' meno su di me. Ma lui ci lega, adesso lo capisco"...»

«Sì, quindi?» chiese lei.

«Abbiamo sempre supposto che si riferisse a Mossing, invece il legame è il padre. Il padre di Heloise.»

Lisa annuì. «Dev'essere così. E Anna Kiel sembra conoscere delle semplici informazioni infantili, anche se enigmatiche, su di lei, come il suo numero fortunato e il fiore preferito.»

«E il suo secondo nome, che non usa mai.»

«Già.»

«Dunque Anna potrebbe aver avuto queste informazioni da lui» disse Schäfer. «Dal padre di Heloise.»

«Forse.»

«Ma in che modo sono *legate*, come scrive Anna?»

Lisa scrollò le spalle.

«Credi forse che lui abbia...?» Schäfer guardò la collega e alzò un sopracciglio, mentre annuiva a sottolineare quello che aveva lasciato sottinteso.

«No, non scherzare» rispose lei, per un attimo con l'espressione di una che avesse mangiato troppo. «Non crederai che Nick Kaldan abbia abusato di lei? Di Anna, intendo?»

«Anna, Heloise... chi lo sa? Forse è per questo che Heloise ha mentito, ieri sera, quando le ho parlato del collegamento con quella storia medievale.»

Lisa guardò la lavagna e unì le mani dietro la nuca mentre pensava.

«Ma se così fosse, perché non scrivere semplicemente: "Ehi, ti ricordi quel porco di tuo padre? Quando ero piccola mi ha messo le mani addosso. Ha toccato anche te? Che ne dici di incontrarci e fare due chiacchiere?" Invece no, ci gira intorno plagiando frasi arcane prese da lettere d'amore antidiluviane».

Schäfer si morse il labbro inferiore e nella stanza scese un lungo silenzio mentre entrambi riflettevano.

«Perché parla a Heloise di Christoffer Mossing? Che cosa c'entra con Nick Kaldan?» domandò Schäfer. «Qual è il nesso? Supponendo che ciò che lega Heloise ad Anna Kiel sia suo padre, che cosa c'entra Christoffer Mossing in questa storia?»

«Forse il suo omicidio è stato frutto di un caso come abbiamo sempre creduto» suggerì Lisa.

«No» Schäfer scosse la testa. «Se c'è una cosa di cui ormai sono certo, è che nulla in questa faccenda è successo per caso.»

«Ad ogni modo, Heloise sa più di quanto ci abbia raccontato» disse Lisa.

Schäfer si alzò e afferrò le chiavi dell'auto che erano sul tavolo. «Allora andiamo a prenderla.»

37

Il telefono di Anna fece a malapena in tempo a emettere uno squillo, che lei aveva già risposto.

«Pronto?»

«Sono io.»

«Nick? Ti ha chiamato?»

«Sì.»

Anna chiuse gli occhi ed espirò pesantemente dalla bocca. «Okay. Bene.»

Un'esitazione di un paio di secondi. «Non so…»

«Che cosa dici? Era da così tanto tempo che aspettavi.»

«È vero. Ma… Se cambiasse idea?»

Sembrava nervoso. Titubante.

«Non lo farà.»

«E se…»

«Nick. Basta. Lei verrà!»

Anna interpretò il suo silenzio come un segnale d'assenso.

«A che ora ti hanno detto che verrà?»

«Alle due. Oggi.»

«Bene.»

«Dopo che cosa succederà?»

«Dopo?»

«Sì.»

«Che cosa intendi?»

«Ci rivedremo, noi due?»

Per poco Anna non scoppiò in una risata incredula. Si controllò e rispose: «No, Nick. Non ci rivedremo mai più».

Le sembrò quasi di sentire attraverso il telefono le spalle di lui che si abbassavano.

«E adesso che cosa farai?» le chiese. «Dove andrai?»

«Di questo non ti devi preoccupare.»

«Ma se lui ti trova... Devi stare attenta, devi...»

«Non ti preoccupare» ripeté lei.

«Be', ma allora... Allora è un addio?»

«Proprio così.»

«Grazie per aver...»

«Lascia stare» ringhiò lei. Non riuscì a trattenere il disprezzo nella sua voce.

«Che cosa?»

«Non mi devi ringraziare. Non ti ho fatto un piacere.»

«Sì invece, hai...»

«No, Nick. Mi servivano delle informazioni. Tu le avevi, e io ho pagato per averle. Tutto qua!»

Silenzio.

«Non ho fatto niente di tutto questo per farti un piacere» proseguì con il gelo sulle corde vocali. «Non credere che sia così.»

«Be', allora... prenditi cura di te. Ad...»

Nick non fece in tempo a dire altro che Anna interruppe la conversazione.

Guardò l'ora sul telefono. Erano le 11:21. Aveva tutto il tempo per prepararsi, per recarsi nel posto giusto e poi, semplicemente, aspettare il momento opportuno.

Rimanevano ancora appena poche ore di attesa.

Poi sarebbe finita.

... Quasi.

38

Il tragitto dall'hotel alla prigione di Fresnes durò quasi un'ora. Il traffico era intenso, le auto strombazzavano e sgasavano, acceleravano aggressive, superavano sulla destra, i loro conducenti sventolavano pugni incolleriti.

Heloise non prestò caso a nulla di tutto ciò. Quando l'autista si fermò davanti alla grande facciata di cemento grigio e si girò verso di lei, le sembrò che il viaggio fosse durato solo una frazione di secondo.

«*Mademoiselle*?»

«Mmh?» Heloise si risvegliò dai suoi pensieri e lo osservò.

«*Voilà*. Siamo arrivati.»

«Ah, di già?»

Guardò fuori dal finestrino, ma non fece segno di voler scendere. Si sentì come se i suoi muscoli di colpo fossero rimasti paralizzati, come se tutte le cellule del suo corpo opponessero resistenza. Non voleva entrare là dentro, voleva fare dietrofront, non voleva incontrarlo. Non voleva vederlo mai più. Così gli aveva detto. L'aveva giurato!

Tu per me sei morto. Non mi rivedrai mai più. Mai più…

Il vecchio tassista sdentato guardò prima lei, poi il portone davanti a loro.

«È il posto giusto, *non*? *La Prison de Fresnes*?»

«Sì» confermò Heloise, e posò riluttante una mano sulla maniglia. «È il posto giusto.»

Scese dall'auto e osservò l'edificio, mentre il taxi ripartiva in direzione di Parigi, a caccia del prossimo cliente. Era una vecchia costruzione, non una di quelle moderne prigioni di massima sicurezza dalla facciata liscia che si vedono sempre nei film americani. Sembrava uscita piuttosto da un documentario sulla Seconda guerra mondiale. La recinzione di filo spinato, tirata come una molla giocattolo in cima al muro, presentava spuntoni aguzzi come lame di rasoio e nelle torrette bianche c'erano guardie munite di armi automatiche, vigili, pronte ad abbattere i fuggitivi.

Heloise rabbrividì.

Era la prima volta che gli faceva visita. Erano passati quattro anni da quando era stato arrestato. Quattro anni dall'ultima volta che aveva visto suo padre. La loro ultima conversazione era avvenuta al telefono. Quando aveva sentito le accuse, non ci aveva creduto; doveva trattarsi di un terribile equivoco, aveva detto. Qualcuno doveva aver usato il suo computer, doveva aver approfittato della sua bontà, del suo animo gentile. Suo padre non era un mostro. Non era capace di fare del male a un bambino. Era una *brava* persona, premurosa, che riempiva il mondo di parole, poesia e bella letteratura. Era la personificazione dell'arte e dell'amore, della sicurezza e del calore.

Non un mostro!

Era stato tutto un malinteso!

Al telefono lui aveva pianto e dapprima Heloise aveva creduto che il motivo fosse che aveva paura: di venire condannato ingiustamente, di perdere la sua libertà, la sua reputazione, la sua vita.

«Scusa» aveva detto. «Scusa, Heloise. Non abbandonarmi, tesoro. Non posso vivere senza di te.»

«Non ti abbandonerò mai, papà. Farò in modo di tirarti fuori. Vedrai che riscatteremo il tuo nome!»

«Non ho mai toccato quei bambini.»

«Lo so, papà, farò...»

«Ma io non sto bene.»

«... non stai bene? Di cosa stai parlando?»

«Non posso farci niente, non l'ho chiesto io.»

Singhiozzava violentemente, implorandola di perdonarlo, e Heloise faceva fatica a capire le sue parole.

«Che cosa stai dicendo, papà?»

«È vero. Le accuse. È tutto vero.»

Lei aveva riso. Una risata isterica, rabbiosa. «No, non può essere! Cosa cazzo stai dicendo?»

«Sì, sono malato. È una malattia quella che... Oh Dio, aiutami!»

Fu allora che successe.

In quell'istante, la vita che Heloise aveva conosciuto fino ad allora cambiò. Si sentì come un astronauta che viene sganciato dal cavo di sicurezza e si ritrova a fluttuare nello spazio, ruotando su se stesso, intontito, smarrito, mentre si allontana sempre più dalla Terra.

Aspettate, tornate indietro, aiutatemi!

Non aveva detto niente mentre suo padre parlava. Lui aveva spiegato, si era giustificato, aveva aperto un cassetto segreto della sua vita mostrandone il contenuto disgustoso e ripugnante che lei avrebbe desiderato non vedere mai.

«Non li ho mai toccati. Te lo giuro, Heloise. Ma ne ho avuto voglia – ah, mi vergogno a dirlo – ne ho avuto voglia, e li ho guardati. Ho guardato mentre altri... Ero presente e ho guardato mentre... Non ho fatto niente per fermarli, ma io non li ho mai toccati. Te lo giuro.»

Con un sussulto e con il battito del cuore che faceva a gara con i suoi pensieri a chi corresse più veloce, lei si era risvegliata a metà della conversazione, come quando ci si desta mentre si sogna di cadere.

«Basta» aveva detto. «Basta! Non voglio sentire altro.»

«Ma Heloise, devi capire che...»

«No, non voglio sentire altro. Non voglio parlare con te.»

Lui aveva pianto ancora di più, e Heloise non si era mai sentita così sola. Non aveva provato solitudine e basta, ma anche una sensazione di non appartenenza. Sua madre era morta, mentre suo padre, l'uomo che aveva conosciuto meglio e amato più di chiunque altro al mondo, non esisteva più.

Si sentiva orfana.

Smarrita.

«Tu per me sei morto» gli aveva detto prima di riattaccare. «Non mi rivedrai mai più.»

39

Schäfer premette il pollice screpolato sul pulsante del citofono e ve lo tenne fino a quando tutto lo stabile vibrò, come se sul marciapiede di fronte stessero eseguendo dei lavori con il martello pneumatico.

Mollò solo quando una finestra si aprì con violenza al quarto piano e un uomo dai capelli ricci ancora spettinati dal sonno cacciò fuori la testa e guardò arrabbiato in strada. Quando scorse Schäfer e Lisa accanto al portone d'ingresso, gridò con voce arrugginita: «Cosa cazzo volete?»

«Kaldan, del quinto piano» gridò il poliziotto in risposta. «La stiamo cercando. L'ha vista?»

«No, e a meno che non sia sorda non è in casa, no? Idiota!» L'uomo chiuse la finestra sbattendola con fare dimostrativo.

Schäfer stava per premere di nuovo il campanello come un bambino capriccioso, quando la collega lo prese per il braccio.

«Andiamo» gli disse. «Non è in casa.»

«Allora facciamo un salto in Store Strandstræde e vediamo se è al giornale.»

L'auto era parcheggiata lungo la via. Schäfer l'aprì con il telecomando e vi si avvicinarono.

«Credi davvero che sia già tornata al lavoro?» gli chiese Lisa. «Dopo un'aggressione così violenta...»

Lui fece spallucce. «Perché no?»

«Forse dopo un'esperienza simile bisognerebbe prendersi un

periodo di riposo. Una o due settimane di congedo per rimettersi ed eventualmente parlare con uno psicologo, non trovi?»

«Può darsi, se sei un parrucchiere per signora o un professore di francese all'università. Ma una come Kaldan? Lei è come noi. Il lavoro non è semplicemente un male necessario per pagare le bollette, lei *è* il lavoro.»

Lisa alzò un sopracciglio. «Questo spiega perché è single.»

«No, non c'entra un bel niente.»

«Sì, invece. Tu e Connie siete semplicemente l'eccezione che conferma la regola per cui le persone che vivono e respirano per il lavoro non sono capaci di avere un rapporto di coppia.»

Guardò Schäfer e si accorse che non la stava più ascoltando. Il suo sguardo era focalizzato su qualcosa in fondo a Olfert Fischers Gade.

«Aha» fece lui indicando davanti a sé. «Ecco là un'altra eccezione. Con la busta del fornaio in una mano e un sorriso beato sulle labbra. Ha proprio l'aria di uno che ha ricevuto un trattamento con i fiocchi. Uno che vive un ottimo rapporto di coppia.»

Gli occhi di Lisa seguirono la direzione indicata dall'indice del collega e planarono su Martin Duvall, che stava venendo verso di loro. Pescò un dolcetto al sesamo dal sacchetto di carta marrone che teneva in mano e non li aveva ancora visti.

Schäfer lo chiamò. «Duvall!»

La testa di Martin si alzò di scatto come quella di un cavallo spaventato e, quando vide i due poliziotti, qualcosa di indefinibile – un tentennamento? – baluginò nel suo sguardo. Tuttavia non ruppe l'andatura; fece un cenno cortese della testa e proseguì verso di loro.

Quando li raggiunse, allungò la mano. «Buongiorno!»

Schäfer la strinse. Non tanto da polverizzargli le ossa, ma comunque molto più forte di quanto avrebbe fatto normalmente. Era un suo vizio, un modo di imporsi sugli uomini in giacca e cravatta. Una cosa alla "io ce l'ho più lungo del tuo".

«Buongiorno» lo salutò. «Che buffo incontrarla qui. Credevo che abitasse nel quartiere di Bryggen.»

«Infatti.»

«Sta forse andando a casa di Heloise?»

Duvall annuì. «Sì.»

«Splendido. Allora possiamo andarci insieme. Dovremmo farle delle domande.»

«Ehm... Non è a casa» rispose lui e rallentò.

Schäfer aggrottò la fronte. «Ha appena detto che stava andando da lei.»

«Sto andando al suo appartamento, è vero.»

«Ma lei non c'è?»

«No.»

«Quindi ha la chiave?»

Duvall sorrise con aria interrogativa e guardò a turno i due poliziotti, che rimasero in silenzio, poi rispose.

«Sì... È un problema?»

Schäfer abbassò gli angoli della bocca in segno di diniego e scosse debolmente la testa.

«È andata al lavoro?»

«Sì, aveva un incarico da sbrigare, così è uscita presto.»

«Sa dove possiamo trovarla? Come dicevo, la mia collega e io abbiamo un paio di domande da farle.»

«Non lo so esattamente» disse Duvall, mentre iniziò a ripiegare con cura i bordi del sacchetto del fornaio. «Avete provato al giornale?»

Schäfer si grattò la gola mentre lo scrutava. «Lei è Responsabile della comunicazione, giusto?»

«Lo ero. Ho dato le dimissioni.»

«Era bravo nel suo lavoro?»

Lui si strinse nelle spalle con modestia. «Un tempo sì.»

«Mmh» fece Schäfer, che prese una sigaretta dopo aver tirato fuori il pacchetto dalla tasca interna della giacca. «Certe volte mi vanto anch'io di quanto sia bravo nel mio mestiere. Sa perché lo sono?» chiese da un angolo della bocca, mentre si accendeva la sigaretta infilata nell'altro. Fece un tiro profondo, strizzò gli occhi e li posò su Duvall.

Questi sorrise e scrollò le spalle. «No, ma suppongo che stia per dirmelo.»

«Capisco quando le persone mentono.»

«Davvero?»

«Mh-mh» fece Schäfer e si tolse del tabacco da dentro il labbro inferiore senza interrompere il contatto oculare. «Quindi perché non ci dice dove si trova?»

«Mi scusi?»

«Heloise. Dov'è? E non dica che è al giornale. Sappiamo entrambi che è una balla.»

Per un attimo Martin sembrò soppesare quali possibilità avesse. Infine disse: «Mi ha chiesto di non rivelarvi dov'è andata».

«Sa qual è la pena prevista per chi occulta informazioni utili alla soluzione di un'indagine?»

Martin Duvall aggrottò la fronte. «Non riesco a capire come il sapere dove si trovi Heloise possa condurre alla soluzione delle indagini.»

«È per questo motivo che lei fa quello che fa, e io faccio quello che faccio» commentò Schäfer facendo cadere la cenere dalla sigaretta.

«È uno scherzo?» chiese Duvall con una risatina, rivolto a Lisa. «Fa per ridere o è sempre una macchietta?»

Lei gli rivolse un'occhiata inespressiva.

«Senta, io capisco cosa pensa Heloise» disse Schäfer. «Vuole assicurarsi la storia. Vuole essere la prima a divulgarla. In teoria la comprendo benissimo e trovo encomiabile che prenda così sul serio il suo lavoro. Però questa faccenda è più grande di lei. Più grande di un articolo di giornale.»

Duvall esitò. «Non si tratta solo della storia...» iniziò.

«Heloise è in pericolo» disse Lisa. «Se ne rende conto?»

«Sì, grazie, questo l'avevo capito» rispose lui mostrando le nocche ferite.

«Bene, quindi se tiene a lei, ci dica dov'è.»

Duvall scosse piano la testa. «Mi dispiace. Non posso.»

Schäfer gli posò pesantemente la mano sulla spalla.

«Martin, dobbiamo parlarle. È importante, e non solo per le indagini. Ci sono delle brutte persone che stanno cercando di toglierla di mezzo, lo capisce? Non sappiamo ancora esattamente come stiano le cose in questa vicenda, ma se vogliamo garantire la sicurezza di Heloise, abbiamo bisogno di sapere dove si trovi.»

«Sono spiacente, ma non posso aiutarvi.» Martin Duvall si incamminò.

Schäfer alzò un po' la voce, mentre sembrava studiarsi le unghie. «Che cosa crede che direbbe Heloise se sapesse che lo scorso inverno ha costretto una collaboratrice del Ministero ad avere un rapporto sessuale?»

Martin Duvall si fermò di colpo e si girò lentamente.

«Povera ragazza» disse il poliziotto scuotendo la testa.

Quando Martin parlò, la sua voce era guardinga. «Non ho mai costretto nessuno a fare niente. La donna di cui parla era a caccia di una promozione. Non c'è altro da dire su questa storia.»

«Ah, okay. Dunque le ha offerto una posizione migliore in cambio di una scopata?»

Duvall scosse insistentemente la testa. «Non l'ho mai toccata. Quando è saltato fuori che il giorno in questione non ero al lavoro, ha ritrattato.»

«Sì, ovvio.» Schäfer annuì ostentando comprensione. «Si ricordi di spiegarlo alla sua nuova fidanzata dopo che io e Augustin le avremo raccontato la storia.»

Martin Duvall guardò prima uno, poi l'altra. Infine lasciò cadere mollemente le mani lungo i fianchi e sospirò. «Che cosa volete sapere?»

«Be', visto che me lo chiede tanto educatamente, mi farebbe piacere sentire dove si trova Heloise.»

Duvall lo guardò con occhi vacui. «È andata a Parigi.»

«Per vedere suo padre?» Fu Lisa a chiederlo.

«Come sapevate che…»

«È andata a Parigi per vedere suo padre?» ripeté lei.

«Sì.»

«Quando? Quando deve incontrarlo?»

«Non lo so. Non l'ho più sentita dopo che è partita questa mattina.»

«C'è altro che dovremmo sapere?» chiese la poliziotta.

Duvall sbatté un paio di volte le palpebre. Poi guardò Schäfer e inspirò a fondo, prima di rivelare: «Ieri le ha telefonato Anna Kiel».

Schäfer lo guardò a lungo senza rispondere. Quindi tirò fuori il cellulare. Quando gli risposero, disse: «Pronto? Sono l'assistente di polizia Schäfer. Chiamate immediatamente l'Interpol e informateli che Anna Kiel si trova verosimilmente nei pressi della prigione di Fresnes, a sud di Parigi, e che è molto probabile che nel corso dell'ultima settimana abbia fatto visita a un detenuto. Un danese di nome Nick Kaldan».

Allontanò il telefono dalla faccia e guardò Duvall. «Dove sta Heloise? Dove alloggia?»

Lui sollevò davanti a sé le mani con i palmi rivolti verso l'alto e si strinse nelle spalle.

«In un albergo nel quartiere del Marais» rispose. «Non so come si chiami.»

Schäfer gli diede le spalle e continuò a parlare.

«Dobbiamo anche controllare i movimenti sul conto corrente di Heloise Eleanor Kaldan. Heloise con l'acca muta, poi E, L, O, I,

S, E… Sì, Kaldan. È arrivata a Parigi questa mattina e si è registrata presso un hotel del centro. Scoprite quale. È urgente!»

Concluse la telefonata e tornò a guardare Duvall. «C'è qualcos'altro che non ci ha detto?» Gettò il mozzicone senza filtro sull'asfalto e lo schiacciò.

Martin Duvall scosse la testa.

«Okay, bene. Se ha notizie di Heloise, le dica di lasciar perdere quella scriteriata tournée in solitaria che ha intrapreso, intesi?»

Duvall annuì titubante.

«Le dica di chiamarmi subito e di aspettare in albergo fino a quando non le daremo indicazioni. Capito?»

«Sì, ho capito. Ma non credo che farà alcuna differenza.»

Schäfer aggrottò le sopracciglia. «Perché?»

«Ecco… Questa storia tra di noi è appena iniziata. Non conosco ancora Heloise tanto bene. È una persona molto riservata e ha difficoltà a fidarsi della gente, ad aprirsi. Può sembrare estremamente cinica e fredda, ma in realtà è sensibile, e suo padre è il suo tallone d'Achille. Da quel che ho capito, è la prima volta che ha voluto vederlo in quattro anni. Deve avere in mente qualcosa e non credo di poterla convincere a fermarsi proprio ora.»

«Ci provi» disse Schäfer privo d'espressione. Rivolse un cenno del capo alla collega. «Vieni.»

Salirono in auto.

Nello specchietto retrovisore Schäfer vide Martin Duvall che li guardava.

«Dove andiamo?» chiese Lisa.

Lui girò la chiave e il motore cominciò a rombare. Con una mano si allacciò la cintura di sicurezza, mentre con l'altra sul volante si immetteva sulla carreggiata.

«All'aeroporto.»

40

Quando Heloise vide l'uomo di spalle, si domandò se il secondino non l'avesse mandata nella stanza sbagliata. Quello seduto al tavolo di acciaio sotto la luce fluorescente che sfarfallava dal neon sopra la sua testa non era suo padre.

Era un vecchietto gracile dai capelli completamente argentei, a eccezione di un paio di ciuffi scuri sulle tempie. Un uomo anziano, smagrito. Sedeva con le spalle basse e la testa china in avanti, e la spina dorsale risaltava nitida attraverso l'uniforme arancione da detenuto, simile al dorso dentato di uno stegosauro.

Ma poi, quando Heloise gli passò davanti, l'immagine di fronte ai suoi occhi cambiò; come un'opera d'arte, un'anamorfosi, che, se vista da un'angolatura, rappresenta un certo soggetto e se guardata da un altro punto, sembra dissolversi e trasformarsi in qualcosa di totalmente differente. Ci vollero un paio di secondi, non di più. Quando la sentì avvicinarsi, il vecchio alzò gli occhi. Il suo sguardo incontrò quello di lei, e a quel punto ne fu certa.

Heloise lo guardò nei caldi occhi castano scuro, osservò la cicatrice sullo zigomo sinistro che gli aveva procurato l'altalena del parco giochi vicino alla Sankt Pauls Kirke, si soffermò sulla bocca che si inarcò in un sorriso cauto, mentre espirava sollevato.

«Heloise» disse lui e si alzò con attenzione dalla sedia.

Lei, sconvolta, indietreggiò di un passo e rimase a un metro e mezzo dal tavolo, osservandolo senza dire niente.

Quasi non credeva ai suoi occhi. Era come ritrovare un fossile dell'uomo che l'aveva allevata, pietrificato in un blocco di cemento privo d'anima. Sembrava molto più vecchio di quanto lo ricordasse. Era cambiato, sconosciuto. Pareva un estraneo. E al contempo...

Era davvero lui.

«Heloise» ripeté. «Tesoro?»

Allungò una mano verso di lei.

Heloise restò a fissarla per diversi secondi. Poi incrociò di nuovo il suo sguardo, sempre senza dire niente.

Avrebbe voluto odiarlo. Essere cattiva e detestabile. Dirgli che non significava niente per lei, che non lo amava più. Eppure, mentre lo guardava, qualcosa affiorò dentro di lei, una sensazione di tenerezza. E, sebbene cercasse di reprimerla con tutte le sue forze, sapeva che non sarebbe mai svanita del tutto. Che sarebbe sempre rimasta dentro di lei.

Per lui.

Suo padre ritirò lentamente la mano. Poi indicò esitante la sedia vuota dall'altra parte del tavolo.

«Non vuoi sederti?»

Heloise inspirò a fondo fin nella pancia. Le girava la testa. La cassa toracica le vibrava e fremeva, e aveva la vista annebbiata, come se indossasse un paio di occhiali della gradazione sbagliata.

Guardò il pavimento e sbatté un paio di volte gli occhi. Poi andò al tavolo e tirò fuori la sedia. Gli si sedette di fronte e lui appoggiò di nuovo il corpo gracile sulla dura sedia di ferro.

Ci fu un lungo silenzio. Quando Heloise infine parlò, la prima cosa che disse fu: «Hai una cera orribile».

Lui sorrise debolmente e rispose: «Sì, è vero».

«Non ti danno da mangiare?»

«Be'... In questi giorni non ho molto appetito.»

Scese di nuovo il silenzio. Heloise si guardò le unghie mentre si sforzava di trattenere le lacrime.

Suo padre si protese adagio sul tavolo. Sembrava che stesse pensando di allungarsi a prendere la sua mano, ma non osasse farlo. Disse invece:

«Mi sei mancata, tesoro».

Heloise incrociò il suo sguardo. Il mento iniziò a tremarle, e le lacrime le scesero silenziose sulle guance atterrando sul freddo tavolo di acciaio, dove formarono una piccola pozza salata.

«Non hai risposto alle mie lettere» disse poi lui. «Ultimamente sono tornate indietro ancora chiuse e quando ti telefonavo, tu riattaccavi. Avevo così tanto bisogno di parlare con te.»

«Non voglio sentire le tue scuse» disse Heloise e si asciugò gli occhi con il dorso della mano. «Non è per questo che sono venuta.»

Si raddrizzò, si fece forza.

Suo padre attaccò a tossire e dalla sua gola si sentì provenire un lungo rantolo secco. Tirò fuori un fazzoletto dalla tasca e si asciugò la bocca.

«Lo so» disse.

«Anna Kiel.»

«Sì.»

«La conosci?»

Lui annuì.

Heloise prese un dittafono dalla borsa. Premette il tasto per avviare la registrazione e lo posò sul tavolo, davanti a suo padre.

«Che cos'è?» volle sapere lui.

«Registro la nostra conversazione, accetto di parlare con te solo a questa condizione. Non si discute.»

«È un'intervista?» Lui sorrise, quasi baldanzoso.

«Sì.» La risposta risuonò come un colpo di frusta, dura e straziante.

La violenta nostalgia che aveva travolto i condotti lacrimali di Heloise era stata di nuovo sostituita da un'amarezza non rielaborata. Dall'indignazione e dal rimprovero. Adesso doveva pensare all'inchiesta, al lavoro. Non a lui.

«Come hai conosciuto Anna Kiel?»

«È venuta da me quattro mesi fa.»

Lei scosse la testa senza capire. «È venuta da te? Che cosa vorrebbe dire?»

«Mi hanno detto che avevo visite e puoi immaginarti quanto fossi felice. Erano anni che non parlavo con qualcuno di estraneo alla prigione, a parte il mio avvocato. Un giorno è arrivato un secondino a dirmi che mi cercavano. Dapprima ho creduto che fossi tu...»

«E lei è entrata qui dentro come se niente fosse? Anna Kiel, incriminata per omicidio in Danimarca e ricercata dall'Interpol, è entrata di sua spontanea volontà dentro le mura di una delle principali prigioni di Francia?»

«Sì. Ma la polizia non lo sapeva.»

«Com'è possibile? Io ho dovuto mostrare i documenti e subire una perquisizione completa per poter entrare.»

«Margaux, hanno detto.»

Heloise sbatté le palpebre. «Margaux? Che cosa significa?»

«Mi hanno avvisato che c'era una certa Margaux Perrossier che desiderava vedermi. Ho pensato: okay, vediamo chi è e che cos'ha da dirmi. Una sconosciuta è pur sempre meglio di niente.» Fece una breve risata priva di gioia. «Era meglio di niente.» Annuì tra sé.

Heloise ignorò il tacito rimprovero. «Poi che cos'è successo?»

«Poi... be', ci siamo seduti qui, dove ci troviamo adesso noi due. Mi ha chiesto se sapessi chi fosse. Le ho risposto di no. Non ricordavo di averla mai vista. Mi ha chiesto se fossi davvero pentito. Se provassi rimorso per quello per cui ero stato condannato.»

«E?»

«E io le ho risposto di sì.» Nick Kaldan guardava il tavolo mentre parlava. «Che ho sempre combattuto contro quello che provo dentro di me.» Alzò lo sguardo. «Ed è vero, Heloise, ho sempre combattuto contro il mio...»

«Non voglio sentirne parlare!» Heloise alzò una mano tremante. «Attieniti al tuo incontro con Anna Kiel. Non voglio ascoltarti mentre parli di quello che provi, quindi metti via le tue scuse. Qui dentro dev'esserci un cappellano o qualcuno a cui chiedere perdono. Io non voglio udire una sola parola al riguardo, siamo intesi?»

«Sì.»

«Dico sul serio.» Lo squadrò fredda. «Se ricominci con le tue scuse, me ne vado.»

Lui annuì.

«Poi che cosa è successo?»

«Mi ha chiesto se... se mi ricordassi di lei.»

Heloise chiuse gli occhi e si prese la testa tra le mani. Sapeva che non avrebbe più potuto evitare di sentirlo parlare di quello. Se voleva conoscere la conclusione della storia, sia di Anna che della propria, doveva per forza lasciare che suo padre le raccontasse i dettagli di quella vita parallela che lei per quattro anni aveva cercato di dimenticare che lui avesse vissuto.

Alzò di nuovo gli occhi. «Ti ha chiesto se ti *ricordassi* di lei?»

«Sì.»

«E tu ti ricordavi?»

«All'inizio no. Ma poi, dopo che abbiamo parlato un po', mi è venuta in mente.»

«Che cosa?»

Lui guardò alla sua destra e chiuse gli occhi per un paio di secondi. Quando li riaprì, disse: «Erano i primi anni Novanta. Eravamo un gruppetto di uomini, ogni tanto ci incontravamo e... ci scambiavamo delle storie.»

«Delle storie?»

«Sì, degli aneddoti. Anche foto, e cose del genere. Era prima dell'avvento di Internet, delle smart camera che ci sono oggi e che rendono tutto accessibile in meno di un secondo. Era tutto analogico, facevamo girare pellicole, negativi, fotografie stampate.»

«Chi erano le persone con cui ti incontravi?»

«C'erano tanti tipi diversi, a seconda dell'occasione.» Si strinse nelle spalle. «Uomini normalissimi.»

Heloise sbuffò. «Normalissimi?»

«Be', sai che cosa intendo: persone che vivono una vita normale. Insegnanti, avvocati, gestori di cooperative di consumatori, medici, persone così. Non erano tipi che si sarebbero bollati immediatamente come reietti e assassini. Erano persone con cui solitamente ci si sente al sicuro quando le si incrocia in città. Spesso trovavo qualcuno che avevo già visto ad altri incontri, a volte erano facce nuove.»

«Dove vi riunivate?»

«A Nordhavn, in un magazzino vuoto non lontano da dove oggi sono ormeggiate le navi da crociera.»

«Come sapevi dell'esistenza di quel posto?»

«Un conoscente mi aveva proposto di diventarne socio...»

«Socio?» chiese Heloise. «Come si faceva a diventarlo?»

«Su invito. Era un... un club segreto, possiamo anche chiamarlo così. Una specie di loggia. Non si poteva sbucare dal nulla e bussare alla porta, bisognava conoscere qualcuno che sapesse che si... condividevano gli stessi interessi.»

«C'era attività sessuale a questi... incontri?»

«A volte c'era qualcuno che faceva sesso, sì.»

«Con i bambini?»

Lui annuì.

«Dunque erano pedofili.»

«Più o meno, sì.»

«Non è una cosa che si può quantificare. Era una loggia di pedofili?»

«Sì.»

«Da dove venivano i bambini?»

Lui alzò leggermente le spalle. «Non… non lo so…»

«Quanti anni avevano?»

Nick scosse la testa, a disagio. «Non avevano tutti la stessa età.»

«Dieci anni, dodici?»

«Sì.»

«Anche più piccoli?»

«A volte.»

Heloise si alzò talmente di scatto da rovesciare la sedia e gli sputò in faccia.

«Tu sei malato!» gridò. «Ti odio! Ti odio, lo sai?»

La porta della stanza si aprì ed entrò un secondino.

Heloise riprese il controllo.

Fissò la guardia e gli fece segno che non c'erano problemi. Che poteva uscire tranquillo.

Quando la porta si fu richiusa, lei raccolse la sedia mentre suo padre si asciugava il viso con le mani. Iniziò a piangere e a gemere, e rimasero seduti a lungo uno di fronte all'altra senza parlare. Senza guardarsi.

Poi Heloise riprese le fila del discorso.

«Hai conosciuto Anna Kiel a uno di questi incontri?»

«Non possiamo evitare di parlare di…»

Heloise alzò la voce: «Hai conosciuto Anna Kiel a uno di questi incontri?»

Lui annuì.

«L'hai vista una volta? Più di una?»

«Non… non mi ricordo. Ci andavo solo di tanto in tanto, ma

Anna dice che c'è stata varie volte. Che mi ha visto più di una volta.»

«Le hai fatto qualcosa?»

«No.»

«Non hai abusato di lei?»

Lui scosse la testa. «No.»

«E gli altri?»

«Qualcuno sì.» Annuì cupo.

«Lei quanti anni aveva?»

«Non… non lo so.»

«Ma qualcuno l'ha violentata?»

Lui annuì.

Heloise scosse disgustata la testa. «Come lo sai?»

«Io… l'ho visto.»

«Sei stato a guardare?»

Lui non rispose, si limitò a fissare il tavolo, evitando lo sguardo di Heloise.

«Parla in modo che senta quello che dici. Sei stato a guardare mentre altri uomini stupravano Anna Kiel?»

«Sì.»

«Era questo che facevi? Era così che ti giustificavi con te stesso? Visto che non toccavi i bambini, visto che guardavi e basta mentre altri li violentavano, allora in un certo senso andava bene?»

«Heloise, basta, tesoro…»

«E che cosa mi dici di me?»

Lui alzò gli occhi. «Che cosa intendi?»

«Tutte le volte che siamo andati in spiaggia quando ero piccola, o in piscina. Oppure quando dormivamo insieme nel lettone, tu e io. Che cosa succedeva nella tua testa in quei momenti?»

«Di cosa accidenti stai parlando?»

«Ci pensavi? Guardavi così anche me?»

«No!» Il suo volto si accartocciò, sembrò trovare l'idea rivoltante. «Heloise, non dire queste cose ripugnanti. Ovvio che no. Tu eri la mia bambina!»

«Anche gli altri erano i bambini di qualcuno, papà. Erano i *bambini* di qualcuno! Come cazzo hai potuto lasciare che accadesse? Come hai potuto?»

«Io... mi pento anche di questo. E Anna l'ha capito. Lei sapeva che io in un certo senso non ero come loro.»

«Tu sei esattamente come loro» disse Heloise.

«No, lei sapeva che avrei cambiato le cose, se avessi potuto. Che mi sarei comportato diversamente. È venuta qui perché ha visto che ero diverso.»

«Che cosa voleva?»

«Il mio aiuto.»

«Per fare che cosa?»

«Per documentare tutto quanto.»

Heloise si lasciò andare contro lo schienale e lo osservò per diversi secondi. «Che cosa voleva, nello specifico?»

«Nomi, password, accesso ai file della loggia.»

«E tu potevi darglieli?»

Lui annuì.

«Di che file si tratta?»

«Con l'avvento di Internet è diventato più semplice condividere il materiale. Se non si aveva la possibilità di partecipare a un incontro, si poteva comunque far parte del... *club*, o come vogliamo chiamarlo. È stato creato un forum riservato, un portale segreto dove ci scambiavamo foto, racconti, cose così.»

«E tu hai fornito ad Anna l'accesso a questo portale?»

Lui annuì di nuovo.

«Che cosa intende farne?»

«Non me l'ha detto. Non rientrava negli accordi.»

«Quali accordi?»

«Stava cercando delle prove concrete che incastrassero i suoi aguzzini, come indirizzi IP, foto e video in cui comparissero, mentre io...» Alzò lo sguardo. «Io cercavo te. Era questo l'accordo. Se fosse riuscita a farti venire qui, io le avrei dato le informazioni che le servivano.»

Heloise annuì. «Quindi ci sei sempre stato tu dietro a tutto? Le lettere che mi ha mandato servivano a portarmi qui da te?»

Lui alzò piano le spalle. «Non mi hai lasciato altra possibilità.»

Heloise sentì la rabbia fremerle fin nella punta delle dita. «Sono morte delle persone per causa tua, lo capisci?»

«Come? No, io...»

«Un mio collega è stato assassinato perché gli ho parlato di quelle lettere.» Si abbassò bruscamente il colletto della camicia per fargli vedere i segni sul collo. «Li vedi? Sono stata aggredita. In casa mia! Potrei essere morta, e per che cosa? Per te!? Per la tua coscienza? Perché tu te ne stai qui a piagnucolare mentre i tuoi amici psicopatici a casa provano a cancellare le vostre tracce?»

Lui aprì e chiuse la bocca un paio di volte, interdetto, ma non ne uscì alcun suono.

«Chi c'è dietro a questa loggia?» pretese di sapere Heloise. «È Johannes Mossing?»

Suo padre sbiancò di colpo. «Heloise, stai alla larga da quell'uomo.»

«È lui, vero?» Un'ondata di adrenalina le pervase il corpo. «Se sai qualcosa che possa incastrarlo, questo è il momento di dirlo a voce alta. Se davvero vuoi proteggermi da lui, parla adesso!»

«An...Anna ha tutte le informazioni» disse lui sconvolto. «Ha delle prove contro di lui.»

«Dov'è?»

«Non lo so... Non...»

«E come faccio a usare quelle informazioni se non hai idea di dove si trovi?»

«Ti contatterà lei. Era questo il piano. È qui vicino, da qualche parte. Io le ho parlato e...» Ricominciò a tossire.

Questa volta tra un colpo di tosse e l'altro boccheggiò spasmodicamente alla ricerca d'aria, sputò e si raschiò la gola come se gli fosse andato qualcosa di traverso.

Heloise lo guardò inespressiva, senza nemmeno fingere di volergli dare un colpo sulla schiena o di offrirgli assistenza in qualche altro modo.

«Oh, Heloise, mia adorata» disse lui dopo essersi ripreso. «Sono malato.»

«Adesso basta!» Lei si alzò stizzita. «Ti ho detto che non voglio sentire le tue scuse!»

«No, non è quello. Io... ho il cancro.»

Heloise si bloccò e lo guardò. Passarono un paio di secondi prima che parlasse di nuovo.

«Il cancro?»

Lui annuì e si toccò piano il torace. «Ai polmoni. Ma i medici dicono che le metastasi si sono diffuse al fegato e alle ossa, e... Le previsioni non sono buone.»

Quando Heloise spostò la sedia per tornare a sedere, le tremava la mano.

«Ma sei... Ti stanno curando?»

Lui scosse la testa. «Non più. Non c'è più niente da fare.»

Heloise alzò gli occhi al soffitto, cercando di trattenere le lacrime.

«Va tutto bene» disse lui. «Me ne sono fatto una ragione. E adesso che ti ho vista un'ultima volta, sono pronto a morire. Non ho paura.»

«Quanto ti resta?»

«Sei mesi, dicono. Se sono fortunato, nove. Ma...» Scosse leggermente il capo. «Non ho intenzione di restare in circolazione tutto questo tempo.»

Si fissarono a lungo.

Lui sorrise.

Heloise inspirò a fondo, tremando. «Eri tutto il mio mondo, lo sai?»

«E tu il mio.»

Lei annuì e tacque per un attimo. Poi si asciugò risoluta una lacrima dalle ciglia.

«Okay, quindi dici che Anna Kiel si farà viva? Ha lei il resto della storia?»

«Sì.»

«Bene.»

Heloise si alzò e si avviò verso la porta.

«Aspetta!»

La voce di lui era densa di disperazione.

Heloise si voltò e lo guardò, in attesa.

Gli occhi di suo padre erano grandi e bagnati.

«Ti voglio bene.»

Le sue parole non risuonarono come una constatazione, bensì come una preghiera.

Lei gli rivolse un'occhiata triste.

«Addio, papà.»

41

Nell'istante in cui venne sganciato il carrello di atterraggio, si sentì un rumore sordo, e la donna seduta di fianco a Schäfer afferrò talmente forte il bracciolo del sedile che le nocche delle dita le divennero bianche.

Lui la osservò per un momento. I solchi sulla fronte segnata dalle macchie dell'età e le rughe d'espressione intorno agli occhi grigio-verdi gli fecero supporre che avesse una settantina d'anni. Era bella, femminile ed elegante, e i tratti graziosi del viso davano l'idea che avesse vissuto una vita ricca e tranquilla. In quel momento, tuttavia, pareva tesa. Reclinò la testa contro il tessuto blu reale del sedile e chiuse le palpebre, ansimando veloce.

Schäfer si chinò verso di lei: «Presumo che non sia abituata a volare».

La donna aprì gli occhi per vedere chi le stesse parlando. Il suo sguardo vagò da una parte e dall'altra finché incrociò quello di Schäfer. Per un attimo parve imbarazzata. Poi scosse la testa.

«No. Non mi piace.»

«Lo sa però cosa dicono le statistiche, vero?» Lui sorrise per sdrammatizzare. «È il mezzo di trasporto più sicuro che esista.»

L'aereo si inclinò nettamente a destra e il cielo sparì dal piccolo oblò ovale vicino alla spalla della donna. Dalle labbra le scappò un flebile gemito e chiuse di nuovo gli occhi.

Schäfer guardò oltre la sua vicina di sedile, fuori dal finestrino, verso terra, dove sotto di loro passava l'autostrada. Le auto sembravano tante formichine che si muovevano sull'asfalto in una lunga fila e lui seguì con gli occhi il ritmo fluido del traffico.

«Stia tranquilla» disse poi. «Tra un momento atterriamo.»

Il pilota raddrizzò l'aereo. Gli edifici in miniatura sotto di loro si ingrandirono fino a diventare palazzoni e dopo pochi minuti le ruote lambirono la pista di atterraggio con un rombo sibilante. Sulle ali si alzarono i deflettori e per un istante il sedile avvolse Schäfer.

Con una mano lui diede una piccola pacca sulla spalla della donna, mentre con l'altra prese il telefonino dalla tasca. «Visto? È andato tutto bene.»

Lei sorrise sollevata. «Sì, grazie al cielo. La ringrazio.»

Schäfer accese il telefono, compose il numero di Lisa Augustin e attese che suonasse.

«Pronto?» ripose lei.

«Sono io.»

«Ciao! Sei a Parigi?»

«Sì, atterrato adesso. C'è voluta un'eternità per ottenere il permesso per partire, visto che il mio passaporto, scaduto, è all'Ufficio anagrafe. Così, mentre aspettavo il via libera dalle autorità aeroportuali, ho perso il primo volo, ma adesso eccomi qui. Novità?»

«Sì, è arrivato l'elenco di posti dove Heloise ha usato la carta di credito nelle ultime ventiquattr'ore. Questa mattina ha preso un Uber all'aeroporto di Orly, poi si è registrata in un hotel del terzo *arrondissement* che si chiama...» Ci fu un attimo di silenzio, poi disse: «*La Pavillon de la Reine*». Pronunciò il nome con accento danese. «Si trova in centro, vicino alla Senna e a Notre Dame.»

«Bene, e per il resto? Ha usato la carta di credito anche altrove?»

«Sì, ha prelevato dei contanti a un bancomat all'aeroporto, duecentocinquanta euro. Nient'altro.»

«Hai parlato con la polizia francese dopo che mi sono imbarcato?»

«Sì, un attimo fa. Se Heloise si farà viva alla prigione di Fresnes prima di te, la bloccheranno... Aspetta! Resta un attimo in linea...»

Schäfer la sentì parlare con qualcuno, ma la linea era disturbata e le voci indistinte. Quando riprese la conversazione, la sua voce era concitata: «Pronto?»

«Sì?»

«C'è già stata!»

«Dove?»

«Alla prigione, da suo padre. Mi hanno appena chiamato, se n'è già andata.»

«Quando? Quanto tempo è passato?»

«Poco, è successo poco fa.»

«Perché diamine non l'hanno fermata?»

«Il personale non era stato informato di dover...»

«Merda!» esclamò Schäfer.

Lisa tacque un istante. Poi chiese: «E adesso che cosa si fa?»

Schäfer strinse le labbra mentre pensava. «Richiamali. Spiega che Heloise ha appena lasciato la prigione e che Anna Kiel potrebbe trovarsi nei paraggi.»

«Okay. Tu invece che cosa farai?»

«Vado comunque a Fresnes. Devo parlare con quel Nick Kaldan. Devo sapere che cosa si sono detti, che cosa c'è dietro a tutta questa vicenda.»

«Okay, fatti sentire dopo che ci sei stato, va bene?»

Schäfer promise che l'avrebbe tenuta aggiornata, riattaccò e inspirò pesantemente e con rabbia dal naso.

Quando il segnale di allacciare le cinture si spense, si sentì un forte *ding* seguito dalla sinfonia metallica delle cinture che venivano sganciate. Tutta la cabina si alzò creando una gran confusione, le borse del bagaglio a mano vennero tirate giù dalle cappelliere sopra i sedili e i passeggeri cominciarono a muoversi lentamente spingendo lungo il corridoio.

«Ci siamo scambiati l'espressione, ha notato?»

Schäfer si guardò alle spalle e vide la donna che era seduta di fianco a lui.

«Come dice?»

«Lo sguardo preoccupato» spiegò lei indicando con un cenno della testa la sua fronte aggrottata. «Adesso è lei a sembrare in pensiero, mentre io, invece? Io sono semplicemente contenta di essere viva.» Sorrise. «Va tutto bene?»

«Sì, tutto a posto, grazie. Sono solo faccende di lavoro.»

«Ah, be'.» La donna gli rivolse un sorriso d'incoraggiamento. «Allora per fortuna non è questione di vita o di morte.»

Sì, invece, pensò Schäfer. *Si tratta proprio di quello.*

*

Heloise cliccò l'app di Uber sul telefono, ma nulla. Controllò il segnale. Praticamente inesistente dove si trovava in quel momento.

Guardò prima da una parte, poi dall'altra. Su quel monotono tratto di strada le passavano davanti automobili e persone che camminavano a passo svelto e sicuro. Ma di un taxi nemmeno l'ombra.

Si incamminò seguendo la direzione del traffico verso il centro, lasciandosi alle spalle la prigione e reggendo il telefono davanti a sé come un cacciatore di Pokémon GO nella speranza di intercettare la connessione. Si sentiva prosciugata, completamente drenata di energie, come se il suo cuore fosse stato tramutato in una sostanza liquida che fluttuava dentro di lei: un'indefinibile pozza rossastra, un fluido senza peso in un razzo spaziale. Non aveva percezione di se stessa. Aveva appena visto suo padre per l'ultima volta nella vita, e tutto quello che provava adesso era...

Niente!

Mentre camminava, teneva d'occhio le tacche nell'angolo in alto a sinistra del telefono. Ipnotizzata dallo schermo, si scontrò con una persona che lasciò la fermata dell'autobus nel momento esatto in cui lei passò davanti alla pensilina di cemento grigia.

«*Sorry*» si scusò automaticamente senza alzare gli occhi dal telefono. Proseguì in una specie di trance, sollevando il cellulare più in alto verso dei cavi Internet invisibili, come se pochi centimetri di distanza potessero fare qualche differenza.

«Heloise?»

Si girò verso la voce. Strizzò gli occhi e guardò la donna alle sue spalle, mentre valutava se restare o scappare.

Anna Kiel non la guardò dritta in faccia.

Avanzò invece di un paio di passi e si fermò vicino a una colonna rivestita di manifesti poco distante da lei.

«Heloise?» ripeté, mentre fingeva di studiare la locandina logora di uno spettacolo teatrale.

Nella realtà appariva diversa dalle foto che aveva visto Heloise. I lunghi capelli biondi erano stati rimpiazzati da un'acconciatura maschile color nocciola. Era pallida e magra, quasi incavata, e più bassa di quanto Heloise si fosse immaginata. Più bassa dei 172 centimetri indicati nella descrizione della polizia; o almeno così pareva. Sembrava quasi una bambina. A Heloise riuscì difficile immaginare che la donna che aveva davanti avesse assassinato un uomo grande e grosso, che fosse in grado di sopraffare qualcuno della statura di Christoffer Mossing.

Annuì. «Sì, sono io.»

«Seguimi. Stai a distanza» disse Anna Kiel, che si avviò.

Heloise la seguì restando dieci, quindici metri dietro di lei.

Camminarono per quasi un quarto d'ora, percorrendo strade fiancheggiate su entrambi i lati da piccoli edifici fatiscenti, attraversarono un ponte pedonale che passava sopra a una grossa strada molto trafficata e proseguirono oltre palazzi che ricordavano un ghetto, dai balconcini stracolmi di rottami, piante avvizzite, fili per stendere il bucato e antenne paraboliche.

Quando Anna Kiel finalmente lasciò il marciapiede, entrò dritta in quello che sembrava un ristorante algerino. Si trovava tra un centro manicure e un negozio di alimenti per animali.

Heloise esitò un istante, poi la seguì. Varcò la porta e si fermò. Aggrottò la fronte e si guardò intorno nel piccolo locale buio. A un tavolo nell'angolo sedeva una coppia intenta a consumare una pietanza che profumava di cannella e cumino da una *tajine* al centro del tavolo. Dietro il bancone c'era un cameriere, un uomo anziano dai capelli scuri, impegnato a versare una bevanda dentro bicchieri viola. A parte loro, il ristorante era vuoto.

Anna Kiel non si vedeva.

Heloise fece per chiedere di lei al cameriere, quando lui le indicò con la testa una porta in fondo alla sala.

Quando entrò, le perline di plastica color rubino della tenda tintinnarono. Si ritrovò nel retrobottega. Dal soffitto pendevano delle lanterne di carta arancioni e la stanza dava l'idea di venire usata per feste e altri eventi. Al centro c'era un massiccio tavolo in legno di quercia circondato da una ventina di sedie. A un'estremità sedeva Anna Kiel.

Heloise rimase ferma un attimo, in attesa.

Anna Kiel indicò la sedia vicino a sé. «Siediti.»

Heloise si avvicinò. Si fermò a tre sedie da lei, ne tirò fuori una e si accomodò.

Poi allargò le braccia.

«Volevi parlarmi?»

Anna Kiel sorrise brevemente. «In realtà non era questo il piano, perlomeno all'inizio. Era Nick che voleva parlarti, e il mio compito era renderlo possibile. Non avevo idea di chi fossi prima che lui mi parlasse di te. Adesso che sei qui, però...» Si strinse nelle spalle. «Perché no?»

«Dunque non avevi bisogno di me?»

«Inizialmente no.»

«Quindi non è servito a un bel niente? Mi riferisco all'inseguire le tue tracce, a casa, nelle ultime due settimane, cercando di capire qualcosa del caso Mossing.»

«Ti ha portata qui.»

«Perché mi hai spedito quelle lettere? Avresti semplicemente potuto telefonarmi e dirmi di cosa si trattava.»

«In quel caso saresti venuta?»

«Per sentire la tua storia? Sì.»

«Avresti anche fatto visita a tuo padre?»

Heloise tacque un istante. «No, forse no.»

«E allora io non avrei avuto nessuna storia di cui metterti a parte, nulla che la documentasse.»

Heloise la osservò senza rispondere.

«Mi spiace che tu sia finita invischiata in questa faccenda» disse Anna Kiel. «Ma potresti cavarne qualcosa di buono.»

«In che senso?»

«Puoi fare in modo che alcune persone cattive vengano punite.»

«E tu?»

«Io cosa?»

«Hai ucciso un uomo, dunque ai miei occhi rientri nella stessa categoria di quelli che vuoi colpire. Perché dovrei aiutarti a far sbattere altri in galera quando tu invece fai di tutto per evitare di finirci?»

Anna Kiel annuì mentre si mordeva pensierosa il labbro inferiore.

«Possiamo stringere un patto» disse. «Quando queste persone

verranno scoperte e il mondo intero avrà potuto vedere che razza di mostri siano, allora tu potrai prendertela con me.»

«No» rispose Heloise. «Quando questa faccenda sarà conclusa, io me ne chiamerò fuori, capito? Non voglio più sapere niente di te. Tutto quello che succederà d'ora in poi sarà un problema tuo. Siamo d'accordo?»

«Sì.»

«Però non puoi scappare per sempre, lo sai, vero?»

Anna Kiel sorrise. «Sono disposta a correre il rischio.»

«Ma poi, come fai a vivere?» le domandò Heloise. «È Kenneth che ti manda i soldi?»

Una fugace espressione d'affetto attraversò il viso di Anna Kiel. «Di questo non ti devi preoccupare.»

«Se sei davvero sua amica, non ti disturba il fatto che rischi di cacciarlo in guai seri con la polizia lasciando che ti aiuti?»

Anna Kiel sorrise per un istante. «Di questo non ti devi preoccupare» ripeté.

42

Le due donne si fissarono a lungo. Poi Anna Kiel ruppe il silenzio: «Vuoi sentire la storia o no?»

Heloise annuì. Prese il dittafono dalla tasca e lo alzò verso di lei. «Vorrei registrare quello che dici. Ho il tuo permesso?»

«Sì.»

«Devi sapere che probabilmente userò quello che dirai nel mio articolo. Verrai citata.»

Anna Kiel si protese in avanti, unì le mani davanti a sé e guardò per un momento la superficie del tavolo, come se stesse studiando i nodi del legno. Poi disse: «Hai la minima idea di come ci si senta a crescere in una casa vuota, senza un vero contatto con degli adulti, completamente sola?»

Heloise scosse la testa.

«No, tuo padre mi ha raccontato della vostra vita insieme. Di quando eri piccola. Pare che tu abbia avuto una bella infanzia.»

«È vero.»

«Già.» Anna Kiel annuì. «Sembra proprio di sì. Lui ti ama, lo sai. Ma per me non è stato così. In casa mia non c'era amore, i grandi non erano mai presenti. Mio padre era sempre al lavoro o in città, e mia madre...» Abbozzò un sorriso sarcastico. «Anche lei era troppo impegnata per fare la mamma. Era sempre fuori a buttar via tutti i soldi che mio padre guadagnava.»

«Al gioco?»

«Sì, al gioco. Proprio così.» Anna Kiel fece segno di sì con il capo. «Era raro trovare qualcosa da mangiare in frigorifero, c'era solo birra, e nessuno tornava a casa per rimboccarmi le coperte la sera. Nessuno si prendeva cura di me.»

«Perché non è intervenuto qualcuno? Perché nessuno a scuola ha segnalato cosa succedeva a casa tua?»

«Che cosa dovevano segnalare? Io avevo imparato a cavarmela da sola, badavo a me stessa, non mi lamentavo. Gli insegnanti non hanno mai scoperto com'era la situazione; credevano semplicemente che fossi io quella difficile. O forse erano solo indifferenti, non lo so. Ad ogni modo, nessuno ha mai detto niente.»

«E poi che cosa è successo?»

«A un certo punto mio padre se n'è andato. Credo che si fosse stancato della vita a casa nostra, di noi. Si è trasferito in Groenlandia, si è trovato un lavoro e per un periodo ci ha mandato dei soldi.»

Per un attimo Heloise valutò se riferirle che aveva incontrato Frank Kiel e che lui aveva cercato di sfruttare la situazione di sua figlia per estorcerle del denaro. Ma non aveva il cuore di fare l'ennesimo graffio sulla carrozzeria dell'esistenza di Anna.

Così tacque e ascoltò.

«Quando hanno smesso di arrivare i soldi, mia mamma è sprofondata in una voragine nera. Ha iniziato a spendere denaro che non avevamo. Tanto denaro. Si faceva prestare somme ingenti con cui giocava d'azzardo e quando perdeva non era in grado di ripagare il debito.» Tacque un istante, assalita dai ricordi che cercò di cacciare via sbattendo le palpebre. «Ricordo la sera che sono venuti da noi, a casa nostra. Mia madre non c'era, era uscita. Non so dove fosse andata, non lo sapevo mai. Ma era tardi e io ero già a letto quando suonarono alla porta. Credevo che fosse lei. Tornava a casa ubriaca o fatta e perdeva sempre le chiavi o la borsa. Quindi supposi che ci fosse lei fuori dalla porta.»

«Invece non era così?»

«No. C'erano due uomini.»

«Li conoscevi?»

«No. Non li avevo mai visti.»

«Che cosa volevano?»

«Hanno chiesto di mia madre e io ho risposto che sarebbe tornata presto. Ma non sapevo se fosse vero. Me ne stavo lì, con indosso solo la camicia da notte, tremando per la paura e sperando che se ne andassero. Uno dei due era un tipo davvero viscido. Sorridendo mi ha detto che ero bella e mi ha chiesto quanti anni avessi.»

«E quanti ne avevi?»

«Otto.»

Heloise scosse avvilita la testa.

«Poi quello untuoso si è piegato, mi ha preso per il collo e mi ha baciato. Mi ha ficcato con forza la lingua in bocca. Ricordo ancora il sapore di sigaro e di vino, la sensazione di avere la sua saliva viscida dentro la mia bocca.»

«L'hai respinto?»

«No, avevo troppa paura. L'ho lasciato fare e intanto ho sentito qualcosa di caldo che mi colava giù lungo la gamba. Era pipì. Me la sono fatta addosso, tanta era la paura. Quando loro l'hanno scoperto, si sono messi a ridere.»

«Come te ne sei liberata?»

«In qualche modo sono riuscita a richiudere la porta, dopodiché sono rimasta nell'ingresso buio in ascolto, mentre loro aspettavano mia madre davanti a casa. Quando lei è arrivata, ho sentito che la prendevano a schiaffi. Che la minacciavano, dicendo che doveva loro dei soldi. "Hai tempo fino a venerdì" le hanno detto. Lei ha risposto che non era in grado di procurarsi la cifra che gli doveva, che doveva esserci un'altra soluzione, un altro modo per pagare il debito.»

«E loro che cosa hanno risposto?»

Anna Kiel scrollò le spalle e fece un sorriso privo di gioia. «Tua figlia» hanno detto. «Come si chiama?»

Heloise si sentì contorcere lo stomaco. «Volevano te in cambio?»

«Ricordo ancora il fervore e la condiscendenza nella voce di mia madre quando si è resa conto di quanto se la poteva cavare a buon mercato. Non ci ha pensato nemmeno un secondo.»

«Ha ripagato con te il suo debito?»

Anna Kiel annuì. «Sì. Qualche giorno dopo mi ha accompagnato in un posto, un capannone industriale abbandonato a Nordhavnen, mi ha lasciato lì e mi ha detto: "Buon divertimento!". Ha detto proprio così, ci credi?» Per un attimo Anna Kiel rise, incapace di parlare. «Così ho avuto il mio debutto sessuale il giorno del mio nono compleanno. Eccolo, il regalo di mia madre.»

Heloise chiuse gli occhi. Non era in grado di concepire quanto fosse stato profondo il senso di abbandono e tradimento nella vita di Anna Kiel e poteva solo immaginare cosa potessero provocare in un bambino, in un'anima, avvenimenti simili.

«Mi dispiace davvero» fu tutto quello che riuscì a dire.

Anna Kiel annuì senza guardarla. «La prima volta c'erano tre uomini, che mi hanno violentata a turno. Puzzavano di sudore e di qualcos'altro di dolciastro che non conoscevo, un misto di miele e cloro: ho scoperto poi che era odore di sperma. Ce n'erano anche degli altri che assistevano. Sparsi per il locale, ci guardavano e si masturbavano. Aspettavano il loro turno. Ed è andata avanti così per un periodo. Mia madre mi lasciava davanti al capannone, loro mi portavano dentro e mi stupravano.»

«Quante volte è successo?»

«Vuoi sapere quante volte sono stata lì o quante volte mi hanno violentata?»

«Quante volte sei stata in quel posto insieme a quegli uomini?»

«Sette o otto, credo, spalmate su un periodo di un annetto. A un certo punto suppongo che si fossero stancati di me. Volevano qualcosa di nuovo. Fatto sta che è finito tutto. Non ho mai chiesto a mia madre perché, non ne abbiamo mai parlato.»

«Quanti uomini vi prendevano parte?»

«Ricordo nove persone.»

«Nove uomini?»

«Sì.»

«Ti hanno violentata tutti?»

«Sì. Ce n'era anche un decimo, ma lui ha sempre guardato e basta.»

Heloise provò a deglutire, ma si sentiva la gola asciutta. «Era mio padre?»

Anna Kiel annuì.

«Come hai fatto a contattarlo adesso, dopo tanti anni? Come sapevi che si trovava a Parigi?»

«È stato un caso. Un giorno mi è capitato sott'occhio un articolo; era un semplice trafiletto su un giornale danese che diceva che un nostro connazionale era stato condannato per pedopornografia e che era in carcere a Parigi. Un tale Nick Kaldan, c'era scritto, e quel nome risuonò dentro di me: Nick. Ricordavo le voci intorno a me nel capannone: "Avanti, Nick. Provala, Nick. Non fare il timido, Nick". Ho cercato il nome, ho trovato una sua vecchia foto in un libro che aveva scritto e l'ho riconosciuto.»

«E poi che cosa hai fatto? Sei venuta fin qua?»

«Quello è successo dopo. Solo dopo aver...» Tese il pollice e se lo passò davanti alla gola. «Quando sono fuggita dalla Danimarca sono venuta qui, in Francia. Ricordo tuo padre come una persona...» Cercò un aggettivo calzante e si accontentò di: «Riservata.

Non era come gli altri. Anche gli articoli sul suo processo mi hanno dato l'idea che fosse affranto per l'accaduto. Così sono andata a trovarlo e abbiamo stretto un accordo. E ora eccoci qui...»

Heloise espirò pesantemente mentre si massaggiava le tempie.

«Okay, va bene. Dunque sei in grado di dimostrare di aver subìto tutto questo?»

«No, non posso dimostrare quello che mi hanno fatto. Per quel che ne so, non esiste nulla che lo provi, né film né fotografie, e anche se potessi dimostrarlo, i termini di prescrizione sono scaduti. Non posso fare niente. Quanto meno dal punto di vista giuridico.»

Fece una pausa e intanto estrasse una cartellina gialla dal suo zaino. «Però posso provare che hanno fatto le stesse cose ad altri bambini» disse e posò tutto davanti a Heloise. «Tuo padre mi ha fornito l'accesso...»

«... alle loro comunicazioni interne. Lo so» annuì Heloise. «Me l'ha detto.»

«Esatto. È tutto qui dentro. Ci sono informazioni sui nove uomini che mi ricordo e su altri tre che si sono aggiunti in seguito.» Batté la mano sulla cartellina. «Ma c'era anche un ragazzo.»

«Un ragazzo?»

«Proprio così. Un giorno l'ho visto mentre mi trovavo là dentro. Si era nascosto dentro un grosso armadio per gli attrezzi che era rimasto socchiuso. Era giovane, avrà avuto sui quindici anni. I nostri sguardi si sono incrociati mentre uno degli uomini spingeva e gemeva dietro di me, e per un istante ho creduto che mi avrebbe aiutato, perché all'inizio sembrava scioccato. Ma non ha detto o fatto niente. È rimasto nascosto a guardarmi.» Anna Kiel annuì. «E ricordo chiaramente i suoi occhi. Erano illuminati come quelli di un gatto nel locale buio, ma poi quando ci siamo guardati il suo sguardo è cambiato. Da compassionevole si è trasformato in un'espressione fredda e sprezzante. È rimasto seduto furtivamente nell'armadio a seguire rapito quello che stava accadendo e poi mi ha ammiccato. Non in segno di complicità, bensì voglioso, incuteva terrore. Come a dire: "Tu stai soffrendo e mi piace".»

«Chi era? Com'era finito dentro quell'armadio?» Heloise avvertì un formicolio al collo.

«Immaginavo che si trattasse semplicemente di un ragazzo che si era infilato nel capannone per vedere che cosa succedeva.»

«E vi ha scoperti?»

Anna Kiel annuì. «Dopo, una volta che gli uomini se n'erano andati, io sono rimasta da sola sul letto. Non piangevo, perché avevo chiuso fuori ogni emozione. Avevo smesso di provarle e di mostrarle. Però stavo sanguinando tra le gambe, fin giù alle ginocchia, e sentivo male. Quella sera erano stati particolarmente violenti; se l'erano spassata alla grande facendomi girare tra di loro come uno spinello.»

Heloise sospirò sconsolata e scosse la testa senza parole.

«Mi ero parzialmente rivestita, mi ero infilata le mutande, il vestito, e stavo aspettando che mia madre arrivasse a prendermi, quando lui è venuto da me. Ho cominciato a parlargli, ma lui mi ha zittita. Poi si è richiuso piano la porta alle spalle e mi si è buttato addosso. Ha detto che se avessi emesso un solo rumore, se gli altri ci avessero sentiti, mi avrebbe tagliato la gola e ammazzata.»

«Poi che cosa è successo?»

«Mi ha strappato le mutande e si è dato da fare. È stato violento, brutale; mi ha picchiata, era sadico ed estremamente aggressivo. Credo che dovesse dare sfogo a qualcosa. Cercava di imitare quegli uomini e mi faceva male per puro divertimento. Lo trovava spassoso. Ci godeva.»

La tenda di plastica alla porta tintinnò e Anna alzò lo sguardo teso. Anche Heloise si voltò. In fondo al locale c'era il cameriere.

«Volete ordinare qualcosa da bere?» chiese in francese.

«Del tè, grazie. E anche dell'acqua» rispose Anna Kiel nella sua lingua. Guardò Heloise, che annuì.

«Va bene l'acqua, grazie.»

L'uomo se ne andò.

«Mi stavi raccontando del ragazzo» riprese Heloise.

«Sì. Era la prima volta che lo vedevo là. Per qualche motivo ho avuto l'impressione che l'umiliazione avesse raggiunto un nuovo livello. Forse perché quando i nostri sguardi si sono incrociati, mentre lui era nascosto nell'armadio, per una frazione di secondo ho creduto... è ridicolo, a dirlo adesso, ma ho creduto che mi avrebbe salvata.» Sorrise e scosse il capo, come se quell'idea fosse assurda. «Invece stava solo aspettando il suo turno.»

«Non l'hai mai raccontato a nessuno? Nessun altro, oltre a tua madre, sapeva cos'hai dovuto subire?»

«Sì, l'ho detto a Kenneth.»

«Credi che sarebbe disposto a confermarlo? A me, intendo. In via ufficiale.»

Anna annuì. «Kenneth farebbe qualsiasi cosa per me. E io per lui.»

«Poi che cosa è successo? Dopo un anno il debito di tua madre è stato ripagato?»

«Suppongo di sì.»

«E tu non sei più tornata in quel capannone? Non hai più rivisto nessuno di quegli uomini?»

«No, non ci sono mai tornata, ma la mia mente era sempre là. Tutte le sere, quando chiudevo gli occhi, mi ritrovavo in quella stanza, su quel materasso. Quell'esperienza mi ha distrutta. Sono diventata chiusa, rabbiosa, fredda. Avevo tanto odio dentro di me e non mi fidavo di nessuno.»

Heloise annuì. Questo spiegava la storia scolastica di Anna e le valutazioni degli psicologi.

«Il tuo profilo criminale dice che sei psicopatica.»

Anna alzò le sopracciglia. «Addirittura? Sembra una cosa seria.»

Heloise si strinse nelle spalle. «Infatti lo è.»

«Mmh. Ma avevo i miei motivi per reagire in quel modo. Quindi che mi chiamino pure psicopatica, se vogliono. Va bene. Forse è proprio quello che sono» disse. «Forse è quello che mi hanno fatto diventare.»

43

Il cameriere tornò e si avvicinò al tavolo. Mise davanti a loro due bicchieri d'acqua, due tazze e una piccola teiera nera di ceramica. Versò il tè per entrambe e uscì lentamente e in silenzio.

Heloise allungò la mano per aprire la cartellina, ma Anna Kiel le posò sopra la propria con calma.

«No» la fermò. «Qui dentro c'è tutto ciò di cui hai bisogno. Quando avremo finito, potrai scrivere la tua storia. Potrai consegnare tutti i documenti alla polizia e insieme potrete far cadere questi uomini, uno dopo l'altro. Ma il tempo che abbiamo da passare insieme è limitato: dopo questo unico incontro, non ci rivedremo mai più. Quindi adesso parlo io. I documenti li potrai leggere dopo.»

Heloise richiuse la cartellina. Gettò un'occhiata all'iPhone posato sul tavolo per assicurarsi che il dittafono fosse ancora acceso. Il tasto rosso di registrazione lampeggiava e la riga sul monitor si animava ogni volta che captava un'onda sonora, come battiti irregolari su un elettrocardiogramma.

«Okay» disse. «Va' avanti.»

«Ho conosciuto Kenneth quando frequentavo la settima classe. Lui era un anno avanti a me, e a unirci era soprattutto il fatto di essere entrambi emarginati. A scuola eravamo solitari, ci sentivamo esclusi ed eravamo diversi. Sbagliati. Diventammo ottimi amici. A differenza di me, Kenneth veniva da una bella casa, aveva una famiglia amorevole, delle fondamenta solide. Così mi ha insegnato che al mondo esistono persone disposte a fare tutto per gli altri. Persone su cui si può contare. A scuola era dura per entrambi, ma avevamo la nostra amicizia e questo aiutava. Lentamente ho iniziato a stare meglio.»

«Così sei tornata a stare bene?»

Anna Kiel accennò un sorriso. «Ho detto che stavo meglio. Non che stavo bene.»

«Cosa vuoi dire?»

Anna Kiel bevve un sorso di tè, poi disse:

«Per molti anni ho cercato di dimenticare quello che era successo. Appena sono stata abbastanza grande da trovare lavoro, me ne sono andata di casa e non ho mai più guardato indietro.»

«Tua madre mi ha detto che non ti ha più rivista.»

«Hai parlato con mia madre?»

«Sì.»

«E ti stupisce non sia più tornata da lei?»

Heloise scosse la testa.

«No, vero? Me la sono cavata da sola. Ho lavorato in tanti posti diversi: caffè, ristoranti, nightclub. Sai, quel genere di lavori che la gente fa durante l'università, lavori da studenti. Nessuno dei miei colleghi li prendeva come impieghi seri, erano solo lavoretti che quasi si abbassavano ad accettare durante gli studi, in attesa di una vita migliore. Ma io non sapevo che cos'altro avrei potuto fare. Non avevo la sensazione che potesse esserci in serbo un'esistenza migliore per me.»

«Non volevi farti un'istruzione?»

«Bah.» Si strinse nelle spalle. «Non riuscivo a decidermi. Mi sentivo smarrita e il tempo passava. Poi d'un tratto mi sono sentita come se fosse troppo tardi. Semplicemente, non osavo. Avevo trovato una specie di quiete, una routine sopportabile nel mio lavoro, nella mia esistenza. Non era una vita felice, ma almeno non ero più alla deriva. Stavo meglio.»

«E poi che cosa è successo?»

«A un certo punto ho lavorato per alcuni anni in un ristorante in Store Kongensgade, il Madklubben.»

Heloise annuì. Lo conosceva.

«Era un buon lavoro con colleghi simpatici e la clientela era varia: c'erano studenti, rappresentanti del jet set, pensionati, turisti, persone famose... insomma, gente di tutti i tipi. Era un bel posto e io ero davvero contenta di lavorarci.»

«Poi?»

«Una sera, prima del servizio, durante il briefing il manager mi ha assegnato la sala delle feste. Era stata prenotata da una comitiva di ventidue persone per un addio al celibato e li avrei serviti io. Non c'era problema, ero brava nel mio lavoro e potevo facilmente gestire una situazione simile da sola. I clienti sono arrivati intorno alle 20:30. Erano tutti brilli, di buon umore. Una delle cameriere li ha fatti accomodare nella sala riservata, separati dagli altri avventori, e mentre si sedevano io ho iniziato a portare in tavola il vino. Poi ho aspettato che si calmassero un po' per poter dare loro il benvenuto e presentare il menu.»

Tacque un istante e ripensò a quella sera. Heloise stava per chiederle di continuare, quando riprese a parlare.

«Mi guardavano tutti, e io ho cominciato a parlare di capesante marinate in agrodolce e panna cotta di latticello con *crumble* di biscotti. Ero in piedi davanti alla comitiva, con le mani giunte davanti al grembiule, e li guardavo affabile.» Si zittì per un istante. «Poi i nostri sguardi si sono incrociati.»

«Di chi stai parlando?» volle sapere Heloise. «Lo sguardo di chi hai incrociato?»

«Il ragazzo dell'armadio. Era lui. Era diventato adulto, come me, ed era un po' cambiato, o forse semplicemente appariva più vecchio. Aveva le spalle più larghe, era più alto e sul mento e sulle guance erano comparse delle piccole rughe e l'ombra scura della barba sfatta.

Però era lui. Ne ero certa. Quando l'ho visto mi è venuto da vomitare. Ho iniziato a tremare; avevo una paura folle che mi riconoscesse.»

«E l'ha fatto?»

«Inizialmente no. In realtà non credo che mi abbia nemmeno prestato attenzione mentre parlavo. Hai presente il modo in cui i ricchi trattano domestici, cameriere e servitori in generale, senza guardarli davvero? Puoi servirgli una cena dalla prima all'ultima portata e ballare il tip tap sul tavolo davanti al loro naso, ma cinque minuti dopo non sarebbero capaci di identificarti in un confronto all'americana. Quella gente non le vede neanche le persone come me.»

Heloise si strinse nelle spalle. Forse non aveva tutti i torti.

«A un certo punto, durante la serata, è venuto da me. Voleva sapere se potessero avere un tipo particolare di cognac per accompagnare il caffè. Evidentemente quello che avevo 7'4roposto loro non era abbastanza raffinato. Quando gli ho risposto che non avevano altre marche, lui ha tirato fuori il portafogli, ha preso un biglietto da visita e me l'ha infilato nella tasca del grembiule. "Fai un salto al ristorante dall'altra parte della strada" ha detto. "Prendi un paio di bottiglie di Rémy Martin Louis XIII, da' loro la mia carta di credito e di' che paga Christoffer Mossing. Mi conoscono, fagliele mettere sul mio conto.»

Heloise sbatté le palpebre e il suo respiro accelerò. «Era Mossing? Il ragazzo dentro l'armadio era Christoffer Mossing?»

«Proprio lui, e sembrava passarsela alla grande quando l'ho visto al ristorante» confermò Anna Kiel. «Il nostro breve incontro di qualche anno prima e i pugni che mi ha dato mentre mi violentava?» Fece una smorfia e scrollò le spalle. «A quanto pare non gli avevano rovinato la vita. Non aveva nemmeno avuto difficoltà a laurearsi o ad assicurarsi una buona esistenza. Come se non bastasse, dal suo biglietto da visita risultava che lavorasse come avvocato difensore in uno studio legale nel nord del Paese, quindi aveva anche un sacco di soldi. Sembrava star bene, in tutto e per tutto.»

«Che cosa gli hai detto?»

Lei si strinse nelle spalle. «Niente. Sono andata a prendere il cognac che mi aveva chiesto e ho portato le bottiglie in tavola, davanti a lui.» Mentre parlava il suo sguardo si fece distante. «Più tardi l'ho rivisto vicino al guardaroba. Stava cercando le sigarette nella tasca della giacca, era ubriaco e su di giri e quando sono passata mi ha afferrato il braccio. Io ho cercato di divincolarmi, ma lui ha stretto ancora di più, fino a farmi male. Gli ho detto di lasciarmi, ma lui mi teneva e si è allungato verso di me. "Non mi ricordo il tuo nome" ha detto, e mi ha fatto l'occhiolino. *L'occhiolino!* Quel maiale schifoso! C'è mancato poco che andassi in cucina a prendere un coltello e glielo ficcassi nella gola.»

Heloise si agitò sulla sedia, tesa. «È stato allora che hai deciso di farlo? Di ucciderlo, intendo.»

«No.» Anna Kiel scosse la testa. «In quel momento volevo solo andarmene. Ho detto al mio capo che non stavo bene e lui mi ha dato il permesso di tornare a casa. Così ho lasciato il ristorante e sono corsa via.»

«L'hai più rivisto? Voglio dire, prima della sera in cui...»

«Sì. Per un po' ho tentato di dimenticare il nostro incontro, ma non ci riuscivo. Nei due mesi seguenti è andata sempre peggio e sono ricominciati gli incubi di quando ero bambina. Stavo da schifo. Davvero.»

«Avevi paura di lui?»

«No, non avevo paura, ero...» Rimase un attimo in silenzio e giunse le mani dietro il collo. «Ero furiosa. Ero colma di una collera ardente e divorante, che non faceva che crescere dentro di me e infine ha cominciato a traboccare. Lui non mi considerava una persona, ai suoi occhi non avevo valore. Gli ero del tutto indifferente! Non ero che un giocattolo con cui si era divertito molto tempo prima.»

«E allora che cosa hai fatto?»

«Ho iniziato a fare ricerche su di lui, su chi fosse e dove vivesse. Ho letto degli articoli in rete sul suo lavoro, sui casi che gestiva, i tipi che difendeva. A un certo punto, mentre stavo cercando il suo nome, mi sono imbattuta in un'intervista a suo padre sul *Børsen*. Il potente Johannes Mossing. E a quel punto...» Allargò le mani e sorrise debolmente. «A quel punto tutti i tasselli hanno trovato il loro posto.»

«Che cosa vuoi dire?»

«Era lui» disse Anna Kiel. «Era lui l'uomo che era venuto a casa mia quella sera e aveva suonato alla porta. Era stato lui a scegliermi, a comprarmi da mia madre.»

«È stato Johannes Mossing a baciarti sulla porta di casa quando avevi otto anni?!»

Anna Kiel annuì.

«Ha preso parte anche alle altre aggressioni? Era presente nel capannone al porto?»

«Se era presente?» Anna fece una breve risata. «Lui era l'anfitrione. Era suo l'edificio, sua l'idea. È lui il motivo per cui la mia vita è finita quella sera, quando hanno suonato alla porta.»

Il corpo di Heloise fremeva per l'adrenalina. «Puoi dimostrarlo?»

«È tutto qua dentro.» Indicò la cartellina. «Ci sono fotografie, conversazioni, link a file audio.»

Il corpo teso di Heloise si rilassò rendendosi conto di avere una storia tra le mani. Prima che finisse la settimana, avrebbe potuto divulgare la notizia che Johannes Mossing non solo era un criminale, ma aveva anche perpetrato sistematiche violenze ai danni di bambini insieme ai membri di una loggia pedofila di cui era il fondatore. Che suo figlio aveva perso la vita per la stessa ragione. Era una storia grandiosa. Enorme.

«Perché hai ucciso Christoffer Mossing?» chiese. «Perché non hai lasciato che se ne occupasse la polizia?»

Anna Kiel si abbandonò contro lo schienale. «Se l'era meritato.»

«Si è accorto di quello che stava per succedere? Oppure dormiva quando l'hai aggredito?»

«Dormiva. Però l'ho svegliato con la prima coltellata, proprio qui» e indicò un punto sopra la propria clavicola sinistra. «La soddisfazione non sarebbe stata la stessa se non fosse riuscito a vedermi, se fosse morto senza sapere chi gli stava rubando la vita.»

«E la telecamera sul vialetto? Perché l'hai fatto? Perché non sei scappata via e basta?»

«Sapevo che Johannes Mossing avrebbe visto quei filmati. Se anche non fosse stato in grado di riconoscermi, qualcuno mi avrebbe identificata e il mio nome sarebbe saltato fuori. Così forse lui avrebbe capito chi fossi; avrebbe capito di cosa si trattava, e che suo figlio era morto per colpa sua. Non si dice forse che non c'è dolore più grande della perdita di un figlio?»

Heloise annuì. «Così dicono.»

«Appunto. Dunque penso che sia stata una punizione adeguata, considerato quello che mi hanno fatto. O comunque, un buon inizio.»

«Però hai ucciso un uomo, Anna. Come riesci a vivere con questa consapevolezza?»

«Ah, non ti voglio mentire. È una bella sensazione.»

«Ma non si può andare in giro ad ammazzare la gente come se niente fosse! Nemmeno gli stupratori e i pedofili. Non mi fraintendere: quello che hai subìto è orribile. Orribile! E le persone che ti hanno fatto quelle cose si meritano le pene più dure. Però non è così che si fa: i colpevoli devono essere processati, giudicati e puniti, non ammazzati a sangue freddo durante il sonno.»

Anna scosse la testa con indulgenza. «Però non funziona. Il

sistema non funziona. Guarda i casi simili avvenuti in Danimarca: quando mai i colpevoli hanno avuto quello che si meritavano? Fammi il nome di uno stupratore pedofilo a cui è stata comminata una pena adeguata.»

Heloise cercò una risposta, ma non la trovò. Disse invece: «Finirai in galera per quello che hai fatto, lo sai, vero?»

Anna scrollò le spalle. «Forse. O forse no. Ci sono stati dei casi di donne sposate con uomini violenti che se la sono cavata pur avendo ucciso i mariti. Persino il giudice ha valutato che era l'unica via di scampo che avevano. Forse andrà così anche per me.»

«Ma quella non era la tua unica via di scampo.»

«Non era forse l'unico modo perché la mia anima trovasse pace, o per ottenere giustizia? Certo che lo era.»

«Ma la tua vita non era in pericolo.»

«Credo che la maggior parte delle persone simpatizzerà con me quando sentirà la mia storia e capirà i miei moventi.»

«Se è quello che credi davvero, vieni con me» disse Heloise. «Andiamo insieme alla polizia. Posso telefonare al mio contatto in Danimarca che segue il tuo caso, così potrai raccontargli tutto su...»

«No.»

«Be', ma devi...»

«No.» Anna Kiel alzò una mano per fermare Heloise. «Come ho già detto: parliamo adesso, e poi non ci rivedremo mai più.»

«Ma io vorrei aiutarti.»

«Lo stai già facendo.»

«Che cosa vuoi dire?»

«Voglio dire che ho iniziato a modo mio. Adesso tu puoi terminare a modo tuo.» Quando allungò il braccio per indicare la cartellina, urtò la tazza che si rovesciò. Il tè tiepido si versò sul tavolo e colò giù dal bordo sui suoi pantaloni. Lei si alzò di scatto e si spazzolò il tessuto con un movimento rapido delle mani.

Si guardò intorno alla ricerca di qualcosa con cui asciugarsi.

«Vuoi che vada a prenderti qualcosa?» chiese Heloise.

«No, chiedo uno strofinaccio al bar, un attimo solo.»

Anna Kiel attraversò la tendina tintinnante e, non appena fu fuori dalla sua vista, Heloise prese la cartellina. Non poteva più aspettare, doveva dare anche solo un'occhiata al contenuto. Sfogliò le pagine e diede una scorsa a caso. Erano i messaggi scambiati in chat tra due persone. A ogni battuta, a ogni disgustoso commento comparivano i loro nomi e i relativi indirizzi IP. Erano sottolineati con un evidenziatore giallo fluo e lo sguardo di Heloise corse a guardare come si chiamavano: Reinar Boysen e Poul Mark Iversen. Non li aveva mai sentiti. Lesse la conversazione.

«Oggi ha aperto la darsena!»

«Lo so. Ci sono stato. Ho delle foto di una bella ninfetta con le mutandine del bikini gialle come il sole.»

«Sopra, nuda?»

«Sì.»

«Bionda?»

«Ovvio.»

«Età?»

«Sei, forse sette. Assomiglia a JonBenét Ramsey.»

«Mmh. Mi piace! Caricala!»

«Stasera.»

«Non posso aspettare.»

«Stasera.»

«Okay. Per il resto? Altre foto?»

«Parco di Skydebanen, a Vesterbro. Ci ho fatto un salto nel pomeriggio, dopo essere stato a Bryggen. Finalmente hanno riempito la piscina dei bambini. Puoi sederti vicino, tiri fuori il telefono e scatti. Le mamme non si accorgono.»

Continuò a rovistare nella cartellina. Tra le altre cose c'era una busta di plastica opaca. Siccome non riusciva a vederne il contenuto, lo rovesciò sul tavolo, lontano dalla pozza di tè che aveva iniziato a penetrare nel legno.

Erano delle foto. Di bambini. Ma non erano state scattate in una calda giornata d'estate a Copenaghen e non ritraevano bimbi che giocavano in piscina. Non raffiguravano nemmeno una scolaretta con un bikini giallo. Erano bambini nudi, un volto nuovo per ogni foto, sdraiati su un materasso a strisce bianche e blu posato sul pavimento di un vecchio locale malconcio. Intorno c'erano diversi uomini adulti, alcuni dei quali a torso nudo, con le pance grasse e pallide; altri con i genitali scoperti.

Le vennero le lacrime agli occhi. Non aveva mai visto nulla di più ripugnante. Quei bambini, però, non piangevano. Non sembravano neppure impauriti. Le loro espressioni erano vuote, non vi si scorgevano emozioni.

Quando Heloise alzò lo sguardo, si rese conto che erano passati diversi minuti e Anna Kiel non era ancora tornata. Si alzò e attraversò di corsa il vano che si apriva sul ristorante. Si guardò intorno. La coppia precedentemente seduta in un angolo non c'era più.

Idem Anna Kiel.

Heloise gridò al cameriere al suo posto dietro il bancone: «Mi scusi! La donna che era insieme a me. Dov'è?»

Lui alzò gli occhi e scosse la testa in segno di scuse, mentre alzava le mani davanti a sé come a difendersi.

«*English, non.*»

Heloise corse fuori dalla porta d'ingresso e guardò lungo la via. Non si vedeva nessuno. Si mise a correre in una direzione a caso mentre si guardava intorno concitata. La sua voce squarciò l'aria quando si azzardò a gridare:

«ANNA?»

Il suo sguardo passò in rassegna i palazzi soffermandosi sui vicoli che li fiancheggiavano, sui furgoni parcheggiati, su una corpulenta donna araba in burqa che le andava incontro con un neonato in braccio.

Ma Anna Kiel non c'era. Era sparita.

Per un istante Heloise si prese la testa tra le mani, prima di lasciarle cadere di nuovo mollemente lungo il corpo, frustrata e rassegnata.

Poi si ricordò della cartellina.

Tornò di corsa al ristorante, oltrepassò l'uomo al bar, attraversò la tendina di perline ed espirò di sollievo.

Era ancora lì. C'erano anche le foto, sparpagliate sul tavolo, e lo zaino di Anna Kiel era appeso allo schienale della sedia a tre posti da quella di Heloise.

Andò a prenderlo. Frugò in tutte le tasche, lo agitò e lo rivoltò. Non c'era niente dentro. Nemmeno lo scontrino appallottolato di un negozio o la chiave di un appartamento o di una cassetta di sicurezza di qualche banca. Nessun messaggio enigmatico su cui la polizia potesse continuare a lavorare. Lo zaino era vuoto.

Lo mollò nel secondo stesso in cui il cameriere si schiarì la voce dall'altra parte della sala. Heloise si girò.

«*You... okay*?» le chiese indicandola.

Lei annuì.

Prese una banconota da venti euro dalla tasca posteriore dei pantaloni e gli fece segno che voleva pagare. Lui uscì di nuovo, poi Heloise prese la sedia e si accomodò.

Guardò ancora una volta le foto sul tavolo e scosse la testa. Poi si premette i palmi delle mani sugli occhi fino a quando non vide altro che delle macchie colorate.

44

«A quest'ora potevamo averla già presa, lo capisce? Non le è neanche passato per l'anticamera del cervello?»

Schäfer camminava avanti e indietro davanti a Heloise, sbuffando. Il suo colorito si abbinava alla tinta vinaccia del divano su cui lei si era abbandonata pesantemente.

Lei non disse niente. Lo lasciò sfuriare, aspettando che finisse.

«Diamine, Heloise. Perché cazzo non mi ha detto che sarebbe venuta fin qui? Avremmo potuto acciuffare Anna Kiel davanti alla prigione, se ne rende conto? Sarebbe stato un gioco da ragazzi. Adesso avrebbe potuto essere seduta lì, con le manette ai polsi!» Indicò esagitato il posto vuoto accanto alla giornalista.

Lei annuì.

«Che cosa ha detto? Dov'è andata?»

Heloise si strinse nelle spalle. «Non lo so. È sparita.»

«Come sparita? Nel nulla? Un attimo prima eravate insieme, e quello dopo *puf*, non c'era più?»

Heloise alzò di nuovo le spalle. «Proprio così.»

«Suo padre non ha voluto dirmi niente quando sono andato da lui, quindi adesso torniamo tutti e due a Fresnes, insieme. E *lei* lo farà parlare!»

«Lui non sa dove si trovi.»

«Come può esserne certa? Forse le ha mentito. Da quel che ho capito, non sarebbe la prima volta.»

Heloise lo guardò.

«La smetta.»

«Di fare cosa?»

«Di parlare del *mio* rapporto con *mio* padre. Lo so che ieri sera, quando mi ha telefonato, avrei dovuto informarla di quello che stava accadendo e parlarle di lui. Ma quello che è successo tra di noi, il nostro rapporto, è una faccenda privata. Non riguarda né lei né nessun altro. Quindi la pianti. Io là non ci torno.»

Rimasero a guardarsi a lungo, e nessuno dei due batté ciglio.

«Lui non sa dove sia Anna Kiel» ripeté Heloise. «Del resto, dovreste essere in grado di rintracciarla. Ci saranno delle videocamere fuori dalla prigione e lungo il tragitto che abbiamo seguito. Dovreste riuscire a ripercorrere i suoi passi dopo che è uscita dal ristorante. In Francia non ci sono videocamere di sorveglianza dappertutto?»

«Le stanno già esaminando.»

«Chi?»

«I miei contatti qui a Parigi. La polizia francese» rispose Schäfer mettendosi a sedere su una poltrona di fronte a Heloise.

Attraverso la finestra alle sue spalle, lei vide i lampeggianti blu delle pattuglie sulla strada illuminare l'ingresso e la porta di vetro dell'albergo. Li aveva trovati già lì quando era rientrata: la polizia locale, l'Interpol e Schäfer. La stavano aspettando e, quando finalmente era arrivata, le si erano gettati addosso come un'orda di piccoli mendicanti, aggressivi e invadenti. Affamati di informazioni.

Nella hall si era raccolta gente per lanciare occhiate curiose nella sala dove sedevano lei e Schäfer. La porta a doppio battente dalla quale vi si accedeva, seppur aperta, era sbarrata da due agenti in uniforme e il manager dell'albergo camminava nervoso appena fuori. La presenza così evidente delle forze dell'ordine non era una bella pubblicità per la struttura. In una città che negli ultimi anni era stata duramente colpita dal terrorismo, i lampeggianti blu sortivano un effetto particolarmente allarmante sulla gente.

Schäfer si protese in avanti e appoggiò i gomiti sulle ginocchia.

«Okay» disse. «Mi racconti quello che è successo. Che cosa le ha detto Anna Kiel?»

Heloise posò una mano sullo zaino che aveva accanto.

«Ha finito di gridare?»

Schäfer alzò un sopracciglio e si strinse nelle spalle con fare accomodante.

«Bene, perché credo che sarà di buon umore dopo aver sentito quello che mi ha detto.»

Lui raddrizzò la schiena. «Cioè?»

Heloise prese l'iPhone dalla tasca. Trovò la registrazione e appoggiò il telefono sul tavolo di marmo verde scuro davanti al poliziotto.

Per i successivi quarantasette minuti ascoltarono insieme la voce roca di Anna Kiel.

Una volta finito, Schäfer disse: «Per favore, mi dica che ha i documenti di cui parla».

Durante l'ascolto era talmente teso da non riuscire a restare seduto. Adesso era in piedi con le mani sulle guance come il concorrente di un quiz televisivo in attesa di sapere se avesse vinto il montepremi oppure no.

«Ce li ho» confermò Heloise.

Schäfer serrò forte gli occhi mimando con la mano destra il pugno della vittoria.

Heloise tirò fuori la cartellina e gliela passò.

«Sono qui dentro?» chiese lui. «Sono i documenti?»

«Sì. Sono riuscita a dargli solo una scorsa veloce, ma quello che ho visto è completamente malato. Ci sono dvd con filmati pedopornografici, foto di violenze, messaggi di chat e tante altre cose spaventose. Ci sono i nomi delle persone che hanno preso parte a questo schifo, i loro indirizzi IP, le loro foto. Possiamo inchiodare quei porci, Schäfer, tutti quanti.»

Il poliziotto alzò lo sguardo. «Possiamo, al plurale?»

«Sì.»

«No, Heloise, lei non deve scrivere niente di questa faccenda. Perlomeno, non ancora.»

«Come?» Lei si alzò di scatto. «Sono stata io a mettere le mani su questa storia. È mia!»

«Non ancora.» Lui scosse la testa. «Deve aspettare finché glielo dico io.»

«Uno degli uomini più ricchi di Danimarca ha violentato dei bambini, e se non ne scrivo io, lo farà qualcun altro, mi creda. Questa è la *mia* storia, Schäfer. *Io* la renderò pubblica.»

«E non glielo voglio impedire. Però non è ancora il momento. Dobbiamo prima terminare le indagini. Se scrive qualcosa prima che questi pezzi di merda siano finiti dentro, non farà altro che metterli in guardia, e io col cazzo che mi lascio sfuggire di nuovo Mossing.»

Heloise mise le braccia conserte. «E allora che cosa suggerisce di fare?»

Schäfer le passò davanti e raggiunse la grande porta per parlare sottovoce con i due agenti che bloccavano l'accesso alla sala. Dopodiché la chiuse a chiave e lui e Heloise rimasero soli.

«Suggerisco di prepararci per bene prima di proseguire» disse e si lasciò sprofondare nella poltrona. Aprì la cartellina.

«Venga, si sieda» disse indicando con un cenno del capo il divano. «Iniziamo dalla prima pagina.»

45

«Sono menzogne!»

Schäfer fece passare i documenti per la terza volta con talmente tanta foga che le fotografie e i ritagli di giornale volarono oltre il tavolo per poi atterrare sul tappeto a pelo lungo.

«Solo menzogne, porco mondo!»

«Non… non capisco» disse Heloise.

«Qui non c'è niente! Questi fogli non nominano neanche una volta Johannes Mossing.»

«Ma Anna ha detto che era lui. Ha detto che nella cartellina c'erano le prove che lui…»

«DANNAZIONE!» gridò Schäfer dando un calcio alla cartellina, facendola finire dall'altra parte della sala. «Dove cazzo sono? Dove sono le carte che lo compromettono? Dove sono le foto di *lui* con l'uccello di fuori?»

Heloise scosse la testa, confusa. «Non ha senso. Perché avrebbe dovuto mentire?»

«Non ha mentito» disse Schäfer schiumante di rabbia. «C'è Mossing dietro a tutto questo. Lo so che è così. È lui che Anna vuole colpire, è quello che ha detto. È intorno a lui, cazzo, che ruota tutto quanto. Se solo riuscissimo a farla testimoniare contro di lui…»

«Ho cercato di farglielo capire anch'io» spiegò Heloise. «Le ho detto che avrebbe dovuto denunciarlo alla polizia, ma lei ha risposto che ormai è troppo tardi perché il reato è caduto in prescrizione.»

Schäfer scosse la testa. «Non è vero.»

«Sì, l'ha detto lei. L'hai sentito anche tu.»

«Sì, lei l'ha detto, ma non è esatto. I termini di prescrizione per i casi di violenza sessuale aggravata, come questo, sono di quindici anni. E quando si tratta di violenza su minori sotto i quindici anni, i termini si calcolano a partire dal compimento del ventunesimo anno d'età della vittima. Dunque le restano ancora uno o due anni per fare qualcosa prima che sia troppo tardi.»

«Okay. Ma lei non lo sa.»

Schäfer strizzò gli occhi e la guardò scettico. «Lo dovrà ben sapere, no?»

Heloise si alzò e iniziò a raccogliere le cose dal pavimento, mentre Schäfer inspirò a fondo un paio di volte e guardò gli appunti che aveva preso mentre passavano in rassegna il contenuto della cartellina.

«Abbiamo dodici nomi» constatò. «Dodici persone intorno a cui possiamo costruire un caso.»

«Sì. Però manca Mossing.»

Lui si grattò il mento, assorto nei suoi pensieri. «Anna ha detto che il capannone dentro cui avvenivano gli incontri era di Johannes Mossing: era lui il proprietario. Quindi, se riesco a fare in modo che uno degli altri uomini testimoni contro di lui... Deve pur esserci qualcuno che sappia qualcosa in grado di incastrarlo. Almeno uno di loro dev'essere disposto a trattare, una volta messo alle strette.»

Heloise annuì.

«L'ho sempre saputo che quel porco schifoso gestiva dei traffici illeciti. Ma che fosse malato, perverso e malvagio fino a questo punto non l'avevo proprio messo in conto. Gesù, stiamo parlando di bambini...»

Schäfer sfogliò le foto a sfondo sessuale e Heloise capì dai movimenti della sua mascella che stava digrignando i denti. «Sono solo bambini, cazzo.»

«Adesso che cosa facciamo?» Heloise gli porse i documenti che aveva raccolto da terra.

«Tu inizia a scrivere il tuo pezzo, così ce l'hai pronto. Però tienitelo per te finché te lo dico io, intesi?»

Heloise annuì suo malgrado.

Schäfer rivolse lo sguardo verso il cortile dell'hotel, ora illuminato da un festone di lampadine teso a zigzag a collegare due palazzi. Guardò l'orologio che portava al polso. Era quasi mezzanotte.

«Qui hai finito? A Parigi, intendo.»

Heloise inspirò a fondo e poi espirò lentamente. Quindi fece segno di sì con la testa.

«Bene» disse Schäfer. «Allora domattina presto torniamo a casa.»

*

Nel portariviste al gate c'erano i quotidiani freschi di giornata. Heloise acchiappò una copia del *Demokratisk Dagblad* e, mentre aspettava in coda sul pontile d'imbarco, lo aprì.

In prima pagina compariva un articolo in cui Bøttger riprendeva le fila del caso Skriver, spiegando come, un paio di settimane prima, una giornalista della testata avesse ricevuto informazioni false da fonti interne al Ministero dell'economia e degli affari a proposito del marchio d'abbigliamento che aveva trasferito la produzione in Bangladesh. Descriveva come alla suddetta giornalista fossero stati forniti documenti falsi per screditare Skriver.

Il nome di Heloise era stato omesso.

Il pezzo era accompagnato da una caricatura del ministro e del suo spindoctor dall'abbronzatura spray, Carsten Holm. Sulla vignetta entrambi gli uomini erano raffigurati con zanne e forcone e Holm sembrava intento a sussurrare con aria da cospiratore nell'orecchio del ministro, che rispondeva con un roboante ghigno draculesco: «MUAAAHAHA».

Heloise diede una scorsa al testo in prima pagina e sfogliò poi fino alle pagine quattro e cinque, dov'era pubblicato un articolo più dettagliato sulla vicenda.

Martin vi era nominato come fonte.

Quando vide scritto il suo nome, una calorosa sensazione spumeggiante la pervase. Nelle ultime ventiquattr'ore, da quando era partita, non aveva praticamente mai pensato a lui. La sua mente si era concentrata invece su suo padre, su Anna, sulla storia. Ma adesso avvertiva il bisogno di tornare a casa, la voglia di spingere *reset*, di ricominciare da capo.

Prese il telefono dalla tasca interna della giacca di pelle e gli scrisse un SMS.

Ciao, sto tornando a casa. Stasera ci vediamo?

Tempo neanche un minuto, e arrivò la risposta.

Stasera? Che cos'ha che non va questo pomeriggio?

Heloise sorrise.

Sto leggendo il giornale mentre aspetto di imbarcarmi. Le redazioni dei notiziari e di altri programmi di attualità hanno già iniziato a bombardarti di telefonate?

Sì. Il telefono non smette un attimo di suonare. Adesso sto andando alla Danmarks Radio. E tu? Stai bene?

È una lunga storia, ma sì, sto bene.

Mi manchi.

«Che cos'è quel sorriso da ebete?»

Heloise guardò Schäfer che, in coda davanti a lei, si era girato e la fissava con un sopracciglio alzato.

«Niente.»

«È il tuo amico coi gemelli ai polsini che ti scrive?»

«Smettila» rispose lei sorridendo.

Schäfer annuì con l'aria di chi la sa lunga. «Sembra che Cupido ti abbia centrata in pieno, Kaldan. Mi sa che ha iniziato a sparare proiettili a espansione, quelli che fanno i danni peggiori.»

Heloise alzò gli occhi al cielo, poi guardò di nuovo il telefono e mandò un ultimo messaggio a Copenaghen, prima di impostarlo in modalità aereo.

Anche tu.

46

«Non se ne parla proprio.» Il caporedattore Mikkelsen sottolineò il suo parere pestando con forza il dito carnoso sul tavolo di mogano. «Se è tutto qui quello che hai, non lo pubblichiamo.»

Heloise si raddrizzò sulla sedia. «E perché mai?»

Mikkelsen guardò prima lei, poi Karen Aagaard, con uno sguardo incredulo.

«Mi chiedi *perché*? Dimmi, non hai imparato proprio niente dal caso Skriver? Hai idea di quanti pranzi al Café Victor sia stato costretto a finanziare per lisciare il pelo a quei merdosi imprenditori della moda? Quanto *damage control* abbia dovuto esercitare per salvarti il culo?»

«Il *mio* o quello del giornale?»

«Non fare la furba, Kaldan. Se tanto per cominciare avessi controllato la documentazione in tuo possesso, non avremmo avuto tutti quei casini con Skriver. E adesso ti aspetti che io mi prenda la responsabilità di pubblicare un reportage che ritrae Johannes Mossing alla stregua di un predatore pedofilo, una specie di Jimmy Savile della Danimarca bene, e questo senza avere neanche lo straccio di una prova che dimostri la veridicità dell'affermazione?»

Heloise annuì come se volesse negoziare. «Sono d'accordo che con Skriver è successo un macello. Ho combinato un casino. Però devi ammettere che alla fine al giornale è andata di lusso. La settimana scorsa la scoperta del coinvolgimento del ministro dell'economia e degli affari è diventata la notizia principale su tutti i media dopo che l'abbiamo pubblicata. Voglio dire, si è dimesso.»

«Sì» sbuffò Mikkelsen. «Grazie a Bøttger.»

«In realtà è stata Heloise a fornirgli la storia» si intromise Karen Aagaard.

«Il punto è che alla fine è saltata fuori la verità» disse Heloise. «Pensa a dove saremmo adesso se avessimo avuto paura di parlare. Avremmo un ministro che l'avrebbe fatta franca pur avendo cercato di sabotare una delle maggiori aziende del Paese.»

«Era un caso completamente diverso.»

«Era la parola di Martin Duvall contro quella del ministro. Dove sta la differenza?»

«Duvall si è rivelato essere una fonte attendibile» rispose Mikkelsen. «Ecco la differenza.»

«E Anna Kiel non lo è? È questo che mi stai dicendo?»

«Quella donna è ricercata per omicidio, Kaldan. Ha assassinato un socio di uno degli studi legali tra i più rispettabili del Paese. È stata dichiarata mentalmente instabile, psicopatica, addirittura, e tu adesso vuoi distruggere la reputazione di un anziano perché un'assassina disturbata di mente gli ha rivolto contro delle accuse prive di documentazione.»

«Non starai parlando sul serio.»

«Scusa?»

«Non vorrai dire che credi che Mossing sia innocente.»

Mikkelsen scosse stizzito la testa. «C'è una cosa che non hai capito, signorina. Quello che ciascuno di noi crede è assolutamente marginale. L'unica cosa che mi interessa è quello che puoi documentare. Trovami le prove contro Mossing! Dimostra che ha avuto a che fare con questa loggia pedofila, e lo facciamo a pezzi in prima pagina, lo linciamo, quel pezzo di merda. Però, se le basi sono queste, io un pezzo che rovina la vita di un uomo non lo pubblico.» Indicò la bozza dell'articolo che Heloise aveva portato alla riunione. «È escluso!»

Heloise guardò Karen Aagaard piena di frustrazione. «Di' qualcosa!»

«Mi dispiace, Heloise, ma ha ragione» rispose lei.

Heloise chiuse gli occhi e sospirò.

«Che cosa dice la polizia? A che punto sono le indagini?» le chiese la caposervizio.

Heloise scosse leggermente la testa mentre guardava rassegnata il tavolo. «Hanno arrestato undici uomini coinvolti nella vicenda, hanno perquisito le loro case, confiscato i loro computer, sia quelli privati che quelli del lavoro. Sul mandato di arresto ne compariva un dodicesimo, un professore di liceo della zona di Aarhus, ma è sparito.»

«Scappato?» chiese Karen.

Heloise scrollò le spalle. «Non si sa. È scomparso da oltre un mese, e fino a poco tempo fa la polizia ha trattato il caso come penale. All'inizio pensavano che fosse stato vittima di un crimine. Adesso invece sono più propensi a credere che sia fuggito.»

«Allora non capisco perché tu te la prenda tanto» commentò Mikkelsen scontroso e si alzò. «C'è un sacco di materiale su cui lavorare. Undici uomini accusati di aver preso parte a questo schifo, mentre probabilmente il dodicesimo è riuscito ad abbandonare la nave prima che affondasse. È una vicenda colossale. Va' a casa e scrivi la tua storia!»

Quando il caporedattore lasciò la sala, Heloise e Karen lo sentirono imprecare risentito mentre i suoi passi pesanti rimbombavano lungo il corridoio.

*

L'assistente di polizia Erik Schäfer aveva avuto una settimana assai indaffarata tra perquisizioni e interrogatori. Il commissario aveva costituito una squadra investigativa composta da diciotto uomini, che da quando Schäfer e Heloise erano tornati da Parigi avevano lavorato al caso ventiquattr'ore al giorno. A capo della squadra c'era lo stesso Schäfer, e al caso era stata attribuita la priorità massima all'interno della sezione Anticrimine 1.

Durante la settimana appena trascorsa, si era trovato più volte seduto nella sala interrogatori di fronte a ognuno di quei bastardi imputati nella vicenda. Li aveva guardati tutti senza battere ciglio e, man mano che la realtà li aveva colpiti con la forza di una mazza, ne aveva visto più di uno iniziare a sudare, tremare e frignare. Un paio di loro, invece, erano apparsi boriosi ed esageratamente sicuri di sé; totalmente noncuranti delle accuse e del futuro dietro le sbarre a cui, con ogni probabilità, andavano incontro. I restanti, in preda al panico più assoluto, si erano detti disposti a collaborare. Tre di loro erano persino scoppiati in singhiozzi durante l'interrogatorio. Ma nessuno di loro, non uno degli undici arrrestati, aveva implicato Mossing nella vicenda, a dispetto delle pressioni di Schäfer. E dire che aveva stretto il morsetto bello forte sui tre piagnucoloni. Aveva minacciato di rilasciare materiale fotografico ai media e di mandare i video ai loro figli.

Credo che intitoleranno questo filmato Daddy's Greatest Hits. *Tua figlia non finirà mica per cancellarti dalla lista dei regali di Natale dopo averlo visto? Com'è che si chiama? Vivian? Vedo che lavora per Save the Children. L'ironia del destino, eh? Resterà senz'altro contrariata quando vedrà come tratti i bambini.*

Diversi di loro erano stati più che disposti ad accettare la punizione più dura prevista dalla legge pur di evitare di ferire ulteriormente le proprie famiglie. Si erano anche offerti spontaneamente di fare il nome di altri pedofili e di testimoniare contro i loro compagni seduti nelle altre sale interrogatori.

Eppure, quando il discorso era caduto su Johannes Mossing, si erano chiusi a riccio.

Tutti, nessuno escluso.

Né Schäfer era riuscito a trovare altro che lo collegasse ai fatti. A Nordhavnen non c'erano magazzini che gli appartenessero o gli fossero mai appartenuti.

Il poliziotto aveva convocato Jonna Kiel per interrogarla, ma lei aveva affermato con risolutezza che non ricordava niente di quanto fosse successo tra la fine degli anni Ottanta e la metà degli anni Novanta. È vero, aveva avuto qualche problema con il gioco d'azzardo, aveva ammesso, ma il suo consumo di alcol e di hashish in quegli anni era stato tale che la sua memoria era piena di buchi come un pezzo di Emmenthal. Sosteneva di non aver mai sentito nominare Johannes Mossing, né aveva idea se sua figlia fosse mai stata vittima di abusi sessuali da bambina.

A quanto pareva, la notizia di quegli arresti, che la stampa non aveva ancora fiutato, era comunque arrivata a Vedbæk. Fatto sta che Johannes Mossing pareva non essere mai reperibile. Più volte nel corso della settimana Schäfer aveva pestato il pugno inferocito sulla porta di casa sua. Le prime tre volte aveva aperto Marcus Plessner, il legale nano leccaculo dei ricconi, negando categoricamente di sapere dove si trovasse. Quel mattino, invece, Schäfer aveva beccato sul vialetto di accesso Ellen Mossing con un tappetino da yoga sottobraccio. Quando le aveva spiegato che l'omicidio del figlio era stato causato dalla passione del marito per i minorenni, era scoppiata a piangere.

Ma non aveva detto una parola.

Mentre si dirigeva alla sua casetta in mattoni nel quartiere Forfatterkvarter di Valby a bordo della sua Opel Astra nera, Schäfer si sentiva a pezzi. Era talmente esausto che avrebbe voluto saltare sul primo volo per Saint Lucia, fregarsene di Mossing e di tutto il caso e semplicemente spalmarsi su un'amaca tesa tra due palme a bersi una birra fredda dopo l'altra e a godersi la vista del corpo sinuoso di Connie tra le onde cristalline del Mar dei Caraibi.

Mancano appena tre settimane, si disse e sollevò il piede dall'acceleratore. *Appena tre settimane.*

Arrivò davanti a casa e parcheggiò al suo solito posto vicino alla cassetta delle lettere arrugginita appesa storta alla staccionata bianca che circondava il giardino.

Sul muro esterno dell'abitazione, le lamelle di plastica dell'aspiratore della cappa battevano la familiare e monotona melodia dell'ora del pasto, esercitando su Schäfer un effetto simile a quello delle campanelle sul cane di Pavlov. Quando si avvicinò alla porta d'ingresso, il profumo del *chili* con carne di Connie raggiunse le sue narici e il suo stomaco borbottò impaziente.

Entrò e gettò il giubbino scamosciato su una sedia nell'ingresso. «Ciao, tesoro. Sono tornato.»

«Splendido!» si sentì la voce di Connie dalla cucina dalla parte opposta della casa. «Tra dieci minuti è pronto.»

Mentre si dirigeva in cucina, attirato dall'aroma delle pentole sui fornelli, Schäfer si aprì i primi due bottoni della camicia.

Sentì la moglie ridere e sorrise sorpreso.

La vide attraverso il vano della porta della cucina. Indossava un abito giallo pastello. Stava ridendo, intenta a pelare degli avocado su un tagliere di legno sull'isola al centro della stanza. I vaporosi ricci neri erano sciolti e le incorniciavano il volto come la criniera di un leone. Sembrava felice. Bella. Era sempre così bella...

Schäfer sorrise quando entrò in cucina per raggiungerla.

«Cosa c'è di così divert...»

Il sorriso sulla sua bocca svanì e portò istintivamente una mano alla pistola Heckler & Koch calibro 9 mm che teneva nella fondina ascellare.

«Ciao, baby.» Connie lo guardò, mentre iniziava a tagliare l'avocado per l'insalata. I suoi denti bianchissimi splendevano, illuminandole tutto il viso.

«Ciao» rispose lui, ma senza ricambiare l'occhiata. Il suo sguardo era fermo sulla malconcia poltrona di pelle nell'angolo.

Sopra c'era seduto Johannes Mossing.

Comodo, con le gambe incrociate. In mano, una birra. Rilassato.

«Eccoti» gli disse. «Iniziavo a credere che avessi dimenticato il nostro accordo.»

«Avresti dovuto dirmelo che avevamo ospiti» lo rimproverò Connie, andando a schioccare un bacio sulla bocca del marito mentre si asciugava le mani con uno strofinaccio. «Avrei messo un po' in ordine.»

«Non ti devi preoccupare, Connie. La casa è deliziosa» commentò Mossing lanciandole un'occhiata adulatrice che fece venire voglia a Schäfer di estrarre la pistola dalla fondina e svuotargli il caricatore nel petto.

«Quale accordo?» chiese invece. La sua voce era neutra, ma tutti i muscoli del corpo erano tesi. «Rinfrescami la memoria: che accordo abbiamo?»

«Hai detto che c'era qualcosa di cui volevi parlarmi.»

«Johannes mi ha detto che siete diventati colleghi da poco» disse Connie. «Che ti sta aiutando con i casi ai quali stai lavorando adesso.» Si rivolse a Mossing. «Mi è sfuggito il tuo cognome.»

«Madsen» sorrise lui calorosamente. «Abitualmente lavoro presso la polizia del Nordsjælland, ma in questo momento sto partecipando alle indagini a Copenaghen. Tuo marito è molto indaffarato, sempre di corsa a buttare giù porte e fare domande, e così esaurito non è d'aiuto a nessuno. Allora qualcuno ai piani alti ha pensato bene di togliergli un po' di carico dalle spalle.»

«Questo mi piace» disse Connie, e prese a tirar fuori i piatti dalla credenza in basso davanti a sé.

Mossing guardò il poliziotto. Non sorrideva più.

«Hai detto che mancano dieci minuti a mangiare?» chiese questo senza distogliere lo sguardo da Mossing.

Connie guardò il contaminuti accanto ai fornelli. «Adesso ne mancano solo... otto.»

«Okay. Vorrei farti vedere dei documenti» disse Schäfer a Mossing e fece un passo di lato, lasciando libero il passaggio che dalla cucina conduceva in salotto.

«Davvero?» Mossing giunse le mani in grembo, in attesa. Con aria di sfida.

Schäfer osservò il suo abbigliamento, il blazer blu scuro sopra i morbidi pantaloni di tela. *Che ci nasconda un'arma?* pensò. *Una pistola, un coltello?*

«Sì» rispose. «Sono in macchina. Perché non vieni subito a vederli?»

Mossing si alzò. Raggiunse il poliziotto e indicò la porta. «Dopo di te.»

Schäfer portò la mano al calcio della pistola. «No, dopo di te.»

Non appena furono usciti di casa, Schäfer estrasse l'arma e la puntò contro Johannes Mossing.

«Lurido pezzo di merda. Che cosa pensi di fare? Venire a casa mia e parlare con mia moglie...! Dovrei piantarti una pallottola in mezzo agli occhi, porco schifoso che non sei altro!»

Mossing guardò imperturbabile la canna della pistola che aveva puntata contro il naso.

«Le cose stanno così» disse. «Se tu ti tieni alla larga da me e da mia moglie, io non darò fastidio a te e alla tua.» La sua voce era calma, quasi amichevole. «Se però non la smetti di venire a bussare alla mia porta, allora tu e la tua moglie negra finirete sul fondo dell'Øresund. Sono stato chiaro?»

Con una mano Schäfer lo afferrò per il bavero della giacca, mentre con l'altra gli premette con forza la bocca della pistola sotto il mento.

«Davvero? Potrei anche scegliere di spararti qui e ora.»

«Sì, certo che potresti» sorrise Mossing. «Ma non lo farai. Lo sappiamo tutti e due.»

«So di che cosa sei colpevole e farò in modo di sbatterti dietro le sbarre. È solo questione di tempo prima che tu finisca in galera!»

«Non si tratta tanto di quello che *sai*, Schäfer. Ma di quello che puoi *provare.*»

«Non la passerai liscia per quello che hai fatto a quei bambini.»

Mossing si liberò dalla presa e si incamminò verso il cancello in fondo al vialetto di ghiaia.

«Hai sentito che cosa ti ho detto, pezzo di merda? Non la passerai liscia per quello che hai fatto a quei bambini.»

Mossing si voltò verso il poliziotto e gli rivolse un'occhiata compiaciuta.

«È proprio questo che non hai ancora capito, Schäfer» disse mentre apriva il cancello. «L'ho già passata liscia.»

47

Seduta al tavolo del soggiorno, Heloise fissava lo schermo che aveva davanti. Il cursore lampeggiava sulla pagina bianca.

Quel mattino, quando era riuscita a trovare Karen Aagaard al telefono, le aveva chiesto un giorno di ferie. Un po' di tempo da sola. Solo quel giorno, e poi l'indomani sarebbe tornata al suo posto in redazione.

Erano passate tre settimane da quando era uscita la sua inchiesta sul caso di pedofilia. Il pubblico ministero aveva avanzato le accuse contro gli undici uomini implicati e gli altri media si erano buttati sulla storia come lupi sbavanti. I tabloid pubblicavano ancora ogni giorno articoli extra sui colpevoli, attirando i lettori con supplementi speciali e reportage con tanto di foto crude e dettagli troppo, troppo violenti ricavati dal materiale probatorio. Cose che il *Demokratisk Dagblad*, così come qualsiasi altra testata che nutrisse un minimo di rispetto per se stessa, non si sarebbe mai sognato di riportare così esplicitamente.

Svariate vittime avevano contattato la polizia. Sette donne d'età compresa tra i quindici e i ventisette anni. Avevano riconosciuto diversi degli imputati, eppure non c'era ancora niente su Mossing. Nessuno aveva puntato un dito accusatore contro di lui. Non c'erano prove o testimonianze che lo collegassero ai fatti.

Heloise guardò l'orologio. Erano le 13:27. Si alzò e andò in cucina a prendere una bottiglia di vino bianco e un bicchiere. Stava per bere il primo sorso, quando suonò il telefono. Lo prese e guardò il numero sul display.

Erik Schäfer.

Non si erano più sentiti dal ritorno da Parigi e si stupì di quanto fosse felice di vedere il suo nome accendersi sullo schermo.

«Ciao.»

«Ciao, Kaldan, che si dice?» La sua voce era profonda e arrochita, ma piacevolmente allegra. «Riesci a scrivere qualche articolo rivelatore? Hai fatto a pezzi qualcuno di quei bastardi?»

«Bah. Un paio di pezzi li ho scritti.»

«Così mi piaci» commentò lui. «Per il resto, tutto okay?»

Heloise si ritrovò ad annuire. «Sì, sto bene. E tu?»

«Bene. Sono stato molto impegnato, ma questo lo sai già. Ho visto sul giornale che hai seguito la vicenda da bordocampo. In effetti è una delle ragioni per cui ti chiamo» disse Schäfer. «Se ti interessa, ho una storia collegata al caso da passarti.»

«Oh, sì, grazie!» Heloise posò il bicchiere di vino e afferrò una penna. Premette l'estremità per far uscire la punta ed eccola pronta. «Che cos'hai?»

«Ho appena ricevuto una telefonata dalla polizia dell'Østjylland. Hai presente il professore di liceo, il nostro dodicesimo uomo?»

«Sì, che fine ha fatto?»

«Stamane un peschereccio per le anguille l'ha ripescato al largo del porto di Aarhus.»

«È morto?»

«Sì, altrimenti avrebbe stabilito il nuovo record mondiale di immersione in apnea. Il medico legale sostiene che è rimasto in acqua per quasi due mesi.»

«Da quando è sparito, dunque?»

«Già.»

«Credi che si sia trattato di un incidente?»

«Il cadavere era avvolto in una catena di ferro.»

«Ah...» Heloise alzò un sopracciglio, aveva capito come stavano le cose.

«Proprio così» continuò Schäfer. «La famiglia è già stata informata del ritrovamento, e ho pensato che fosse meglio che tu ne venissi a conoscenza prima che lo facesse dell'*Ekspressen*.»

«Ti ringrazio.»

«Ah, di nulla.»

«Per il resto? Ci sono novità su Anna?»

«No, nessuna.»

«E su Mossing?»

Schäfer respirò così pesantemente che Heloise poté quasi sentire il suo alito al tabacco attraverso il telefono. «Nulla.»

Ci fu silenzio per un attimo. Poi Heloise disse: «Mio padre è morto. Si è impiccato in cella».

«Sì» disse Schäfer. «Lo so.»

Heloise sbatté stupita le palpebre. «Come fai a saperlo?»

«Questa mattina mi ha contattato la polizia di Fresnes.»

«È per questo che mi hai chiamato?»

Schäfer si schiarì la gola. «Be', ecco... Volevo solo assicurarmi che stessi bene.»

Lei rifletté per un momento. «Sì, sto bene» rispose, e diceva sul serio.

«Ottimo» commentò lui. «C'è qualcuno che può stare con te, oggi?»

«Stasera viene Martin.»

«Okay, bene... Bene.»

Heloise sentì una specie di annuncio echeggiare in sottofondo. Una voce di donna, un altoparlante gracchiante.

«Dove sei?»

«All'aeroporto.»

«Dove vai di bello?»

«Ai Caraibi.»

«Sul serio?»

«Già.»

Heloise guardò fuori dalla finestra. Le nubi autunnali avevano reso il cielo sopra la Marmorkirke d'un bianco accecante e le foglie dell'alberello di fico che teneva sul balcone erano marroni e accartocciate.

«Fantastico. Allora fai buon viaggio» gli augurò.

«Ci puoi contare.»

«E, senti, fatti sentire quando torni, okay? Così possiamo mangiarci un boccone insieme, o qualcosa così.»

«A una condizione» disse Schäfer. «Niente roba vegetariana per me, okay?»

Heloise sorrise. «Siamo d'accordo.»

Dopo che ebbe riattaccato, bevve un sorso di vino. Poi cercò un numero tra i contatti sul telefono.

Mentre aspettava che qualcuno rispondesse, si allungò in avanti sulla sedia.

«Sì, buongiorno, sono Heloise Kaldan, del *Demokratisk Dagblad*» si presentò. «Ho sentito che questa mattina avete recuperato un cadavere nel porto di Aarhus.»

48

Sebbene fossero solo le nove, l'asfalto davanti all'hotel sembrava già sul punto di squagliarsi nella calura estiva. Dal balcone della sua suite, Anna studiava ogni singolo pedone che attraversava la strada. Sulla spiaggia privata del Grand Hyatt Martinez al di là della carreggiata, i bagnini in polo bianca e calzoncini color lavanda erano intenti ad aprire gli ombrelloni, stendere teli e servire Mojito mattutini a ricconi di una certa età e a donne con bikini modello "filo interdentale".

Sul viale d'accesso dell'albergo arrivava un'auto dopo l'altra. Quelle più lussuose, esclusive e fiammanti, le Bentley e le Ferrari dalle targhe arabe o russe, venivano allineate sulla rampa d'accesso. I veicoli meno appariscenti, invece, venivano nascosti nel parcheggio interrato sotto l'edificio.

Anna alloggiava lì dalla metà di maggio. Quelle due settimane le avevano permesso di conoscere il posto, di orientarsi sulle diverse vie di fuga, sulla disposizione delle suite, sulle routine quotidiane di chi ci lavorava e sui colori delle uniformi.

Era pronta.

Lui era comparso il primo giugno, proprio come aveva previsto Nick. La sua vista le aveva provocato uno strano formicolio fin nella punta delle dita. La bocca le si era riempita di acido e le tempie avevano iniziato a pulsare. I primi sei giorni l'aveva osservato a distanza. Aveva aspettato, protocollato i suoi movimenti, le sue abitudini alimentari, le sue giornate.

Aveva preso la rincorsa.

Adesso che la liberazione era ormai prossima, ora che ciò che aveva atteso così a lungo era finalmente diventato possibile, per qualche motivo avrebbe voluto prendersi un po' di tempo ancora. Voleva godersi un altro po' il preludio di quello che sarebbe avvenuto.

Quando lo vide uscire dalla porta girevole due piani sotto di lei, sussultò.

Attraversò la strada davanti all'hotel e scese la scala sulla promenade. Anna lo seguì con lo sguardo mentre procedeva impettito verso il molo, e nelle due ore seguenti rimase a guardarlo prendere il sole disteso su un lettino blu.

Entrò in acqua una volta soltanto; si bagnò velocemente, una breve immersione e poi subito in superficie, dopodiché tornò sulla spiaggia.

A pranzo Anna prese posto al ristorante sul molo a tre tavoli da lui, proprio come gli altri giorni. Nemmeno questa volta lui le prestò attenzione.

Lui ordinò ostriche e Sancerre. *Ancora*. Seguiti da crème brûlée. *Ancora*.

Il cibo gli venne servito nello stesso istante in cui una bambina asiatica con braccioli e bikini si avvicinò al suo tavolo e toccò il braccio del cameriere per attirarne l'attenzione.

Le labbra della piccola si mossero.

Anna non sentì cosa disse. Si girò sulla sedia a cercare con lo sguardo i suoi genitori. Scorse una donna seduta su una sdraio vicino al bagnasciuga che osservava sorridente sua figlia che si avventurava nel mondo da sola.

Il cameriere diede alla bambina una gassosa. Lei pagò con una manciata di monete e tornò di corsa dalla madre, le si buttò al collo e mostrò orgogliosa il proprio acquisto.

Anna sorrise brevemente.

Poi rivolse di nuovo l'attenzione a lui. Vedeva le sue mascelle lavorare mentre masticava. Vide anche che aveva fatto caso alla bambina. Sui suoi occhi sembrava essersi posata una pellicola. Era uno sguardo al contempo torpido e concentrato quello che si era incollato al corpicino della piccola.

Anna riconobbe quell'espressione.

Nell'ora successiva lui continuò a guardare la bambina che sguazzava in acqua e rideva gioiosa ogni volta che le onde si frangevano sul bagnasciuga. Il tremolio che Anna avvertiva in petto le disse che era giunta l'ora di smettere di tirarla per le lunghe.

Sapeva che tra le cinque e le sette lui rimaneva nella suite. Dopo, sarebbe andato al bar dell'hotel, avrebbe ordinato un Pisco Sour e avrebbe preso posto al pianoforte nel salone, dove avrebbe suonato dei brani di Billie Holiday in attesa che fosse pronto il suo tavolo sulla terrazza.

Aveva fatto così ogni sera da quando era arrivato.

Quel giorno sarebbe andata diversamente.

*

Quando batté le nocche sulla porta della suite, si sentirono due colpi veloci. Lui andò ad aprire, lei gli mostrò gli asciugamani bianchi ripiegati e chinò la testa.

«*Fresh towels.*»

Lui registrò a malapena la sua presenza. La fece entrare senza dire una parola. Lasciò la porta aperta e le diede le spalle.

Quando Anna entrò, il cuore le martellava in petto.

Trovò la stanza da bagno, posò gli asciugamani sul tavolo da toeletta e rimase un attimo in ascolto. Sentiva la televisione accesa in salotto. Era sintonizzata sulla BBC, dove il conduttore di un notiziario stava riferendo di un violento attacco terroristico avvenuto ad Amsterdam. Ottanta morti e centoquarantadue feriti. Un quartiere ridotto in macerie.

Uscì dal bagno e guardò oltre l'angolo del soggiorno.

Lui era voltato di schiena, impegnato ad ascoltare la voce concitata e scossa del cronista. Aveva le braccia conserte, l'attenzione rivolta alle immagini sullo schermo. Palazzi polverizzati, sangue e panico.

Anna fece per muovere un passo verso di lui, quando la vide.

La valigia.

La valigia rossa con le rotelle era sul letto, aperta, e non era ancora stata svuotata. Il suo sguardo passò in rassegna il contenuto.

C'era del pizzo bianco che faceva capolino.

Una stampa animalier.

Un costume da bagno intero nero.

Un'ondata di panico la travolse e lei si sentì come schiacciata in un angolo. Stava per girarsi e uscire dalla stanza, quando sentì il rumore della chiave elettronica nella porta e seppe che era troppo tardi.

La donna entrò prima che Anna avesse il tempo di reagire.

La riconobbe da alcune foto che erano state scattate in un momento in cui doveva essere stata felice. E da quelle fatte alla chiesa di Holmen, dov'era stata ritratta accanto al carro funebre che avrebbe portato via suo figlio. In quell'occasione il suo viso era distrutto. Straziato.

Adesso appariva semplicemente come una donna a pezzi. Vecchia e priva di gioia, una persona intrappolata in una vita dalla quale non aveva le forze necessarie per fuggire.

Anna rimase immobile mentre la donna si avvicinava. Si portò la mano dietro la schiena e afferrò il manico del coltello. In attesa. Pronta.

Quando la donna alzò gli occhi, il suo volto si irrigidì. Si fermò a metà corridoio.

Anna resse il suo sguardo.

Nessuna delle due disse niente. Rimasero a guardarsi mentre il suono della televisione in soggiorno riempiva "l'ingresso" avvolgendole.

Le domande colmarono la mente di Anna.

Quanto sapeva quella donna di suo marito? Aveva idea di cosa fosse capace di fare e di cosa avesse fatto? Sapeva chi, in ultima istanza, fosse il responsabile della morte di suo figlio?

«Ellen» la chiamò lui dal soggiorno. «Vieni a vedere che cos'è successo in Olanda. C'è stato un attentato.»

La donna guardò verso la stanza adiacente. Poi rivolse di nuovo il suo sguardo verso Anna con un flebile cenno del capo. In segno di conferma. Come una benedizione.

«Arrivo» disse senza interrompere il contatto oculare.

Poi si girò e lasciò la camera d'hotel.

Anna non attese che la porta si fosse richiusa dietro la donna per entrare in soggiorno.

Andò verso di lui, rapida, silenziosa, e si fermò solo quando la sua cassa toracica fu a pochi centimetri dalla schiena dell'uomo.

«Guarda» disse lui ipnotizzato dallo schermo. «C'è stata un'esplosione.»

Anna percepiva il calore del suo corpo attraverso l'accappatoio. Riconobbe il suo odore.

«Mossing» sussurrò piano, quasi in un sospiro.

Al suono della sua voce, la spalla di lui si alzò di soprassalto e la sua testa iniziò a girarsi verso di lei.

49

Il traffico della sera avanzava lento tra le palme che fiancheggiavano il Boulevard de la Croisette e la promenade era piena di bancarelle che vendevano occhiali da sole taroccati e gioielli di plastica dai colori fluo.

Un giovane africano con almeno dodici cappelli sulla testa si parò davanti ad Anna. Aprì le braccia e le rivolse un raggiante sorriso che gli lasciava scoperte le gengive.

«*Ten euros*» disse togliendosi la pila di copricapi dalla testa. «*Pick one, pick one!*»

Anna rise e si lasciò convincere. Prese i soldi e indicò un cappello di paglia color sabbia con un nastro nero.

Proseguì in direzione del casinò e della giostra che riluceva dorata in fondo al lungomare e si godé la sensazione della brezza serale sulle spalle nude e sulle gambe.

Era giunta al porto turistico quando le sirene squarciarono l'aria. Le auto accostarono con grande difficoltà al bordo della strada per lasciar passare i mezzi di soccorso e le persone a passeggio si fermarono per seguirli con gli occhi.

Un convoglio di auto della polizia e ambulanze passò a tutta velocità, illuminando l'oscurità.

Anna proseguì lungo il pontile. Si sentiva più leggera, come se avesse le molle ai piedi.

Si fermò in fondo e si guardò oltre le spalle, in direzione della facciata bianca dell'hotel dalla parte opposta della baia. I paramedici stavano correndo invano, pensò. Le sirene si sarebbero zittite presto.

Non avrebbero potuto fare niente.

Prese la mano che si allungò verso di lei e salì sulla stretta passerella. Lo yacht era ormeggiato lì da settimane, in attesa, e adesso era pronto a riprendere il suo viaggio.

«Pronta per La Palma, signorina?»

Anna fece segno di sì con la testa. «Andiamo.»

L'uomo vestito di bianco ritirò la passerella e indicò con il capo il ponte superiore. «Lui la sta aspettando su.»

Anna salì in fretta le scale, mentre la grossa imbarcazione oscillava leggermente.

Mise piede sul ponte nell'attimo stesso in cui la schiuma traboccò dal bordo di un bicchiere.

Kenneth si affrettò a berne un goccio e intanto alzò lo sguardo dalla sedia a rotelle. Afferrò lo stelo dell'altro bicchiere e glielo porse.

«Dici che un brindisi è fuori luogo?» le chiese stringendosi debolmente nelle spalle.

Anna sorrise e allungò la mano a prendere lo champagne.

Ringraziamenti

Quando si scrive il proprio libro d'esordio, un giallo, in certi momenti può capitare di sentirsi come se ci si fosse persi. Perciò è fondamentale avere dei sostenitori che fanno il tifo per il libro e una linea diretta con degli oracoli da poter scocciare con una sfilza di domande. Lavorando a *Fiore di cadavere*, ho avuto la benedizione di avere entrambi.

Il ringraziamento più grande va a mia madre e mio padre, Jette Aagaard e Per Anders Jensen, per avermi offerto sin dal primo giorno un'inestimabile occasione di confronto, per aver letto le bozze e semplicemente per essere stati i migliori genitori del mondo.

Grazie al mio caro fratello maggiore, Anders Aagaard Jensen, per avermi introdotto al genere poliziesco fin dall'alba dei tempi e per avermi aiutato a rifinire la prima stesura. Ho solo una domanda per te: *Where is ze microfilm?*

Alla mia migliore amica e *partner in crime*, la scrittrice Katrine Engberg: grazie, grazie, grazie di tutto! Senza di te non mi sarei mai messa all'opera.

Un grande ringraziamento va all'ex agente di polizia Jesper Arff Rimmen per avermi illustrato come si svolgono le indagini e il lavoro della polizia scientifica. Se un giorno il mondo dovesse andare a fuoco, di fianco a te voglio starci io!

Un grazie immenso al capopatologo e professore di Medicina legale Hans Petter Hougen per avermi aperto le porte dell'Istituto di medicina legale e per avermi aiutato con i dettagli dell'anatomopatologia forense.

Grazie anche alla psicologa Mette Arff Rimmen, specializzata in traumi psicologici, per avermi aiutato con Gerda. Grazie alla dottoressa Liv Andrés Jensen per il controllo incrociato e lo sguardo professionale sui particolari riguardanti il ricovero di Heloise. Grazie al "maturo zio della nostra eroina", il giornalista Jon Kaldan, per avermi generosamente prestato il cognome.

Grazie a Nanna Jardof per aver messo a disposizione la sua casa per Heloise. Grazie a Nils Petter Bro, a Lars Bertelsen e al resto della squadra del Bistro Royal per il miglior angolo ufficio di tutta la città e per il servizio sempre eccellente.

Un enorme ringraziamento va alla mia brillante redattrice, Lene Wissing: è stato un sogno lavorare con te. Al direttore editoriale Lars Boesgaard, alla caporedattrice Sune de Souza Schmidt-Madsen e a tutte le altre persone competenti che lavorano per la casa editrice Lindhardt & Ringhof: grazie mille per il caloroso benvenuto che mi avete dato.

E per ultimo, ma non meno importante: grazie all'amore della mia vita, Tim Faith Hancock, per tutto quello che sei e che fai per la nostra famiglia. Il sole sorge e tramonta con te.

MISTO
Carta da fonti gestite in maniera responsabile
FSC® C115118
FSC
www.fsc.org

Stampato presso Elcograf S.p.A.
Stabilimento di Cles